JN316847

ライムント喜劇全集

（上）

ウィーン民衆劇研究会 編訳

中央大学出版部

装幀　道吉　剛

最初のヒット作『ホーア・マルクトの楽師たち』で嫉妬深い主人公のクラッツァルを演じるライムント。ヨーゼフシュタット劇場。作者不詳。(1815年)

『美女と野獣』（原題は『魔法にかけられた王子』）で父親役を演じるライムント。レーオポルトシュタット劇場。作者不詳。（1819年）

改作された『魔笛』でパパゲーノ役を演じるライムント。レーオポルトシュタット劇場。作者不詳。（1819年）

ウィーン版『ハムレット』で主人公のハムレットを演じるライムント。作者不詳。レーオポルトシュタット劇場。（1819年）

最初の妻ルイーゼ・グライヒ（1798-1855），有名な劇作家ヨーゼフ・グライヒの娘。リーダーの原画によるパッシーニの着色銅版画。

永遠の恋人トーニ・ワーグナー（1799-1879），当時ウィーンで人気のあった喫茶店「ワーグナー」の店主イグナーツ・ワーグナーの娘。ミヒャエル・シャルフによる肖像画。

フェルディナント・ライムントの肖像画。フリードリヒ・リーダーの水彩画（1830年頃）

凡例

訳文を作成するにあたって底本としては、フリッツ・ブルックナーとエードワルト・カストレによって一九二四年から三四年までの間に出版された最初の歴史校訂版全集、シュロル版 Ferdinand Raimund：Sämtliche Werke. Historisch-kritische Säkularausgabe in sechs Bänden. Hrsg. Von Fritz Bruckner und Eduard Castle. Wien 1924-1934. Anton Schroll を用いた。なおこの全集には注がないため、訳注を作成する場合には主として以下の全集の注、テキストを参考にした。

F. R.：Sämtliche Werke. Hrsg. von J. N. Vogel. Wien. 1837. F. R.：Sämtliche Werke. Hrsg. von C. Glossy und A. Sauer. Wien. 1881. F. R.：Sämtliche Werke. Hrsg. von R. Fürst. Berlin. 1908. F. R.：Gesammelte Werke. Hrsg. von O. Rommel. Gütersloh 1962. F. R.：Sämtliche Werke. Hrsg. von F. Hadamowsky. Salzburg 1984.

カバー・イラスト、上巻冒頭の口絵、文中（上・下巻）の挿絵は、ウィーン市立博物館所蔵。

ライムント喜劇全集（上巻）

目次

上巻

晴雨計職人　魔法の島に行く……今井　寛訳……1
精霊王のダイヤモンド……荒川宗晴訳……59
妖精界の娘　あるいは　百万長者になった百姓……小松英樹訳……133
モイザズァの魔法の呪い……大久保寛二訳……197
ライムント年譜……大久保寛二編……259

下巻

縛られたファンタジー……………………………津川良太訳……1
アルプス王と人間嫌い……………………………小島康男訳……65
災いをもたらす魔法の冠　あるいは　領土のない国王、勇気のない英雄、若さのない美人……斉藤松三郎訳……143
浪費家………………………………………………新井裕訳……245
天空を舞い、世に揉まれ、奈落に沈む（解説）……新井裕……331
あとがき……349

晴雨計職人　魔法の島に行く

歌と踊り付き魔法笑劇 二幕
（童話「トゥトゥ王子」のパロディーとして）[1]

１幕11場。魔法の杖で扉を金に変えるクヴェックジルバー役のライムント。その左はターバンをかぶるトゥトゥ役のコルントイアー、右がツォライーデ役のクローネス。
ヨーハン・クリスティアン・シェラーの水彩画（1826年）。

登場人物

妖精ロザリンデ
リーディ　第一のニンフ
バルトロメーウス・クヴェックジルバー(2)　ウィーンの晴雨計職人
トゥトゥ　魔法の島の支配者
ツォライーデ　トゥトゥの娘
リンダ　ツォライーデの侍女
ハッサル　トゥトゥの侍従
ツァーディ　森の住人
第一の水夫
魔法軍の指揮官
第一の背の低い軽騎兵
衛兵
六人のアマゾン
奴隷
トゥトゥの侍医

魔法の肩帯
魔法の角笛　声のみ
魔法の杖

三人の精霊

ニンフたち、水夫たち、トゥトゥの従者たち、民衆、魔法軍の兵士たち、小男の軽騎兵たち、男女の奴隷、男女の踊り手。

初演は、一八二三年一二月一八日、レーオポルトシュタット劇場。ライムントはクヴェックジルバーを演じた。音楽、ヴェンツェル・ミュラー。

第一幕

第一場

妖精の宮殿。妖精ロザリンデが舞台の脇にある花の玉座に座っている。ニンフたち、彼女の周りに集まっている。

リーディ　気高い妖精さま、どうかお忘れなく。今日でまた丁度百年目が巡ってまいりました。ご決心なさって、魔法の贈物をまた誰か人間に与えなければなりませんのよ。

妖精　一体きょう日の人間にそんな値打ちがあるの、妖精に思いをかけてもらえるような？

リーディ　時たま本当にちゃんとした人間がいて、そういう人間は全く憎めません。

妖精　あなたって、昔から人間がご贔屓のようね。妖精界の一員らしくないわ。あなたがかわいそう。だってわたくしはこの人間たちを知ってるんですもの。彼らのなんでも馬鹿にする癖ときたら、わたくしたち妖精だって容赦はしない。運命のご託宣だから仕方ないけれど、しなくていいものなら、魔法の贈物など永久に忘却の彼方に置いておきたい。

リーディ　で、あなたさまは誰におやりになりたいのですか？　お決めにならなければなりません。

妖精　決めなければいけないなんて、いやだわね。幸福になる値打ちのある人なんて、まだいるの？　いつだって騙されてきたじゃない？　貧乏人を幸せにすれば、図にのって、めったやたらにわたくしの贈物を使ってしまう。金持にやれば、それは貧乏人をあざける新しい種になる。わたくし、誰にやったらいいの？

リーディ　偶然にお任せなさいな。魔法の贈物が保管してある椰子谷の廃墟で、いまこの瞬間にその一番近くにいる人を見つけさせなさいな。

妖精　リーディの言う通りだわ。贈物をやるのは、偶然に決めてもらいましょう。この瞬間に廃墟のところにいる人を、見てみたいわ。

（音楽。奥の仕切り壁が開き、卵形の開口部のなかに次の第二場の情景が縮小した形で模写され、男児演ずるクヴェックジルバーが廃墟の上に腰掛けているのが見える。音楽は次のクヴェックジルバーのアリアのメロディーを非常に弱い音で奏でる）

ニンフ一同　おかしな人だわ。

妖精　もし妖精のわたくしの眼力に狂いがなければ、あれは冗談が生きがいという陽気な人間だわ。あの手の連中はふつう、そう悪い人間じゃない。

リーディ　ちょうど何か面白いことを考えていましたね。

妖精　（合図する。幻、消える）人間事典をひいて、あのよそ者がいったい誰だか、調べて頂戴。

リーディ　（台座にのって地下から出てきた本を、命令通り調べる）あの人はバルトロメーウス・クヴェックジルバーという名前で、落ちぶれた晴雨計作り、非常に愉快な陽気人間で、目下幸運探しの旅の途中です。

（台座消える）

妖精　あの男を助けてやりましょう。さあ集まりなさい。あのよそ者にわたくしの贈物をやります。（杖で円を描く）

メロドラマ[3]

角笛と杖と肩帯を彼に見つけさせよう。
リーディ、あなたは使い方を教えなさい。
長いことと役に立てようと思うなら
賢く扱うことを勧めなさい。

（一同退場）

第二場

前場で縮小した形で見られたのと同じ廃墟。背景に海。クヴェックジルバーのアリアの前奏が聞こえてくる。クヴェックジルバー登場。

クヴェックジルバー

アリア

この世に晴雨計なんぞは
もう要らない。
天気は誰でも
好きなように作るのさ。
金持は晴天、
伊達男は風、
しょぼくれ男だったら、
針が指すのは、雨。
美人はたいがい
気紛れ天気。

やくざは嵐で、
おれは雪。
でも残念至極、
運命よ、おまえにはひどい目にあわされた。
ご贔屓すじの親切は
まだ氷点下までさがっちゃいないぜ。

これはすごい立派ななりわいですぜ、この晴雨計作りというのは。いつだって飢え死にできるんでさあ。不幸なおれさまは海に出て、地球上の未開の連中をおれの技でびっくりさせることになった。ところが運命のやつはおれをこうして魔法の島に投げ出した。ここで目にしたものといえば、今のところカナリアだか何だか二、三羽だけ。それと定年退職した三本足の象が一頭。まっ、どうせこの連中は晴雨計など要らないだろうけど。――おれは底に沈まなかった。だから少なくとも船の方は沈んだわけだ。だって不幸の星に生まれたおれが乗っていたんだから。水夫たちはもう遠くからこの妖精の島を呪っていた。近づく船は必ず難破するって。その通りだった。連中はボートに乗って逃れたが、おれは自分の晴雨計にしがみついて泳いできた。それでもおれにとってこれ以上なく幸運なことに、おれは去年の夏に二回もプラーターの水泳教室に行って見物してきた。そこで泳ぎ方をこっそり盗み覚えたのだ。でなければ、とても助かりっこなかった。

おれの不幸の始まりは新米の印刷工だった。そいつがまずいことにおれの晴雨計のラベルにある言葉の最初の字を、やたら抜かした。例えば、こうだ。「くもり」の「く」が抜ける。すると「もり」だ。「あたたかい」の「あ」が抜ける。すると「たたかい」だ。おれはそれに気付かず、売ってしまった。ひとはおれを馬鹿だと思って、もう注文しなくなった。収入ゼロ。そこで何ができたか。僅かに残ったものを売り払って、遠い世界へ行くしかない。――で、いまこうして、おれはひとりぼっちでいる。砂漠のまん中の一本の果樹さ。(泣く)だが、相棒のなかで、誰だ、まだしっかりおれんとこに残ってグーグー言っているのは？ああ、この高貴な胃袋さまだ。唯一の居候で、迷惑千万だが、いつまでも居ついている。今もまた、何か食べたいと無心を言ってよこした。――運命の神よ、ちっとでも恥を知っていたら、おれを飢え死にさせないでくれよ。(地下からかすかに音楽が響いてくるのが聞こえる)いったい何だろう。地下でコンサートでも？

角笛の声　誰かわたしを吹かないか？
クヴェックジルバー　妙な質問だな。
肩帯の声　誰かわたしを掛けてみないか？

クヴェックジルバー　そいつを掛けるんだって？　もしかして七トンもあるかもしれないぞ。

杖の声　誰かわたしを振ってみないか？

クヴェックジルバー　今度はまた振られたいんだって？　これは一体どういうことだ？

三つの声　（同時に）

さあ、吹くがいい！

さあ、掛けるがいい！

さあ、振るがいい！

そうすりゃ運が向いてくるぞ！

クヴェックジルバー　どう考えたらいいか、分からないぞ。いや、どう考えたってこっちの勝手だが、ん？　運が向いてくるだって？　それじゃあ、よーし！

おまえを吹くぞ！

おまえを掛けるぞ！

おまえを振るぞ！

さあ、出てこい！

（雷鳴。音楽。地面から三つの台座が上がってくる。それぞれの上に銀の狩猟用角笛、魔術的な模様の黒い帯、小さい金の杖が置いてある）

クヴェックジルバー　狩の角笛？　こいつは有難い。帯にはでっかい牛の目玉の飾り、それに金の叩き棒？　うむ、なんて子供じみているんだ。大人をこんなことでからかうなんて。地下のどういう野郎なんだ。上がってきてみろ。悪いけどそいつの頭におれの晴雨計を叩きつけて、粉ごなにしてやるぞ。（雷鳴。廃墟は一転して、淡紅色の雲の天幕となる。白いバラで飾ってある。短い音楽）

（リーディ、三人の精霊を従えて登場）

リーディ　恩知らずめ！　無礼な口をきくでない！

クヴェックジルバー　ひぇー！　なんだ、これは？　なんてすげえ美人だ。森のニンフか、「湖上の美人」[4]か。——晴雨計作りでも一番惨めなわたくしめの捧げる敬意をお受取り下さい。（三人の精霊たち笑う）こっちの魔法にかかったインディアンの子供たちはどうだ。おれのような教養ある大人を笑っていやがる。

（精霊たちは登場と同時に贈物を手に取る。台座は消える）

リーディ　よーくお聞き！

目の前のこの贈物には大きな魔法の力があり、
偶然のお蔭でおまえに与えるもの。
おまえがこの杖を振れば、魔法が
触れる物すべてを金に変える。
　自分の力によって
金襴緞子《きんらんどんす》も
ダイヤも意のまま、

この杖を振り下ろしさえすれば。
どうしても戦争をやりたくなったら
角笛ひと吹きで勇猛な兵士が集まる。
出かけたいときにはこの帯を身にまとえば
あっという間に望みの場所に着いている。
贈物をなくすでない。見失ったら
自力でこの世の中を探し回れ。

（彼女が引っ込むと、天幕はまた廃墟に変わる）

精霊たち　（贈物を渡すと、指で脅しながら呼びかける）おまえにできるかな？　（笑いながら退場）

クヴェックジルバー　（見送りながら叫ぶ）おまえたち！　——なんてワル餓鬼どもだ。まっ、この妖精の子供ときたら、——親がろくに注意をしないんだ。はだしで走り回るにまかせている。いや、それより、運だ、運がむいてきたぞ。きょうこんなに幸せになれるなんて、誰が朝に考えただろう。いますぐ　誰かこないかな。嬉しくって、そいつのことを抱き締めるか、絞め殺すかしちゃうんだがな。

第三場

水夫たち、ボートで乗りつける。クヴェックジルバー。

水夫たち

コーラス

おお、喜べ、喜べ。
友らよ、陸に着いた。
海は勝手に荒れ狂え、
風は勝手に吹きすさべ。
急いで岸に上がるんだ。

（一同、上陸する）

第一の水夫　今度こそ助かったぞ。すごい嵐だったな。まる一日中漕いでも無駄だったが、偶然のお蔭か、この呪われた妖精の島に上陸してしまった。ここで人間に出会える希望なんて、見る限り全くないね。

クヴェックジルバー　ということは、おれは間抜けな鳥のウソにしか見えないっていうことだ。

第一の水夫　（晴雨計が地面にあるのを見つけて）おい皆、ここに晴雨計があるぞ。（取り上げる）

クヴェックジルバー　ひとの物はほっといて下さい。

水夫一同　晴雨計作りだ！

第一の水夫　いったいどうやってこのならず者はここにきた

んだ？　だいたい、おれたちがこんな目にあったのは、こいつのせいだ。このアザラシ野郎を船にのせたからだ。

クヴェックジルバー　こいつに真っ先にメッキをしてやろう。金のパンチを喰らわしてやる。

第一の水夫　何だって？　セイウチ野郎め！　イルカ野郎め！

クヴェックジルバー　お願いですから、そんな素敵な名前で呼ぶのはやめて下さい。いや、もうこんな調子はやめよう。やい、頭《ず》が高いぞ、海の田舎もんめ！　おれをご主人様と認めるんだ。そうしたら、飢え死にしないようにしてやるぞ。偉大な妖精のお方がこの魔法の杖を下さった。これで触るものは何でも、金に変わるのだ。

（一同、笑う）

第一の水夫　こいつは毒草を食ったらしい。気がふれちまった。

クヴェックジルバー　何だと！　えーい、何かないか？（ボートに走って行き、さわると忽ち、帆を一杯に張った純金の船に変わる）どうだ？

水夫一同　（彼の周りに跪く）ご主人様、お力たしかに分りました。どうかお許し下さい。

クヴェックジルバー　（威張ってうなずく）ああ、ウイ。立ちなさい。諸君は今後おれに仕える身分だ。カネには困らせないぞ。格別よい振舞いをした者は、褒美として火にくべ、全身を金に変えてやる。

一同　万歳！

クヴェックジルバー　次は諸君の方がこの島について知っていることを話してくれ。

第一の水夫　この島は、ある強大な妖精に守られているのです。よそ者が上陸に成功することはめったになくて、もう何千人もの人がこの波間で命を落とした。ただ、うちの船長だけは、大胆かつ幸運にも東側の岸に着くことができた。船長の話じゃ、そこには大国があって、その王様の娘はすごくきれいなお姫さまで、おまけにものすごくいい頭に恵まれているという話ですよ。

クヴェックジルバー　そうか、おれの頭も一皿分そっちに行ったんだ。道理でいつも何か足りないわけだ。ではよし、ボン。その奇跡の人と知り合いになりたい。ただこの島には観光案内所がないから、自分たちで岸に沿ってできるだけ船を乗り回して行こう。そのうち人間が見つかるだろう。そこではおれは王子黄金虫麿と名乗り、いくつかのイナゴ群島の支配者ということにする。さあ、すぐに船のところに行こう。急がないとわが宮廷全員が飢え死にだ。

一同　万歳！

コーラス
乗船だ！　帆はふくらみ
はや順風が吹く。
賑やかな岸はもうすぐだ。
どうなりと、運は天に任せよ。
（一同、船に乗り、出航する）

第四場

居間。奴隷の男たちがきて、いくつかのクッションで寝いすのようなものを作る。奴隷の女たちが大きな扇を持って踊りながら登場。最後にトゥトゥ王が大きな日傘を持って登場、用意されたクッションに腰を下ろす。

トウトウ　静かに！　わしは仕事の重荷でつぶされそうだ。静かにしていてくれ。眠りながら仕事できるようにな。好きな所で横になりたいけど、寝過ぎて体中が痛い。まる一日中こうして仕事をしていなければならない。（舞台奥で騒ぎが聞こえる）いったい何だ？　誰だ、わしの叡智の邪魔をするのは？　きっとまた娘の姫が何かしでかしたな。

第五場

リンダ、トゥトゥ。

リンダ　（駆け込んで、トゥトゥの足もとに身を投げる）ああ、どうか守って下さい、王様！
トウトウ　もし大した苦労でなければ、守ってやるがな。
リンダ　お嬢様には、もう我慢ができません。きっともう皆、逃げて行ってしまいますよ。

第六場

ツォライーデ、前場の人々。

ツォライーデ　どうしたの、これは？　お父様までがこの悪い女をかくまうんですか？　この女、あたしの求婚者たちを言いくるめて、あたしから離そうとするんだから。でも、楽しみに待ってなさい、おまえのその魅力をあたしがどうしてやるか。明日から国じゅう、きれいな顔は禁止にしてやる。
トウトウ　おまえが？　そんなことしたら、きっと大騒ぎになる。女たちのきれいなのを攻撃などしたら、彼女たちは、きっと最後の一兵まで抵抗するぞ。

ツォライーデ　でも、あたしはやる、やると言ったら、やる。みんな、みんな、あたしの足もとにひれふすのよ。あたしだけをみんなが愛して、愛するあまり死ぬ思いをするがいい。

第七場

ハッサル、前場の人々。

ハッサル　トゥトゥ王様！　美男のわたくしめが、足もとにひれ伏すのをお許し下さい。外国人がひとり到着しまして、これがひどいセンセーションを起こしております。

ツォライーデ　そうするとまたひとり来たんだね。ああ、あたしに惚れる男は浜の真砂と尽きないわね。

トゥトゥ　いいから続けて！　何で人目を集めているのだ？　人目なら、逆立ちして歩いたって、とんぼを切ったって、集められる。だから何で人目を集めているのだ？

ハッサル　そいつの船は純金なのです。船首はすっかり宝石で飾ってあります。岸から宮殿までの道中、そいつとそのお供は、ずっとドゥカーテン金貨をばらまいてきたのです。

ツォライーデ　そいつは美男に違いないわ。

ハッサル　失礼ですが、ツォライーデ様！　美貌にかけては、わたくしとはとても比較になるものではございません。でも、ひどく愉快なやつに違いありません。あなたさまにお目にかかって、結婚したいと言っております。

ツォライーデ　まあ、まあ、とても結構なお話ね！

トゥトゥ　ではまたまた大骨を折らなきゃならんな。まずその男を見てみよう。ツォライーデや。さあ、もう決着をつけることにして、その男に決めなさい。さもないと、とどのつまりは売れ残りだぞ。あんまり選り好みした者は、皆そうなった。（退場。お付の者、従う）

（ハッサルは退場しながら、リンダに投げキスをする）

第八場

ツォライーデ、リンダ。

ツォライーデ　その男がそんなに財産を持っているなら、その財産はあたしのものにしてやる。そのあとは、そいつはもと来た所へ帰るがいいわ。（退場）

リンダ　待ってなさい、蛇みたいな女！　あの人に警告しておこう。あの人を決しておまえさんの笑い者にはさせないよ。

アリア

男にちょっと一杯喰らわす、
それはまあ当然ね。
だって女をからかうんだもの、
それは悪くないわ。
でも誰でも人を
容赦なくいじめ
鼻先を引きずり回す、
それはあんまりだ。

ちょっとからかうのはわたしも好き、
そのくらいはしなくっちゃ。
でも殿方はやっぱり殿方、
必ずお返しをしてくれる。
愁えげな眼をして
溜め息もらされると、
こちらも笑っていられず、
喜んで口調を変える。

（退場）

第九場

宮殿前の広場。大勢の人が、ばらまかれたカネを拾おうと喧嘩している。クヴェックジルバーのお供がカネを投げているが、彼らは非常に優雅なお仕着せを着ている。

コーラス

召使ら
こいつらは突進し、襲いかかる、
眼に金貨を打ち込まれても。

民衆
たとえ倒れても、脚を折っても、
金貨は山ほど、おれのもの。

第十場

トゥトゥ、ツォライーデ、ハッサル、前場の人々。

トゥトゥ　まあ、えらい騒ぎだな。あれが投げたのは本当に金貨なのか？　それとも、もしかしてただのおもちゃじゃないのかね？

ハッサル　陛下！　ほんとにもうぴかぴかの金でございます。

トウトウ　そうか、じゃ、劇場の3番売り子[5]が売ってるヤツだな。じゃあ、わしの方もちょっと実力を見せてやるか。あとでわしの宝物のなかから金の食器を二、三個、そいつの頭に投げてやるがいい。

ツォライーデ　これで家来たちが通過した。でも一体、そのおしゃれな外国人はどこにいるの？　もしかして、今になってスピーチの稽古でもしてるのかしら？

ハッサル　ほら、近づいてきますよ。

トウトウ　近づいてきた？　今頃になって近づいてくるとは、たいした求婚者だ。

ハッサル　わたくしの美貌にかけて、こんな金ぴか、まだ見たことがない。

トウトウ　その美貌、美貌というのをやめなさい。――万歳を唱えろ！

民衆　トゥトゥ王様、万歳！

クヴェックジルバーの従者たち　（非常に大きな声で）フッラー！

ツォライーデ　熊みたいな声だわ。お父様、あれはどういう言葉ですの、あのフッラーっていうのは？

トウトウ　フッラー？　――それはフランス語で、意味はイタリア語の「捧げ銃！」ということだ。――しぃっ、来たぞ。

第十一場

前場の人々。クヴェックジルバー、しゃれ者の格好。モダンな金糸の入った燕尾服、青い刺繍の縁飾りがついた銀色のチョッキ、同様のパンタロンを着用、ダイヤモンドの飾りのついた三角帽子をかぶる。初めに音楽が『セヴィリアの理髪師』フィガロの第一アリアから前奏曲を演奏する。

クヴェックジルバー

レチタティーヴォ

王女様！　なんとお呼びしたらいいのか？
王女様には蒙古人さえも焦がれます！
オイフェーミアかアマランティアかローゼルか、
どんな御名でも、同じこと。
ライン川、そしてモーゼル川を蒸気船に乗ってわたしはお国にやってきました。

アリア

（「わたしはちょっと恋をした気分云々」のメロディー）

おれは億万長者、
世界の半分、旅をする。
極寒の地にも酷暑の地にも
至る所に宝の山を築いてきた。

イギリスじゃほんとに無駄遣いをするために、
銀貨を百キロ単位でくれてやる。
おれがいちいち引き出していたら
銀行は仕舞に過労になってしまうから。

イタリアじゃ権力者になるために
素敵な庭をいくつか買ったが、
金のオレンジって、本当にあるんだ、
サラミの森まであったのだ。

チロルの牧場で
もし満足をお望みなら、
おれの山小屋が三つあるぜ。
どれもほんの小さなものだが、
そこでは財宝は役立たず、
使いようがないのさ。
男を幸せにするのは
誠の心だけ。

だが美しいハンガリー国じゃ
おれは大金持として有名だ。
わが草原にいるバッファローの
数は、おれを除いて一万頭。

オーストリア国こそ
おれの故里、
ここでは幸せも喜びも
欠けることはない。
そこここに草原や森を持っている。
向こうのシュメルツ[6]には立派な畑。
スイスのように美しいブリュール[7]は
ハイリゲンクロイツまでおれのもの。
そしてウィーンには数えきれない家。

それがおれさまの気紛れで、
いつでも家を建て続けている。
ただし場所は殆どロスアウ[8]だけど。

トゥーリじゃ街の全部がおれのもの。
ウィーデンの半分はおれの貸家だ。
そして滅茶苦茶安いカネで
レルヒェンフェルトに二十の家を買った。

イェーガーツァイル[9]が一番好きだ。
そこで皆に気に入られたい。
そこに無類に素敵なおれの家がある。
一生そこから出るものか。

ツォライーデ　そうすると、あれがその、人間じゃないほどすごい金持の男なの？　服を着た猿に見える。

トゥトゥ　おまえがこの島に着いたという報告は受けた。ここに何の用だ？　別に何もないぞ。

クヴェックジルバー　こいつはおれを「おまえ」呼ばわりするのか？　――ご令嬢の姫殿下がとてつもなくお美しいという評判に誘われて、参ったものでございます。

トゥトゥ　すると、よく分るぞ、デマがどんな風に横行するものか。姫をよく見てみろ。見るのはタダだ。ここにいる。よーく見ろ。

ツォライーデ　おまえには、あたしがとってもきれいに見えるよね。

クヴェックジルバー　今度はこの女がまた「おまえ」だって。この連中はチロルからの移民にちがいない。誰でも「おまえ」呼ばわりするところを見ると。（声をあげて）王女様、あなたさまはこれ以上ないすばらしいお方です。お父上も同様で、チビ悪魔のシュパーディ・ドー[10]とどちらか選べと言われると困るほどです。でもお願いですから、いつもいつもわたくしをおまえと呼ばないでいただきたいのです。何とかの殿とは言わないまでも、せめてあなたと呼んでいただけないでしょうか。

ツォライーデ　これは恥知らずなやつだわ。

トゥトゥ　黙っておれ。カネを持ってるかどうか、分るまでは、あなたと言ってやろう。もし無ければ、やっぱり乱暴な口をきいてやろう。

ツォライーデ　それじゃあ、言ってくださいね――あたしのあなたさま――あなたはあたしのおまえになるのが嫌なら、いったいあたしに何をお望みなの？

クヴェックジルバー　わたくしはあなたの美しいお手を取って、求婚をしたいのです。

ツォライーデ　それには三つの特性が必要よ。ジャマイカ・ラム酒のようにピリッと気がきいていること、ペルーのインカのように金持なこと、そしてギリシア神話のアドーニスのような美男子であること。

クヴェックジルバー　さて、気がきくことと金持については、問題ありませんが、ギリシアのアドーニスについては、ちょっぴり足りなさそうです。で、ワラキア[11]のアドーニスで我慢してもらわなければなりません。

ツォライーデ　あなたの職業はいったい何なの？

クヴェックジルバー　わたくしは億万長者なのです。

トゥトゥ　悪くない職業だ。

ツォライーデ　大学出かな？

クヴェックジルバー　二百の学校を出ました。

トゥトゥ　それは多い。この国にはたった一つしかない。偶然なのだが、そこではわしも何も習わなかった。——あなたはいったいどこの学校で勉強したのかな？

クヴェックジルバー　もともとアルスターバハ[12]沿いの高等学校をいくつか出たあと、獣医学でたいへんな進歩をしました。もし陛下がお具合の悪いときには——

トゥトゥ　まあ宜しくご免被りたい。

クヴェックジルバー　植物学は薬草通り[13]で、天文学は十二宮のところ[14]で勉強しました。その他の学問はただ通りすがりに聞きかじっただけです。

トゥトゥ　そうですか。で、あなたがすっかり教育を終えたのはどちらで？

クヴェックジルバー　南のワラキアで——

トゥトゥ　じゃあ、あなたはすごい出世をしたわけだ。

ツォライーデ　でもいったい金持の証明はどうなっているのですか？　だってあなたが投げた金貨は、最後の金貨だったってこともあるでしょう？　もうありとあらゆる詐欺師がここに来てるんですものね。

クヴェックジルバー　この宮殿を金に変えましょうか？

トゥトゥ　いかん！　そうなったら宮殿は夜中に盗まれてしまう。

クヴェックジルバー　ではせめて門扉を金にしましょう。

（門に触れると、門は金に変わる。一同、驚く）

トゥトゥ　たまげたな。

クヴェックジルバー　この辺の柱は木ですな。じゃあ、この木柱は銀に変えましょう。（柱に触ると、柱は銀に変わる）

ツォライーデ　（独白）あれは魔法のお守りだ。どうしてもあたしのものにしなきゃ。

ハッサル　あいつには、わがインディアンの材木置場で銀メッキ材木売りになってもらうといいな。

クヴェックジルバー　（ハッサルに）えーと、どうです、あな

たはどうしても　そのおつむが入り用ですか？

ハッサル　ええ。わたしには目下これしかありませんし、何かが出てくるかも、分りませんからね。

クヴェックジルバー　金メッキするのに格好なすばらしい石頭じゃありませんか、ねえお義父《とう》さん？

トゥトゥ　どうしてだね。あれに特別何かやる必要はないし、石頭をみんな金メッキすることもないだろう。あなたのだって金メッキじゃない。

クヴェックジルバー　これは痛い！

トゥトゥ　いや、どういたしまして。当然でしょう。――うむ、ツォライーデや、どうした？

ツォライーデ　よそ者のおまえに、あたしの心はとらえられてしまった。どうにもならない力でおまえに引きつけられる。金の涙が出てきそう。

クヴェックジルバー　じゃあ――わたくしのものになって下さると？

ツォライーデ　もしあたしの要求する愛の証明をくれればね。――

トゥトゥ　ちょっと失礼！（間に入る）話はわしには少し長すぎる。では、わが素敵な婿どの、通称金細工師どの、オ・ルヴォアール。宮殿のあなたの部屋の床を掃除するよう言い付けておきます。壁紙を張るのは、ご自分でできるでしょう。このあと、わしは横になって休まなくては。この出番で感情が高ぶって、すっかり疲れてしまった。ご機嫌よう。わしの国をすっかり金にしてもかまいませんよ。もしかして今日中に元気が戻ったら、またお目にかかるのが楽しみです。ええ、ええ、そうしましょう。ではオ・ルヴォアール。そしてこれ以上フランス語を思い付きませんので、もう一度オ・ルヴォアール。（退場）

（ツォライーデとクヴェックジルバーを除いて全員、王に従う）

第十二場

ツォライーデ、クヴェックジルバー。

ツォライーデ　じゃあ、本当に決心したんだね、お若い方、あたしに引かれてこの人生のがたがた街道[15]を堂々と歩いて行こうと？　疲れていやになることはないわね？　あら、名前は何というの？

クヴェックジルバー　バルトロメーウスです。

ツォライーデ　バルトロメーウスとツォライーデ。すばらしいロマンになるわ。あたしは詩人なの。ヨーロッパの詩人を全部インディアン語に翻訳しましたのよ。

クヴェックジルバー　それはきっと素晴らしいに違いない。

ツォライーデ　あなたのこれまでの人生の話を聞かせて下さい。その物語を四脚の抑揚格《イアンボス》の韻文にしてみせるわ。

クヴェックジルバー　お許し下さい。わたくしはこれまで散々馬鹿なことをしでかしてきました。そんなものを皆に読まれたら、わたくしはもう町に出られません。

ツォライーデ　そうね、ご免なさい。あなたと話をするには、とてつもない忍耐心が要るわ。愛想というものを、びた一文も持ち合わせてないんだから。あたしは女に仕える愛想のいい男が欲しい。（独白）あの小さな棒さえ手に入れられたら。――（優しく）仲直りしましょう。――ねえ、大事なバルトロメーウス！　あたしはブドウの蔓がトチノキに絡みつくように、あんたの心に絡みたい。（彼を抱く）ああ、この下においでの神々よ！　どうかあたしたちを見くだし給え。ねっ、あんたはこのツォライーデを決して捨てないわね？　あんたの心が帰りの切符を欲しがったり、誓った操の入場券をキューピッドの会計窓口で払戻しさせたりしないわね？

クヴェックジルバー　やっぱり心の優しい人なんだ。

ツォライーデ　（独白）ただあの棒が欲しいんだ。

クヴェックジルバー　さあ、お手打ちを。といっても顔を打つんじゃありませんよ。手付金としてキスをひとつお願いしたいんです。お返しはしませんから。そうすればもうわたくしたちはオーケーです。

ツォライーデ　いまは駄目。食後のデザートに、してあげるわ。

クヴェックジルバー　結構、それもいいですな。デザートには何を召上がります？

ツォライーデ　インディアンの一番高級な果物よ。

クヴェックジルバー　ああ、嬉しいな。わたくしには一番高級なのは野バラの実ですね。でも一番好きなのは、アリの(16)実です。ほら、あの小さいやつ、マスカット梨、あれはとてもいい。

ツォライーデ　誰がそんな低級な趣味を持つもんですか！（切り口上で）どうしてあなたはアリなんて食べられるんですか？

クヴェックジルバー　アリなんか食べませんよ。噛みつかれたくありませんからね。梨ですよ！　これが悪趣味ですって？　世間じゃ誰でも食べてるじゃないですか。めいめい違う種類のを。愛国主義者は皇帝梨を、金持は金貨梨を、強い香水を使う人は香水梨を、靴屋は皮梨を、馬車屋はエンバク梨を、家具職人は木梨を、床屋はヒゲクイ種を、失敗する人はシッパイ梨を食べてます。――要するにおまえさんはもうおれのもの、これで決まりだ。

ツォライーデ　あたしは喜びの海のなかで泳いでいる、――ドナウ川の鯨みたいに。（彼を抱く）

第十三場

前場の人々、リンダ。

リンダ　（宮殿のなかからくる）王女様、お部屋にお上がりになって下さい。夜風が障りますよ。（独白）彼になんとか合図できたら。ほんとにいい男だわ。

ツォライーデ　何だって？　（独白）願ってもないチャンスだわ。（声をあげて）どうしてまたおまえは、よりによってこんなすばらしい時にあたしの目の前に出てくるんだい？　この出しゃばり女！

リンダ　でも王女様！

クヴェックジルバー　まあまあ、落ち着いて下さい。この女がいったい何をしたんですか？

ツォライーデ　あなたは黙ってて！　――この女はまだ逆おうっていうのかい。殴ってやるよ。――あらまあ、あたしとしたことが、どうしたんでしょう。こんなに、いきりたって、ご免なさい！

クヴェックジルバー　失礼ですが、奇妙ないきりたちようですね。わたくしの国じゃ、そんなふうにいきりたつのは、中央税関の運び屋ですね。

ツォライーデ　あなた、この女をご贔屓にしようっていうの？　そういえば、この女に色目を使ってたんじゃない？　気に入ったの？　ねえ、この人、きれいな姿じゃない？　いえ、そうじゃなくて、この姿、きれいな人じゃない？　そうしてあたしのことを、こきおろそうというんだね。このオナガザルと一緒になって。

クヴェックジルバー　えっ、オナガザルだって？　こっちの方があなたよりもきれいですよ。

ツォライーデ　なんという侮辱なの？　どうしたのかしら？　気が遠くなる。――もうだめ――

クヴェックジルバー　大変だ――

リンダ　気絶だわ！　（ツォライーデを支えようとする）

ツォライーデ　（急いで）図々しい。触るな！　いますぐに消えてしまえ。行けって、言ってるの。まだぐずぐずしてる。――（リンダ、逃げ去る。ツォライーデ、クヴェックジルバーの杖を奪い取る）捕まえたら、あの女を金の大蛇に変えてやる。それ行け、行け！　（リンダを追って宮殿の中に急ぎ入る。門が閉まる）

クヴェックジルバー　うむ、いったいどうしたんだ？　あれは悪いアマだ――あっ、やーい、おれの杖を返せ！　あいつのことだ、杖をたたき割りかねない。そうなったら金メッキ屋のおれは魔法の倒産を宣告するはめになってしまう。追っかけなくちゃ。（門のところに行く）閉まってるぞ。うむ、まだ十時(17)になってないのに？　食事の前にもう家の門に錠をかけてる。おーい！　管理人！　開けてくれ。開けろ！　（叩く）

第十四場

クヴェックジルバー、衛兵。

衛兵　（城壁の上に姿を見せる）うるさいな、なんだ？

クヴェックジルバー　さあ、開けてくれ！　おれは中の人間だ。

衛兵　おまえの為を思って忠告するけど、逃げな！

クヴェックジルバー　どうして？　おれに逃げろだと？　この国で借金なんかしてないぞ。どうしても中に入らなくちゃならない。おれは王女様のご亭主だぞ。

衛兵　おまえはどうかしてるぜ。王女様はご父君と一緒にご贔屓の島にもうお出かけになって、おまえにこう伝えろって。もしとっとと消えなければ、若いトラを何頭かおまえにけしかける、って。中に入ることなど、できないのだ！（城壁から消える）

クヴェックジルバー　（ひとりで）ああ、ろくでなしのインディアンめ！　おれは不幸な晴雨計作り。おれが何をしたっていうんだ。あいつらの門を金にしてやったのに、それをおれの鼻っ先で閉めてしまう。騙されたんだ。中に入れさえすれば、皆一緒くたに殺してやるのに。——待てよ、思い出したぞ。(18)おれは軍隊を笛で集められるんだ。勝利だ！　ああ、ピツィヒ！　ピツィヒ！　おれの代わりにファゴットを吹け！　待ってろ！　恩知らずの連中め！　（角笛を吹く）

第十五場

活発な行進曲が聞こえてくる。一分の隙もなく兵士らしい兵士の一群が急ぎ行進してくる。この親衛隊は小男の軽騎兵によって編成されている。

クヴェックジルバー、指揮官。

指揮官　将軍！　ご命令は何でありますか？

クヴェックジルバー　整列！　——いや、まだ整列するな。まだ時間がある。（小さな軽騎兵を見る）うむ？　これは一体どういう軍隊だ？　植えたばっかりに違いない。まだ十分育ってない。これでも兵隊かね？

指揮官　あなたの親衛隊です。

クヴェックジルバー　これが？　服を着たカエルかと思った。

指揮官　この親衛隊があなたを守ります。

クヴェックジルバー　（一番小さい連中のそばに立つ）するとおれのここまでは安全だな。（と胸を指す）まあ、結構だ。では、どんなことができるかも見てみたい。（一方の側《がわ》に立っている小さい連中に向かって）気を付け——斜め右向け右！　前へ進め！　（一緒に舞台をぐるりと行進して大きい方の兵隊の前にくる）止まれ！　——まっ、まあまあというところだな。——大砲を宮殿に向かって配置してもらおう。（大砲が二つ空中の雲のなかに現れる。ひとりの精霊が砲手としてつく）止まれ！　大砲止まれ。——気を付け！　敬礼——一！　——二！　——三！　（兵員はサーベルでただ二テンポで敬礼をする）うむ、そうだ、つまり三じゃなくて、二に合わせてあるんだ。もう一度、敬礼！　——一！　二！　ひざまずけ！　——前へ進め——さあ、進め！　（軽騎兵の一列目がカエル跳びをする）止まれ、止まれ！　驚いたな、これはよく訓練できとる。全軍がこんなふうにして行進するのを見たいものだ。戻れ！　さてそれでは、気を付け！　——両足同時に出して宮殿に向かって行進、ツォライーデとその父親を逮捕するのだ。あとは全員殺害だ！　子供に乗った乳母車[19]も容赦するな！　右を見ろ！　左へ進軍だ！　攻撃しろ！　大砲を撃て！　撃鉄を腕に！　足で撃て！

指揮官　将軍！　あなたは作戦を全く理解していない。自分に指揮をとらせて下さい。いざ、突撃！　（戦闘の音楽。大きい連中は梯子を持ってきて、宮殿に立てかけ、上って攻撃する。軽騎兵たち、壁を壊す大きな槌を持ってきて金の門を突き破る。クヴェックジルバーは二人の小さな軽騎兵と一緒に脇に立って見ている。全員が退場すると、門のなかからトゥトゥの臣下のひとりが出てきて、クヴェックジルバーの肩にサーベルで切りつけてくる。クヴェックジルバーはすぐ小さな軽騎兵を持ち上げ、この兵士がサーベルで守るうち、書割のなかに入る。大砲が宮殿に二発撃ち込むと、宮殿はすっかり火に包まれる。戦闘は舞台全体に拡がる。トゥトゥとツォライーデが連れ出されてくる。魔法軍の勝利の群像。クヴェックジルバーがこの瞬間に二人の小男とともに出てきて、倒れているトゥトゥの臣下のひとりの上に勝利者として立つ。この群像の上に美しい雲の天幕が降りてくる。その中央にいる戦争の女神を四人の精霊が囲み、それぞれ小旗を振っている。四人は頭に兜をかぶっているが、それぞれ一つの文字が透けて見える。合わせると「しょうり」（勝利）となる。全体がタブロー[20]をつくる）

第二幕

第一場

インディアン風趣味の広間。脇に高い座席があり、クヴェックジルバーがそこに座っている。彼の傍に召使たち、中央に軽騎兵たち、反対側にトゥトゥの臣下たちがひざまずいている。ハッサル。

コーラス

勝者に忠誠誓い、
生命と血を捧げよ。
魔法の兵士相手に戦うとき
なんじらの勇気もむなし。

ハッサル　気高い外国のお方、超自然的な力に守られておいでですが、このまことにへりくだった奴隷の卑しい口から、この島の住民すべての者の忠誠の誓いをお聞き下さい。一同、あなたさまの圧倒的な力の前に身をかがめるものであります。

クヴェックジルバー　苦しうない。世の中ひっくり返ったのだ。

ハッサル　ご主人様！　ここでもうひとつおまけに、あなたさまの奴隷として敢えていたすものですが、自分の美男振りを意識しながら、身をおみ足のもとに投げ、全く特別にあなたさまに忠誠をお誓いいたします。また敢えてわたくしの服従心を韻文で申し述べたいとも思っております。

クヴェックジルバー　何だと？　おれに韻文で話したいと？　いや君、それは止めてくれ。それくらいなら殴られた方がまだましだ。

ハッサル　わたくしが美男であるのと同じくらい確かに、それはきつすぎます。

クヴェックジルバー　いまはもう結構。夜に大きな花火大会をする。燃えるピラミッド、そこから落ちる輪転花火が二千個、そして美男の（ハッサルを指して）この者を天辺《てっぺん》にのせる。さあ、皆さがれ。（全員退場、残った四人の軽騎兵に向かって）おまえたちはトゥトゥを連れて来てくれ。（軽騎兵退場）まずあの老人に説教をしてやる。それからあいつ、あの恩知らずのアマだ。

第二場

クヴェックジルバー。鎖に繋がれたトゥトゥ、四人の小さな軽騎兵に連れてこられる。

第一の軽騎兵　止まれ！　止まれと言ってるんだ。

トゥトゥ　（彼を見下ろす）何を下の方で騒いでいるんだ。わしはもうたくさんだ。

第一の軽騎兵　黙れ！　文句を言うな。さもないと二五回ムチウチをしてやるぞ。

トゥトゥ　何だって？　婿どの、わしをそんな畜生並みに扱うなんてきまりが、どこにある？　あんたの命令か？

クヴェックジルバー　ウイ！

トゥトゥ　ウイだって？　それじゃこっちは、チチンプーイだ。

クヴェックジルバー　それも仕方ないな。この勇敢な男たちはあんたを征服したんだ。あんたはわが軍の手中にある。

トゥトゥ　（小人たちに）軍の皆さん、お近づきになれて嬉しい。こうと分っていたら、皆さんを捕まえておくんだった。ネズミ捕り器を二、三個もしかけれゃ、皆さんはわしのものだ。

第一の軽騎兵　黙れ！　さもないと、頭が飛ぶことになるぞ。（サーベルを抜く）

トゥトゥ　またまた叫び声が五階のわしのところまであがってきた。

クヴェックジルバー　その鎖をはずせ。――二人だけにしてくれ。

第一の軽騎兵　かしこまりました。（怒ってトゥトゥの前に行く）もう、たくさんだ！（サーベルを鞘にいれて、仲間と一緒に反抗的な態度で出て行く）

トゥトゥ　（見送りながら）ああ、豆粒人間だ。

第三場

トゥトゥ、クヴェックジルバー。

クヴェックジルバー　さあ決着をつけましょう。一体どこであんたとお嬢さんはそんな、まともな人間の持っている貴重品をくすねるなどという生き方を習ったんですかい？　おれがこの国にきたのは、そんなためだったのか？

トゥトゥ　誰があんたがここに来るよう、命令したのかな？　来なければよかったのだ。

クヴェックジルバー　それがお礼かい？　おれはあんたの小

鳥やら鶏の小屋を全部、金にしてやろう、ただのコイを全部金色のヒゴイに変えてやろうとしたんだ。もしあんたにカネがなくなったら、売れるように、と思ったのさ。

トウトゥ　どうしてあんたはわしにそんなにくってかかる？　あんたの棒がわしになんの関係がある？　自分の持物に、もっと気をつけなさい。どうしてあんなに棒を振り回したんだ。あんたのそばにいたら、生命が危なかったぞ。

クヴェックジルバー　どうしてあんたは彼女からあれを取り上げなかった？　あんたの娘にもっといい教育を受けさせていたらね。

トウトゥ　あれ以上何ができる？　女家庭教師を三人もつけてやった。先ずパリから、次はリヨンから、そして幅広い畑のブライテンフェルト[21]から。あれは非常にいい教育を受けている。だからまたわしはあれに何も言えない。もし言ったりしたら、わしはしっかりと罵られる。

クヴェックジルバー　要するにあんたは恩知らずな人間だ。で、おれはあんたの娘をもらうのは、もう止めた。

トウトゥ　それじゃあ、あんたは汚い男だ！

クヴェックジルバー　いや、それは見当違いだ。おれが汚いなんてはずがない。なぜなら、おれは金持であって、だから体をきれいに洗い流した、いい男なのさ。どこから汚れがつくっていうんだ？

トウトゥ　あんたはわしの島にやって来たんだが、パ、パスポートさえ持ってなかったな。

クヴェックジルバー　そんなことは、みんな何でもない。バスがなかろうとテナーがなかろうと、おれの方があんたより声はきれいだ。

トウトゥ　いや、それはあんたの思い上がりというものだ、もしそんな伊達男がわしのような老人を口でやっつけられると思ったら。騙したって、わしの娘が悪いんじゃない。悪いのはあんただ。どうして金の杖など持ち込んだんだ？　ハシバミの杖[22]でも振り回したら、誰も欲しいと思わないで、ただ避けるだけだっただろう。それにあんなに侍女の方に目配せしたら、娘だって妬けてくるさ。あんなことをしては、いかん。フェアじゃない。――かわいそうな娘のツォライーデは、あんたが好きで、すっかり頭がおかしくなった。あんたのどこが娘にはそんなにいいのか、わしには分らん。正直に言って、わしはあんたが好きではない。あんたには何の取り柄もない。顔付きからしてもう正直じゃない。さあ、わしの顔を見てご覧なさい。全部開いとるじゃろう。（眼と口を大きく開ける）

クヴェックジルバー　ああ、その辺はね。でもここは閉まってるね。（額を指す）

第四場

ツォライーデ、前場の人々。

ツォライーデ　（真っ青、ゆっくり前に出てくる）お父様、あたしたちを二人きりにして下さい。

トウトゥ　この娘をよく見てご覧、え、暴君め！　悲しくって化粧さえしていない。こんな目にあうためにおセンチな小説を読むのを許したのか？　これが算術を習ったのは、こんな目にあうためだったのか、幸福に暮らしてきた三二年に——

ツォライーデ　（急いで口をはさむ）二四年よ！

トウトゥ　そう、二四年だ——八年間学校に行ってたから、これはゼロだ——その二四年に、あんたと知り合った不幸な時間を足すためだったのか？　まだいろいろ悪口を言えるけれど、わしはもう、ちょっと横になって休まなくちゃならん。だがそこの、金ぴかの紙の燕尾服を着たお主に言っとくが、ここは魔法の島だ。いますぐその辺を探してみて、もしどこか魔法のかかった隅っこに、わしを贔屓にしてくれる古狸の妖精が見つかったら、その時はわしの力を思い知るがいい、悪者めが！　（退場）

第五場

ツォライーデ、クヴェックジルバー。

クヴェックジルバー　コマン・ヴ・ポルテヴ、ご機嫌いかが、マ・シェール・プランセス？

ツォライーデ　あら、分るわよ。あなたはあたしをほんとに苦しめようというので、フランス語を使うんでしょう。そういうことはだれだって我慢できない、ってことを知ってるのね。さあ、あなたの金の杖を返してあげる。あんな小人の軍隊であたしたちの宮殿を荒らさなくたって、この杖、取り戻せたでしょうに。

クヴェックジルバー　あなた、おれの鼻っ先で門を閉めたじゃないですか？　おれに対して言わせたでしょう、さっさと消えろ、さもないと若いトラをおれに向かってけしかける、って。

ツォライーデ　そんなこと、知らないわ。それは誤解だわ。

クヴェックジルバー　いーや、門番があなたからの伝言だと言ってた。

ツォライーデ　あたしにはどうしようもないわ。いろんな事情がひどく重なり合って——

クヴェックジルバー　どんな事情が？

ツォライーデ　その門番は酔っぱらっていたのよ。

クヴェックジルバー　それはおれにも前にあったな。

ツォライーデ　ほんと！　飲んで酔っぱらったのね？

クヴェックジルバー　そう、それがおれのいいところだったんじゃないか？　――いやいや、本題からそれたぞ。あなたがおれにしたことは、寛大に許してやりたい。杖も取り返したし、これでおれたちは、きれいに別れた仲というわけだ。おれの小さな軍隊には、この宮殿のなかでもうこれ以上迷惑をかけないために、消えてもらおう。おーい！（第一の軽騎兵登場）撤退の合図を吹いてくれ。諸君が必要になったら、また呼ぶからな。（角笛を指す）

第一の軽騎兵　かしこまりました。（退場）

ツォライーデ　（角笛に気付いて、独白）ああ、この角笛ももらわなくちゃ。

クヴェックジルバー　さあこれで、出帆を待ってるドナウ川汽船[23]に乗り込むぞ。ではマドモアゼル、永久にアデュー！

（去ろうとする）

ツォライーデ　えぇっ？　あたしを置いて行くつもり？

クヴェックジルバー　何か反対でもおあり？

ツォライーデ　何か反対でも、だって？　あんたは、あたしの心の奴隷になるって、誓ったじゃないか？　なのにあんたはいま、当然の退職予告さえしないで、二週間の猶予も待たずに行ってしまう。

クヴェックジルバー　だっておれは料理女じゃないんだぜ！

ツォライーデ　それでもあんたは、あたしの楽しみにしていたスープを台なしにしたまま、このあたしを置いてきぼりにしようとしている。あたしは小羊みたいに罪がないっていうのに。

クヴェックジルバー　この女がこんなに可愛くなければなあ。いや、とんでもない！　おれをほっといて下さい、なにしろ腹黒いんだから！　罪がないなんて、どんな証拠がありますか？

ツォライーデ　あの門番が酔っぱらってたこと、忘れたの？

クヴェックジルバー　ばかばかしい！　酔ったなんて、おれには言い訳にもなりませんや。

ツォライーデ　ならない？[24]　恋っていうのも、酔うことじゃない？　だからシラーも言ってるじゃない、「かつて酔ったことなき者、すぐれたる男子ならず」って。

クヴェックジルバー　あのシラーがそんなこと言ってるって？　おれが知ってるんじゃ、それを歌ってるのは『新・幸運児』のなかの管理人です[25]。

ツォライーデ　どうでもいいわ。世界中のどんな管理人だって、あたしには関係ないわ。だってあんたの心の二重扉に、鍵がかかっているんだもの。その扉をあんたのツォライーデに開けてちょうだい！
クヴェックジルバー　おれはそんな鍵なんかを持ってませんよ。錠前屋を探しに人をやりなさい。
ツォライーデ　あたしのことをからかおうっていうのかい？
クヴェックジルバー　もう行かせて下さい。
ツォライーデ　待って！（独白）もう気絶して倒れるしか、手がない。（声をあげて）あっ苦しい。どうしたのかしら？
クヴェックジルバー　えっ、どうしたんです？
ツォライーデ　もう駄目！
クヴェックジルバー　またまた倒れてきた！（彼女は彼の腕のなかに倒れ込む）もうここにいる。さあ――ばかなまねはおやめなさい！　――ここにこうしておれの腕のなかにあるダイヤは、裏切りという台座のなかに爪止めで収まっている。――これはまさしく運命を分ける重大な瞬間だと言っていい。――しかもおれはこの女に惚れてるときた。それにしてもこの気絶はちょっと長すぎるようだ。また聞いてみなくっちゃ。もし、ちょっと起きてくれませんか？さあ、目を覚まして下さい。約束します。あなたのそばにいて、また前と同じようにあなたを愛しましょう。
ツォライーデ　（目を覚ます）ああ、何ということを聞いたんでしょう。あんた、本気なのね？　ああ神々よ！　感謝いたします。この人がまたあたしのものになりました。この瞬間をわたしは決して忘れないでしょう。
クヴェックジルバー　おれも忘れない。
ツォライーデ　じゃあ、あたしたち、もう別れることはないわね。でもあたしの父がひどく怒ってるわ。もし父が、あたしたちが一緒になるのに反対したら？
クヴェックジルバー　ああ、そのことなら心配ない。お父さんがいやになるくらい、目の前で吹いてやるから。
ツォライーデ　吹くって？　言ってることが分らないわ。
クヴェックジルバー　お父さんが文句を言ったら、おれの角笛を吹くんだ。そうすると例の小人の軍隊がまた出てくる。
ツォライーデ　あら、それは素敵だわ。見たいものね。ねえ、ちょっと　やってみてくれない？　だって信じられないもん。
クヴェックジルバー　そう？　すぐに一個中隊を吹き寄せてみせるよ。（角笛を取り下ろす）
ツォライーデ　あら、あたしにもできるかどうか、やらせてみて。お願い、二、三人だけ呼んでみたいの。
クヴェックジルバー　ああ、構わないよ。でも、気をつけて、――うっかり違う音が出ないよう。さあ、甘えんぼうさん。
（彼女に角笛を渡す。ツォライーデ、角笛を吹く。音楽）

第六場

前場の人々、六人のアマゾン、槍と盾を持っている。

ツォライーデ　あたしを守って！　この馬鹿、もうキレそうだから！　角笛はあたしのものよ。これでツォライーデが分ったかい？　はっはっはっ！

（急ぎ退場）

クヴェックジルバー　うーむ、蛇みたいな女め！（あとを追おうとする）

アマゾンたち（槍を構えて彼を追い返す）さがれ！

（短い音楽。クヴェックジルバー、地面に倒れる。アマゾンたち、急ぎ退場）

第七場

リンダ、クヴェックジルバー。

リンダ　なんて騒々しいんだろう。おや、そこに倒れているのは誰だろう？　あの外国人だ！　あーあ、かわいそうなお馬鹿さん！　全然動かないわ。まさか死んでるんじゃないだろうね。心配になってきたわ。（彼を揺さぶる）もし、旦那様！　まだ生きてますか？　そんなにひとを心配させないで下さい。もし死んでるなら、そう言って下さい。

クヴェックジルバー（起き上がる）ここはどこだ？　おれはまだ生きているのか？

リンダ（不安そうに）分らないわ。

クヴェックジルバー　誰だい？　やっ、女か？　消えろ、蛇めが。

リンダ　ああ、神様、この人、分別をなくしてるわ。

クヴェックジルバー　おれが分別を？　はっはっはっ！　象が自分の羽をなくすなんて、できるか？　猫がその正直さをなくすなんて？　兎がその勇気をなくすなんて？　ラクダがその柳腰をなくすなんて？

リンダ　もう、そんな動物たちの棚卸しは、止めて下さい。

クヴェックジルバー　逞しい駕籠かきから弱々しさを取るなんて、できるか？　パン売りのお喋り女からその沈黙を、靴屋の徒弟からその謙虚さを？　ひとりの人間が二五回ムチ打ち刑を受けることになっているとき、その人間から満足を奪い取るなんて、できるか？

リンダ　いいえ、あなたがそこで仰ってることは――

クヴェックジルバー　おれが分別をなくすよりも前に、月がフェルト帽を、太陽が赤ゲットをかぶせてもらうだろう。

リンダ　お願いだから、そのばかげたお話を止めて下さい。わたしはあなたをとてもいい人だと思っていたんですよ。

クヴェックジルバー　ああ、おれも彼女をいい人だと思っていたんだ！

リンダ　誰のこと？

クヴェックジルバー　誰って？　君のご主人、あの可愛いお嬢さんのことさ。

リンダ　あの方があなたに何をしたんですか？

クヴェックジルバー　おれの魔法の角笛を横取りしたんだ。

リンダ　ああ、そうだったのね！　わたしの来るのが遅すぎたわ。彼女の悪だくみに引っ掛からないよう、注意しようと思っていたの。あの人は誰にでもそうするんだから。あの人に惚れなければよかったのよ。もし、すぐにわたしのところに来ていたら！

クヴェックジルバー　何か言ってくれたでしょうね。

リンダ　あなたがとっても気に入ったの。

クヴェックジルバー　おれのことはほっといて下さい。もうすっかり、やけになってるんだ。

リンダ　ねえ、どうかお願い！　聞いてるの？　――

クヴェックジルバー　（怒って）おれを、おれをこんなふうに騙すなんて。（リンダをじっと見て）可愛い娘《こ》だ。（怒って）こんなふうに裏切るなんて。（リンダをじっと見て）愛らしい目だな、この娘の目は。（同上）いや、とんでもない！（同上）この娘は気に入った。もう離れないぞ！

リンダ　あなたをきっと、本当に好きになるわ。角笛をなくしたんですって？　そんなこと、気にすることはありませんよ。

クヴェックジルバー　おれに別の角をのせてくれる？

リンダ　代わりにわたしの心をあなたにあげる積りです。もちろんそれでは軍隊を吹き集めるなんてできないわ。たったひとりだけれど、わたしの心は永久にあなたを守って差し上げます。何千もの忠実な家来なんてもういなくても、わたしのこの胸の小さな戸を叩けば、ひとりの忠実な部下が出迎えるのです。そしてわたしと結婚すれば、お分りになるわ、――そのとき本当に幸福になるっていうことが。角笛なんてみんな忘れてしまうわ。

クヴェックジルバー　ああ、君はなんて可愛い娘なんだ！　なんていう名前？

リンダ　リンダです。

クヴェックジルバー　ええ、なんだって？　リンダ？[26]　この名前、ビロードのナイトキャップみたいに柔らかーい。うむ、よし。君と結婚しよう。だが復讐はやらなくっちゃならない。おれの角笛を取り返さなければ。この杖に手伝ってもらおう。急いでおれの部下と、宮殿にいる男という男を、見つけ次第呼び集めてくれ。策略でも暴力でもおれの角笛を取り返した者には誰にでも、賞金として百万をとらす。そして君には黄金の山を報酬として約束する。

リンダ　やったぁ！　夫を見つけたわ。ああ、あんたは、黄金の男！

クヴェックジルバー　（自分の金ぴかの上着をつかんで）たしかに「黄金の男」って言えるな。

リンダ　この人は、もう絶対に放さないわ！　わたし、すぐに戻ります。（退場）

第八場

クヴェックジルバー。

クヴェックジルバー　（ひとりで）あの娘はしっかりしている。あれと結婚しよう。待ってろ、王女め。おれの力を思い知らせてやるぞ、――あの角笛さえまた手に入ったら。リンダが王女から、魔法の角笛をどこに隠したか聞き出し、王女をそこからおびき出す。一方、おれは部下と一緒に宮殿を襲って、角笛を取り返したら、ツォライーデと父親を一番奥の牢屋に入れてやる。屋根裏部屋か、二重窓のあいだに、だ。それから角笛を腕に抱え、あの娘を背中に背負って[27]この偽りと裏切りの家からおさらばするのだ。（後ろにさがる）

第九場

クヴェックジルバー、リンダ、それにクヴェックジルバーの従者たちとトゥトゥの臣下数人。

コーラス

リンダ

みんな、ついてお出で、
金を探しに行くのだ、
悔いることは決してない、
うれしい褒美が待っている。

コーラス

一所懸命、そのすばらしい
金属を探し求めて
生命まで賭けます。
ただそのわけを話して！

リンダ

大損害だった。

悪だくみでもって
取られてしまったのだ、
銀の角笛を。

コーラス
武器を使って
取り返せというのなら、
命令さえあれば、
すぐ攻撃にかかります。

クヴェックジルバー（彼らの中央に出る）
何百万でも
褒美をとらすぞ、
まずおれの手に
忠誠を誓え。

コーラス
即座に誓います、
変わらぬ忠誠を。
先ずは急いで
お宝くだされ。

クヴェックジルバー
ターバンを上にかかげろ、
この世でなにも苦しむことはない、
楽しく一緒に歓声あげろ、
金の雨が降り注ぐ。
可愛い杖よ、
おれに恵みを。

コーラスとリンダ
可愛い杖よ、
彼に恵みを。

クヴェックジルバー
大きな歓び、
そなたの金が創る。

コーラスとリンダ
大きな歓び、
そなたの金が創る。

クヴェックジルバー
急いで帽子を上にあげろ、
杖よ、金の雪を降らせよ。
（一同、ターバンを高くかかげる。クヴェックジルバー、杖をさまざまに動かす。一同の期待高まる。音楽、休止する。彼の台詞）
きっとばねが一本折れたんだ。（前と同じ仕草。音楽、入る）

クヴェックジルバー、リンダ、コーラス
上からは何も来ない、

下からも何も来ない、
この
彼の ｝杖の魔力は
すっかり失せた。

クヴェックジルバー　（杖をしげしげと見て）
おまえらが何と言おうと、
杖はすりかえられたのだ。
おれのは強力だったが、
これは腑抜けだ。
（杖をぽきぽき折る）

コーラス
やいやい、
このイカレた百万長者め、
今度また来てみろ、
忠誠をちゃんと守って、
背中を叩き割ってやるぞ。
（一同、あざ笑いながら退場）

第十場

クヴェックジルバー、リンダ、あとでハッサル。

リンダ　でもどうなさったの？　なぜ金貨の雨が降らなかったの？

クヴェックジルバー　うるさい。鉄拳の雨が降らなくて助かったんだ。もうぽちぽち降り始めちゃいたけど。でもそれが何になる？　おれはとにかくやられちまったんだ。あの性悪女がおれの杖を取り替えてしまった。

リンダ　そんなこと、大袈裟に考えないで。世の中に棒なんて、いくらでもあるじゃない。棒のことなんかで我を忘れたりしないで、陽気にやりましょうよ。

クヴェックジルバー　今のおれにはなんの役にもたたない、世の中のどんな棒も。ブドウの木の幹だって、女房頭巾の台の棒だって、肉切り用の丸太だって――あの魔法の棒こそ地上一番だった。

リンダ　まあ、それじゃ、その地上の一番なんてほっといて、二階、三階と、上にのぼって行けば、ずっと見晴らしがよくなるわよ。

クヴェックジルバー　ああ、君だけがただ一人、まだおれについている忠実な人間だ。部下たちはおれを見捨てて行ってしまった。

（ハッサル、戸口で聞き耳をたてている）

リンダ　わたしをあてにして頂戴。お望みなら、一緒に逃げましょう。

ハッサル　今に見てろよ、ニャンコ女め。

クヴェックジルバー　いまはおれの金の船を公設質屋(28)にいれて、旅費を工面するしか仕方がない。

リンダ　でもどうやって出て行くの？

クヴェックジルバー　そんなことは子供にでもできる。二人並んで座って、魔法の肩帯をまとう。そうすりゃ、どこでも好きな所に行けるのさ。

ハッサル　彼奴は袖を振りさえすれば、まじない札が出てくる。

リンダ　まあ、それなのにあんたはそんなに気落ちして、逃げ出そうとしてるの？　それこそ子供にでもできることだわ。この帯にお願いして、王女がひとりっきりのとき、彼女の小部屋に行って、脅してやるのよ、――あんたの角笛と杖を返さなきゃ、殺してやるって。そうすりゃ彼女はあんたに、お許しを、って言うにきまってるわ。

ハッサル　結構な計画だ。すぐさま王女様に打ち明けなくちゃ。いまに見てろよ、魔女めが！　（退場）

クヴェックジルバー　そうだ。君の言う通りだ。これは面白いぞ。おれのようなカボチャ頭には思いもつかない。お嬢さん、おれからもう離れるなよ。また金持に戻ったら、トラットナーホーフ(29)を金メッキして君にプレゼントしよう。

デュエット

クヴェックジルバー

ああ、君、おれをよく見て
思うがいい、孔雀のように
可愛い足の美男が
君を奥方にするのだ。

リンダ

そしたら毎日がパーティー、
わたしのコーヒー茶碗は
ダイヤモンド製、
それに浸すパンは金。
それから馬車で出かけます、

クヴェックジルバー

その馬の蹄鉄は銀。

リンダ

美男の殿方たちを招待します。

クヴェックジルバー
　おれはそいつら、また追い出す。
二人
　家具は黒檀、
　二人は鼻高、
　雄鶏みたいに上に止まって
　人間なんぞは見もしない。
リンダ
　この帯は素早く運び去る、
クヴェックジルバー
　四つの大陸を一日で。
リンダ
　朝食はオリエントの国でとります、
クヴェックジルバー
　グリンツィング[30]でおれはワインを一杯ひっかける。
リンダ
　オランダの家でちょっと休憩、
クヴェックジルバー
　ブラジルで窓から覗く。
リンダ
　お昼は二人きりで食べましょう、
クヴェックジルバー
　じゃあアフリカのシュペァル[31]にしよう。
リンダ
　おやつにはアイスがなくちゃ。
クヴェックジルバー
　じゃあ君を氷の海のどまん中に置いてやる。
リンダ
　晩のディナーに寒くなってきたらば、
クヴェックジルバー
　オーフェン[32]で食べれば、寒くない。
リンダ
　寝ることになって、さて思いつかない、
　一番安全に寝られるのは何処かしら？
クヴェックジルバー
　君も先刻承知のはず、有名じゃないか、
　一番安全なのは、このオーストリアだってこと。
（二人踊りながら退場）

第十一場

ツォライーデの部屋、両脇に窓。夜。全体を照らしているのはランプ一個だけ。

ツォライーデとハッサル、登場。

ツォライーデ　じゃあ、はっきり聞こえたんだね。いつものように、おまえの言うことを信じたら馬鹿ばなしだったなんてことは、もう二度とないね。

ハッサル　はい、王女様！　わたくしめの美貌にかけて誓います。一言たりとも偽りはございません。あの男は魔法の帯を持っておりまして、あなたをお部屋で襲って、自分のお守りを取り返そうとしているのです。

ツォライーデ　そしてあたしの侍女が彼と情を通じているというのは、間違いないか？

ハッサル　間違いありません。それもあの魔女めのほうが、この計略を吹き込んだのです。

ツォライーデ　恩知らずめが！　それがあたしへのお返しか？　洗礼名の日には五グルデンとあたしのお古のメリヤスのドレスを、プレゼントにやったばかりじゃないか？

ハッサル　その通りです。大変なものです。

ツォライーデ　あの女にはもう何でもしてやったが――

ハッサル　よく考えてみると、たくさんのビンタをくれてやりましたね。

ツォライーデ　あら、そんなものは何でもないわ。

ハッサル　わたくしだったら、それは大ありというところですが。

ツォライーデ　あの女、あたしの地位を奪おうっていうんだね？

ハッサル　わたくしよりも別の男を選ぼうとしている。

ツォライーデ　ありとあらゆる神々にかけて、これはあんまりだ。

ハッサル　わたくしの美貌にかけて、これはあんまりだ。

ツォライーデ　さあこれで、おまえも出ておくれ。おまえにまで腹をたてるなんて、ごめんだからね。出て行っておくれ、二人とも、って、つまりおまえと、おまえの美貌の二人のことさ。

ハッサル　（独白）これは嫉妬だよ。生まれついた自分の魅力に、責任なんかとれないよ。（去ろうとする）

ツォライーデ　待って！　すぐに命令を出して、衛兵に廊下で待ち伏せするように言って！　わたしが叫んだら、あの男につかみかかって取り押さえるのよ。帯はその前にもう奪い取ってみせるわ。行きなさい！

（ハッサル退場）

第十二場

ツォライーデ。

ツォライーデ　（ひとりで）さあ、地上にあがってきて、復讐の女神たち！　緑がかった長コートをまとい、髪の毛を揺らすフーリエたちよ！　侍女のおまえにはもう騙されないぞ。たとえあの男にさらに何百もの魔術が使えるとしても、そんなものはみんな、あたしたち女の優美さの魔力が破ってしまう。（音楽）庭で何の音だろう？　なに、あれは？　ここが魔女たちの住むブロッケン山だっていうの？　いったい誰だい、空中を何かに乗って飛んでくるのは？　ああ、まさしくあいつだ！（音楽。雄鶏が鳴くのが聞こえる。音楽）雄鶏に乗ってるんだ！　乗ってるあの人の美しいこと、まるでイギリス人[33]の乗馬姿だわ。ああ、素敵なお守りよ、あたしはおまえを使ってみたい。今に見ていろ！（ソファーに身を投げて眠っている振りをする）

第十三場

ツォライーデ。クヴェックジルバーが大きな雄鶏に乗って窓から飛び込んでくる。雄鶏が部屋に着くと、彼は降り、雄鶏は反対側から飛んで出て行き、鳴く。

クヴェックジルバー　うるさいぞ、いやな鳥めが！　やつが鳴くと、耳がはじけそうになる。妖精の動物小屋にほかの乗り物がないんじゃ、やめた方がいい。なにしろひどい冒険旅行だもんな。雄鶏で遠乗りなんて、こりごりだ。ローストチキンならまだしもだが。こんな大騒ぎはしないもんな。

メロドラマ

（ツォライーデを見て）やっ、そこにいるな！　――眠っている――（音楽がいびきを表現する）なんという穏やかな眠りだ――ああ、どうしてこんなにもワルで、こんなにもきれいなんだろう！

ツォライーデ　まだわたしに惚れてるよ、このウスノロは！

クヴェックジルバー　寝言を言ってるよ。おれの夢を見たらしい。おれの名前を言ってたもの。いやいや、クヴェックジルバーよ、しっかりしなくちゃ。やい！　起きろ！

ツォライーデ　（飛び上がる）なーに？　誰なの？

クヴェックジルバー　吾輩だ。

ツォライーデ　何の用だい？

クヴェックジルバー　ケリをつけたいと思って。

ツォライーデ　なんて厚かましい。どいて、あたしを通して。

クヴェックジルバー　そこを動くな！　助けを呼んだら、窓から放り出しますからね。おれの角笛と籐《とう》の杖を返して欲しいのだ。さもないと無事にはこの部屋から出られませんからね。

ツォライーデ　前代未聞の図々しさだ。逃げるがいい。さもないとこの短剣が――

クヴェックジルバー　なにを小癪な、嘘つきフナっこめ！

（音楽。二人は短剣を取り合って争う）

ツォライーデ　（自分の優勢を見てとり、彼から帯を奪う。その瞬間に叫ぶ）衛兵！　衛兵！

（音楽）

第十四場

前場の人々。衛兵、飛び込んできて、たちまちクヴェックジルバーをつかまえる。

ツォライーデ　抑えておいて！（帯を持って次の間に急ぐ）

クヴェックジルバー　放せ！　おれは跳躍のルートヴィヒ伯[34]だぞ。（振りほどいて窓から外に飛び出す。音楽）

（ハッサルが音楽のあと、急いでやってくる）

ハッサル　もうつかまえたか？　放すんじゃないぞ、おまえたち、いいな！

衛兵　逃げてしまいました！

ハッサル　何だと？

衛兵　その窓から、です。

ハッサル　ほんとだ。あそこを走って行く。（叫ぶ）おーい、ちょっと待て！　いま追いつくからな。

ツォライーデ　（戻ってきて）そいつを連れて行きな！

ハッサル　もう行ってしまいました。（窓を指す）

ツォライーデ　なんだって？　逃げた？　まさか！

ハッサル　わたくしの美貌にかけて、そうなのです。

ツォライーデ　まっ、いいわ。あいつのお守りの方は頂戴したんだから。

第十五場

前場の人々、トゥトゥ。

トウトウ　（一種のガウンを着て、手には色付きの大きなランタンを持っている）この夜中にそこで何を騒いでいるのだ？　ちゃんと休むことさえできない。
ツォライーデ　お父様、一緒に喜んで下さい。
トウトウ　何を喜べというんだね？　何も聞いてないが。
ツォライーデ　あたし、あの外国人から魔法の贈物をうまくせしめてやったの。あいつはもう何も持ってないわ。全部あたしの手に入ったの。本人は逃げちゃったけれど。あの窓から。
トウトウ　そりゃ大ごとだ。だがどうしてわしに誰もなにも言ってくれないんだ？
ツォライーデ　いつお話しろと仰るんですか？　三週間に一遍お目が覚めて、そのあと食事のために座って、食後はまたすぐに横におなりになるんですもの。
トウトウ　誰にだって、ひどく好きなものってあるもんだ。わしはなんといっても、寝ている時が一番楽しい。
ツォライーデ　今夜はもう誰も寝てなんかいられないわ。大きな祝宴の用意をするの。それは明日一日中続くんだわ。あたしの立派な頭を讃える詩を、町じゅうに撒くの。喜びでこの島は沸くわ。というわけで、お父様もちっとは喜んで下さい、そのキャンヴァス地のガウンを着たままでいいから。
トウトウ　もし喜ばないとしたら、それも理由が分らんな。（全く無気力な調子で）ヤッホー！　――もう嬉しくて胃がきりきり痛い。
ツォライーデ　いま着替えをしてきます。大成功！　やったわ。この勝利であたしはますます磨かれる。（急ぎ去る）
トウトウ　こっちはますます荒れてくる。――いま何を言おうと思ったんだっけ？　そうだ。皆、祝宴の用意にかかれ。わしの馬毛のクッションも忘れないでくれ。食事は中国風園亭でする。一五〇人分だ。食後には大舞踏会。わしがもし眠ってしまうようなことがあれば、太鼓連打付きメヌエットをやってくれ。あいつ、何と言ったっけ？　そうだ、ハーデンの曲だ。(35)

（一同、退場）

第十六場

インドの風景[36]。片方に一本のイチジクの木、反対側に実際に水のでる泉、背景に藁の小屋。クヴェックジルバーがイチジクの木の背後に立っていて、辺りをぐるぐる見回してから、出てくる。

クヴェックジルバー　ああ、助かった！　誰ももう追ってこない。これで、おれはさっぱりした。妖精の贈物は全部なくなったし、あの侍女も行方知れず。残ったものといえば、おれがトンマで、鼻先を引きずり回されたという、結構な話が頭にあるだけだ。しかしよく走ったね、グレーハウンドみたいだった。で、腹が減って、チョッキの金モールまで食べてしまいたいくらいだ。いまこのイチジクの木に登ってやる。そしたらものの五分で上には実が一個もなくなるぞ。（木に登る）さあ、空きっ腹よ、アカンベエだ。（食べる）見事だ！　すばらしい！　たいしたもんだ！　（二、三個、取って、下りる。鼻が大分大きくなったが、まだバランスはとれていて、ひどく誇張されてはいない。なお食べつづける）何だか分からないが、ずぅっと目の前がよく見えない。（鼻をつまむ）なんだ、これは？　すごい巨大な鼻だ。ああ、おれはなんて不幸なんだ。まだまだどんな目にあうか？　とどのつまり、おれはこの島で何もかもなくして、おまけに長い鼻して尻尾を巻かなきゃならない。鼻か！　これでもし鼻風邪をひいたら、命取りだ。自分の顔を見てみたい！　ここがウィーンの鏡小路[37]だったらいいのだが。誰もいないんだろうか？　おーい！　（小屋をノックする）

第十七場

ツァーディ、クヴェックジルバー。

ツァーディ　（中から）誰だ、ノックするのは？

クヴェックジルバー　おれだ。

ツァーディ　なんの用だ？

クヴェックジルバー　すみません。三面鏡をお持ちじゃありませんか？

ツァーディ　貴様、表に出たら、おまえの鼻を叩き割ってやるぞ。

クヴェックジルバー　おれの鼻を叩き割るだって？　この鼻を？　そんなこと、できるかな？

ツァーディ　（出てくる）待ってろ、貴様この――はっはっはっ！　このおかしな奴のツラを見ろ！

クヴェックジルバー　もう気がついたな。

ツァーディ　そこにあるその泉で、自分がどんな顔か、よく見てみろ。

クヴェックジルバー　（その通りにする）これゃひどい！　顔になんと、立派な瓢箪が付いている！　この鼻でウィーンに行ったら、どこでもリーニエを通してくれっこない。(38)

ツァーディ　おまえ、きっとあのイチジクを食ったな？

クヴェックジルバー　無論さ。

ツァーディ　先に言っておいてやれば、よかった。だがどうして、こんなおれしか住んでない所に、それもこの木のところまで、やって来たんだ？

クヴェックジルバー　どうしておれがこの木のところまで来たか、がいまは問題じゃなくて、どうしたらおれがこの鼻から離れられるかが、問題なんだ。

ツァーディ　その滑稽な鼻とおまえのその滑稽な様子で、おまえは助かったんだぜ。おれは人間嫌いでこの魔法谷にやってきたんだが、もう出る気はない。なにしろここは偏見のおかげで、何百年も前から誰も足を踏み入れた者がないんだ。ここで動物たちに混じって暮らす方がおれはいい。おまえだって追い出してやっただろう、――もしその鼻で大笑いをしなかったら。（書割のなかの方を見て）また誰かきた。

クヴェックジルバー　おれの侍女だ。さあ、早く！　おや？　立ち止まったぞ。

ツァーディ　見えないのか？　深い壕(39)があって、越えられないんだ。

クヴェックジルバー　じゃあ、回り道してコールマルクトを通ってくればいい。

ツァーディ　助けてやろう。（急いで行く）

クヴェックジルバー　いまこの鼻のおれを見たら、彼女はもうおれが好きではいられなくなる。とっても無理だ。

第十八場

リンダ、ツァーディ、クヴェックジルバー。

リンダ　やっと見つけたわね。（彼をじっと見て、叫ぶ）まあ、驚いた！　なんていう顔なの？

クヴェックジルバー　もう見られたか！　トンビみたいに眼をまん丸にしている。

リンダ　なんて気持悪い人！　いったいどうしたの？

クヴェックジルバー　（ひざまずく）ねえリンダ、どうかお願いだ。今度だけは許してくれ。もう二度とこんなことはしないから。あそこのイチジクを食べたんだ。そうしたら鼻が大きくなってしまった。
リンダ　いや、そんなあんたは嫌い。あとを追って走ってきたけど、心配でもう死にそうだった。やっと追いついたと思って、見たらこんな顔をしている。
クヴェックジルバー　ねえリンダ、頼むから、そんなこと言わないで！　いまはおれの鼻を、好きなように引っ張り回してくれ。誰かがおれの鼻をつかんだら、おれはもう逃げられない。
リンダ　あんたという人、どこまで運が悪いの！　あっちに行って！　もう見てられない。
ツァーディ　まあ、これ以上苦しまないようにしてやろう。あそこのあの泉の水を飲んでみな。そしたらその鼻、なくなるぜ。この場所に引っ越してきたときのおれも、そうだったんだ。
クヴェックジルバー　それは本当か？　有難い！　(泉へ走って行き、飲む。鼻が消え、彼は飛び出してくる) もう、ないぞ。ああ、助かった！
クヴェックジルバーとリンダ　(同時に) 嬉しいな！
（二人は嬉しくて跳ね回るが、顔が合ったとき、突然笑うのをやめる。クヴェックジルバーは急に真顔で立ち止まる。リンダ、いぶかる）
クヴェックジルバー　これはどういうことだ？　あなたは、どうしたいって？　おれがもう好きじゃないって？
リンダ　いいえ、今はもうまた、あんたが好きだわ。
クヴェックジルバー　うむ、そうなんだ。おれが自分の男振りの破産宣告をしたとき、彼女はおれのことを見向きもしなくなった。いま元通りになったら、また好きになった。今度はおれのことをどうする積りか？　なにしろ全くの無一文なんだ。(ツァーディに向かって) ねえ、君、おれはあんたにどうお礼を言ったらいいか――つまりその、おれに二百グルデン、貸してくれないだろうか？
ツァーディ　ああ、いいとも！　二百ムチウチをくれてやろう。
クヴェックジルバー　おカネの名前があんたの国じゃなんていうのか、おれは知らないんだけど。
リンダ　あら、わたしたち、飢え死になんかしないわよ。いいこと。わたしはそのイチジクをひとに売るの。そして変な顔になったら、あんたが医者になってやってきて、その水でまた治してやるの。そしたらいっぱいおカネが儲かるわ。
クヴェックジルバー　待てよ！　よーく考えさせてくれ。――どうやって？　何を？　(急に大喜びで飛び上がる。リンダとツァーディ、驚く) 分った！　分った！

リンダ
ツァーディ } 気が触れたの？ 何が分ったって？
クヴェックジルバー　幸運だ！　つかまえたんだ。
ツァーディ　じゃあ、放すな。
クヴェックジルバー　ねえ君、ひとつだけお願いがあるんだけど、籠をひとつ取って例のイチジクを一杯いれて、それから瓶に魔法の水を詰めてくれ。礼はたっぷりするぜ。ただ大急ぎでたのむ。
ツァーディ　まあまあ、その頼みはたしかにやってやるよ。
（小屋に入る）
リンダ　でも、いったいどうするの？
クヴェックジルバー　ねえリンダ、しっかり聞いてくれ。宮殿じゃもう君がいないこと、気付いてるかい？
リンダ　とんでもない。みんな、上を下への大騒ぎ、お祭りのためよ。
クヴェックジルバー　お祭りだって？　こりゃいいぞ！　この島じゃあのイチジクを食べるとどうなるか、知ってるのかい？
リンダ　わたしはそんな話、聞いたことない。この辺りは魔法にかかっていて、誰もここに来ようなんていう人はいないの。わたしはただあんたが走ってるのが遠くから見えたもので、それであんたを追って来ただけ。だから分るでしょう、わたしがどんなにあんたを好きか。
クヴェックジルバー　君はまたそのお祭りに戻ってくれ。あのイチジクを一杯いれた籠をもって、君の王女と父親に八つに持って行くんだ。なにしろ見事なイチジクだから、間違いなく食べるさ。
リンダ　ええ、それから？
クヴェックジルバー　それから二人は鼻がでかくなる。そして王女がそのあと絶望したら、君がおれのことを奇跡の名医として連れてくる。だが王女は治してやらない、おれの贈物を返してくれなきゃ、ね。
リンダ　すばらしい計画だわ！　あの人、ほんとにひどいブスになったら、いいんだわ。だって、いつも自分が一番の美人でなきゃ気が済まないんだから。当然の報いだわ。
クヴェックジルバー　こいつは水車に水、火に油だった。そう、この女というやつ。もしお互いに眼を引っ掻き出すことができたら、実際にやりかねないからな。

第十九場

ツァーディ、前場の人々。

ツァーディ　（この間に籠にイチジク、瓶に泉の水を詰めて、前に出てくる）さあ、これで全部そろったぜ。

クヴェックジルバー　兄貴、有難うよ。（彼を抱く）今のとこ、この銀のハンカチしかお礼にやれないけど。これしか、金持のときのもので、残ってるものはないんでね。（上着のポケットからハンカチを出す）

ツァーディ　いいんだよ。

クヴェックジルバー　（リンダに籠を渡して）これを持っていってくれ。――よし、っと、うまくいったら万々歳だ(40)！

ツァーディ　でもそれで何をするつもりだ？

クヴェックジルバー　おまえには関係ないことだ。おれにはいい友だちがいて、そいつに、たっぷり一尺もある立派な鼻をつけてやりたいんだ。さあ、リンダ、いっときも無駄にはできない。森の悪魔君、アデュー！

ツァーディ　おまえは全くおかしなやつだ。達者でな。（退場）

クヴェックジルバー　アデュー、わが天使よ。――ねえリンダ、もう行ってくれ！　おれはすぐあとから行く。一緒に行くわけにはいかないんだ。ひとに見られちゃまずいからな。

リンダ　わたしを当てにして頂戴。賢い娘にできないことはないわ。（退場）

ヴェックジルバー　（ひとりで）ああ！　これでまた気持が楽になった。希望に勝るものはない。いまおれは楽しくて、人間という人間の頭をひきよせて、キスすることだってできそうだ。この世の中で一番いいのは、なんといってもこの世の中だ。

アリア

この世はまことに素敵、
　そうでしょ、皆さん！
朗らかな気持を忘れることなければ、
田舎踊り《ラングアウス》を一生踊って暮らす。
　そうでしょ、皆さん！

女はまことにしっかりもの、
　そうでしょ、皆さん！
結婚で自由が足枷かけられても、
女のお蔭で人生は楽しい。
　そうでしょ、皆さん！

男、――これもまあまあのもの、
　そうでしょ、皆さん！
色目を使っても、ご婦人方さえしっかりしてれば、われら男も目覚めて、自分から戻る。
そうでしょ、皆さん！

（退場）

アンコール

わたしの胸は溢れんばかり、
そうでしょ、皆さん！
中で何かが、外に出たいとノックする、
謝辞をお土産に差し上げたいと。
そうでしょ、皆さん！

（退場）

第二十場

インディアン風の大きな庭園。一方の側にツォライーデのための花の玉座。反対側には、美しく飾った中国風園亭への実際に使える入口がある。

入場大行進。先頭は男女の踊り手、次はお供、そのあとトゥトゥとツォライーデ、ハッサル。二人の従者がトゥトゥのための大きな安楽椅子を運び、玉座の向い側に置く。そのあとまたお供。魔法の贈物は三人の少年によってクッションに載せてツォライーデの前に運ばれる。ツォライーデが玉座に上がる。トゥトゥは安楽椅子に座り、まどろみ始める。

コーラス

知の光の冠により治める
ツォライーデ様、万歳！
われらが歓声倦むことなく、
君の輝きを告げる。

ツォライーデ　（誇らかに）皆さん、有難う。あたしには前から分っていることだけれど、あたしの頭のよさと美しさは、たしかにこの世の女性の美点すべてにも匹敵するものです。それでもあたしはそれほど厚かましくはないので、今日またもう一度そのことを、歓声あげる皆さんのお口から聞いて、嬉しく思います。

一同　ツォライーデ王女、万歳！

ツォライーデ　お父様！　おっほん！　お父様――

トゥトゥ　（目覚めて）そう、そう――

ツォライーデ　今度はお父様からお言葉を。

トゥトゥ　すぐに始める。――黙って！　――さあ発言するぞ。――紳士淑女の皆さん、宜しいか。われわれがここに集まったのは、祭りを祝うためだが、この祭りを催したわけは、わしの娘がその、わしのそれよりなお優る知性の、非凡な才によって、われらが島にやって来た高慢ちきなあの外国人から、価値ある三つの魔法の贈物を取り上げたからである。さてこの外国人は――そうだね、娘や――さてこの外国人は、――そう――われわれに対してたいへん恩知らずな振舞いをしたので、――それで――それで――怒りが頭にのぼって、なんて言ったらいいか、分らなくなった。（ツォライーデを指して）次に続く。（再び腰をおろす）

ツォライーデ　（小声で）お父様にいつ演説してもらっても、こうなんだから。（声をあげて）ここにその魔法の贈物があります。この角笛によって、わが島はいかなる外敵の来襲に対しても安全なのです。この杖は黄金の世界を秘めていますし、この帯は、これを身に着けた者をどんな遠い場所にも電撃の速さで運んでくれます。この三つの贈物をみんな、わたしはとりわけ皆さんの幸せのために使うつもりでいます。

一同　トゥトゥ王、万歳！　ツォライーデ王女、万歳！

ハッサル　王女殿下、ここにありますわれらがミューズの果実をお受取り下さい。これらの果実は、インディアン最大の頭脳のなかで今朝熟したばかりのものでございます。

ツォライーデ　どこにあるの？

（四人の奴隷が非常に大きな金の籠を持ってくるが、その中にはいろいろな色の詩が丸められて、たくさん重なっている）

ハッサル　これがその詩的なシチューです。（ツォライーデに二、三編、差し出す）

ツォライーデ　（受取るが、ろくに見ないで）中身はどういうこと？

ハッサル　お姫様のやさしさと知性を讃えるもうとてつもない賛辞です。

ツォライーデ　（自惚れの微笑を浮かべて）気に入ったわ、――きれいな字！　あたしはもう全く満足です。

（ハッサルはトゥトゥにも二、三編取るように身振りで勧める）

トゥトゥ　うん、じゃあ。（立ち上がって二、三編取る）ああ、そう！　いいね、本当にいいね。（手の中で揺する）時には本当に新鮮なのがあるね、近頃言うユーモアある新鮮さを持っている。（再び腰をおろす）

ハッサル　今度は美男のわたくしからもお姫さまに一編の詩を差し上げるのを、お許しください。

ツォライーデ　それは何なの？

ハッサル　あなたの愛らしさへのエレジーです。

トゥトゥ　きっと何か写したに違いない。おまえが、ネグリジェーとかなんとかいうものを、自分で作れるとは思えんな。
ハッサル　王様！　わたくしの美貌にかけて、間違いなく自分で創ったものでございます。
ツォライーデ　もうよい。おまえにはあとで必ず何か授ける。その詩をあたしの部屋に持って行きなさい。（その通りになされる）魔法の贈物はこちらのこのなかへ！　あたしが見張っている。
（ひとりの奴隷、来る）
奴隷　王様！　食事の用意が整いました。
トゥトゥ　ああ！　おまえは素敵な言葉を語ったな！（立ち上がり、大きな声で皆に）食事の用意が整った。
一同　おお！
トゥトゥ　さあ、姫！　知性はもう食事をとった。今度は胃袋にもちょっとした朗読を聞かせてやろう。(41)――皆の者、ツォライーデ万歳、トゥトゥ万歳を叫べ！
一同　ツォライーデ姫、万歳！　トゥトゥ王、万歳！
トゥトゥ（感動して）驚いたな。
（ハッサルと踊り手たちを除いてすべて退場）
ハッサル（踊り手たちに）わたしが手を叩いたら、踊り始めるのだ。
（踊り手たち、お辞儀をして、退場）

第二十一場

リンダ、ハッサル。

リンダ（イチジクを皿に盛って）ハッサル！　しーっ、ハッサル！
ハッサル　何だろう？　――ああ、おまえだな、ニャンコめ、どこに隠れてるんだ？　ええ？　待ってろ、ツォライーデ様が、おまえのほっぺたに歓迎の一発を食らわそうと、目の前に現れるのをお待ちかねだぜ。
リンダ　怒らないでね、ねえ、ハッサル、わたしはもう本当に後悔してるんだよ。あの宿無しの虜になっちゃって、おまえさんから離れてさ。
ハッサル　まあ、分りゃ結構。――そこに持っている立派なイチジクは、どうしたんだい？
リンダ　宮殿の庭師にもらったの。トゥトゥとツォライーデ二人用のもので、とっても珍しいものなの。食卓に持って行って、王様と王女様に渡してね。ご機嫌直していただけると思って。
ハッサル　わが美貌に誓って、すばらしい果物だ。ふむ、これでうまく取り入ってやろう。そうだ、自分でこれを植えたと言ってやろう。

リンダ　さあ、早く。

ハッサル　ああ、もう行けよ。（リンダ、舞台奥に退く）これは立派なイチジクだ。そうだ、おれも自分用にちょっととくすねておこう。（二個のイチジクを帯のなかにかくす）わが美貌のための素敵なご馳走になるぞ。（園亭へと退場）

リンダ　（前に出てくる）今に見ていろ、悪党め。赤恥かくことになるよ。もう戻って来た。で、どうだった？

ハッサル　（戻って来て）万事オーケー。トゥトゥさまは滅茶苦茶喜んでられた。

リンダ　それはうまくやったわね。（独白）成功だわ。さあ、恋人のところへ。

ハッサル　（手を叩き、大声で言う）踊りを始めろ。さあ、おれはこのイチジクを食おう。誰にも見られないよう、注意しなくちゃ。（退場）

（盛大なダンスが始まる。最後はひとつのタブロー）

第二十二場

ツォライーデ、あわてて出てくる。彼女の鼻は大きくなっているけれど、町の仮面舞踏会で仮面としてつける付け鼻のような具合で、カリカチュアというわけでは全くない。すぐ続いてお供、登場。

ツォライーデ　助けて、助けて！　なんなの、あたしが見たのは？　まさか！　まぼろしに違いない。ちょっと見て、あたし、どんな顔してる？（踊り手一同驚く）どうしたの？（笑いを押し殺す）なに？　からかうんだね！　気が狂いそうだ。鏡を持ってらっしゃい！

（急いで鏡が運ばれてくる。彼女はのぞき込むと、叫び声をあげて気絶する）

第二十三場

トゥトゥ、前場の人々。

トゥトゥ　（鼻が大きくなっている）何が起こったのだ？　わしがなかで静かに座ってイチジクを食べ、そしてちょっと居眠りすると、突然皆が走って行く。（一同笑う）今度は、いったいなんで笑うんだ？　あっ、あれが気絶してる！　姫や！　どうしたんだ？（急いで彼女のところに行き、驚き跳びすさる）いやぁ！　なんという顔だ！　ああ、これはおかしい、はっはっはっ！

ツォライーデ　（目覚める）ああ、あたしはかわいそうな娘！

（泣く）誰があたしをこんな目に合わせたの？　（トゥトゥを見て）でも、お父様！　はっはっはっ！

トウトゥ　娘が喜んでいる。面白い顔をしとるな、気に入った。（笑う）

ツォライーデ　お父様、鏡で顔をご覧になって！

（鏡が彼の前に置かれる）

トウトゥ　手を貸してくれ！　がつんとやられたわい！　急いで侍医を呼びにやれ！　大至急、医師団を集めるんだ。

ツォライーデ　島じゅうの医者を連れて来て！　とっても我慢できないわ。さあ、舞踏会を始めなさい。

トウトゥ　わしはなんと不幸な男だ。顔がぶっ壊れてしまった。

ツォライーデ　魔法の仕業に違いないわ。

第二十四場

リンダ、前場の人々。

リンダ　王女様！　（驚く）まあ、なんというお顔？

ツォライーデ　さっさと消えな！　おまえの眼が潰れないうちに。

一同　（大声で）侍医だ！

第二十五場

侍医、前場の人々。

トウトゥ
ツォライーデ　｝（同時に）ああ、助けて下さい！

侍医　（驚く）お許し下さい、偉大なツォライーデ様！　わたくしにはお助けできません。自然がこんなはねっ返りをしたら、わたしの医術なんかお手上げです。

トウトゥ
ツォライーデ　｝絶望だ！　夜逃げしかない、この鼻じゃあ。

第二十六場

ハッサル、前場の人々。

ハッサル　（同様に大きな鼻をして）偉大なトゥトゥ王様！　（トゥトゥの鼻に驚き、ツォライーデの前にきて彼女を見ると、同じように驚く。そして舞台中央にくると、両手で両者の鼻を指し）これはどうしたんです？　この鼻は！　（一同笑う）

ツォライーデ　お黙りなさい。あたしたちの鼻について、何か悪口など言ったら承知しないよ。

トゥトゥ　おまえの方が大きいじゃないか！

ハッサル　（両手で自分の鼻にさわる）わたくしの美貌にかけて！（非常に不安になって）これは魔女の仕業だ。

トゥトゥ　何か言いに来たんだろう？

ハッサル　ふつうじゃない医者が参って、お目にかかりたいと申してます。

ツォライーデ
トゥトゥ　｝どこ？　どこ？

ハッサル　もう参りました。

第二十七場

前場の人々。クヴェックジルバー、医者の格好、金色の小箱を持っている。

クヴェックジルバー　（早口で）お恐れながら宜しくお願い申し上げます。わたくしめは有名な医師バロメートリアヌス[42]と申しまして、世界中どこでも有名でございます。したがってもう、世界の何処についても様々なお話をいたす栄誉を有しておるものでございます。そこでお尋ねいたしますが、わたくしが拝顔の栄に浴しておりますのは、あの偉大な王様トゥトゥ王でいらっしゃいますか？

トゥトゥ　わしには今あなたがどうしても必要なのだ。ただ鼻を調べていただくだけでよろしいのだが。

クヴェックジルバー　いま鼻のことを仰ったので、あとでわたくしが鼻についてあるお話をするのを、どうか忘れず思い出させて下さい。ところで非常な栄誉でありますが、わたくしの敬愛するお方、あなたさまはわが讃嘆する麗しのツォライーデさまでいらっしゃいますか？

ツォライーデ　（泣きじゃくりながら）そう、あたし――その――麗しの――ツォライーデです！

クヴェックジルバー　ふむ！　あなたさまは心の病におかかりのようです。これは悪い病気です。そこで北アメリカで実際にあった話をお聞かせしたいと思います。むかしそこにある男がいて、二七人の娘がありました。いまもう大急ぎで、この二七人の娘全部の話をいたしたいと思います。

トゥトゥ　失礼だが、そのお話はまた別の機会にお願いしたい。まずご助言を是非うかがいたいのです。

クヴェックジルバー　よろしいですか。いま助言のことを仰ったので、わたくしはまたすばらしい話を思い出したのですが、そのお話がどうもうまくできません。というのは、あなた方のお鼻が少し巨大な形に作られていることに気が取られるせいです。そこで大きな質問が生ずるのですが、あなた方はもうそれを付けてこの世に生まれてきたのか、それともそれはごく最近に出来たものなのでしょうか?

ツォライーデ　退屈な人ね！　そう、そう、ついちょっと前のこと——

トゥトゥ　まあ、ひそかに手に入れたんだよ——助けて下され。

クヴェックジルバー　では、よろしい！　ここでお慰めのために申しておきますが、あなた方だけがこの世で唯一、大きな鼻をつけているわけではありません。鼻っ先で踊らされるなんて人たちもいます。待って下さい、あなた方にお話をしたいことがあるのですが——

トゥトゥ　あなたは治せるのか、それとも治せないのか？それだけをわしらは知りたいのだ。

クヴェックジルバー　失礼ながら。どうしてそれを疑うなんてことができるんですか?　わたくしはあなた方を治します。たとえそのお鼻が南アメリカのチンボラソ山(43)くらい高くても、です。これは世界一高い山です。あなた方のお鼻はアリストテレスの法則に従って治療しなければならないのです。

ツォライーデ　そんなことはみんなあたしたちにはどうでも——

クヴェックジルバー　失礼ながら、これはみんな、どうでもいいことではないのです。それについて(44)ひとつのお話をしましょう。ヒポクラテスとガレヌスはこれについて何連もの紙をついやして論文を書きました。というのは、人間の鼻は顔の中央にありや、否や、という論争が大学で起こったためなのです。——

トゥトゥ　でもそんな方々は知らないぞ。

クヴェックジルバー　失礼ながら、あなたはヒポクラテスとガレヌスをご存知ない?　ではひとつのお話(45)をお聞かせしましょう。ヒポクラテスはシュトラウビングの有名な薬屋で、ガレヌスは中国軍隊の偉大な連隊付軍医でした。ところで、恐れ入りますが、お脈を触れさせていただきたいのです。

トゥトゥ　脈がわしらの鼻と何の関係があるのかな?

クヴェックジルバー　失礼ながら！　自然のなかではすべてが互いに結びついているのです。例えばあなたののどは胃に働きかけ、あなたの手は頬に、口は足に働きかけるという具合です。この、あなたの口があなたの足を動かすことができるということを、すぐに証明してご覧にいれようと思います。あなたが例えば誰かに悪態をつくと、その人は棒を取ってあなたをさんざんに打ちのめす。するとあなたは走って逃げ出すほかない。こうしてあなたの口が原因で、あなたの足が動き出した、というわけです。

トゥトゥ　しかし今は、打ちのめすなんていう話を、しているのではない。
クヴェックジルバー　失礼ながら！　わたくしの方は、この打ちのめすなんていう話が大好きなのです。そこで、大急ぎで短いお話をしましょう。
ツォライーデ　いいえ、もう我慢できないわ！　あなたのそのお話とやらをもう止めて下さい！　だってお話なんて聞きたくありません。この鼻ほど不幸な話に出会うことはありませんもの。
クヴェックジルバー　するとあなたは、そのお鼻をなくしたいんで？　どうしてそのことをすぐに仰らなかったんですか？　グラスを取って！　(グラスを渡されると、持ってきた小箱から小瓶を取り出し、グラスに注ぐ。トゥトゥに向かって) これをお飲みなさい！
ツォライーデ　やっとこさ何か始めるわ。
トゥトゥ　どうなるか、面白いぞ！　(飲む、鼻はグラスのなかにある)
クヴェックジルバー　さあ、これでいかがですか？　大きな鼻はなくなりました。
トゥトゥ　たまげたな、水に浮かんでる——
一同　いやぁ、全く驚きだ！
トゥトゥ　ああ、まさに黄金の医者だ！　あなたがしてくれた話で、こんな素敵な話はなかった。
ツォライーデ　できるんだ！　ねえ、先生！　あたしにも、早く、早くして。
クヴェックジルバー　でもあなたには、先にもうひとつお話を——
ツォライーデ　(彼の口をふさいで) だめ！　だめ！　いい先生は、ねえ——お話なんかしない——飲ませて。
クヴェックジルバー　(独白) この女には井戸の水しかやらない、こいつは効かないんだ！　(声をあげて) グラスを！　(前のより小さいのが渡される) さあ、あなたのお鼻の健康を祝して飲みなさい。
ツォライーデ　きれいになりますように！
ハッサル　(お辞儀をして) 神に感謝を！
ツォライーデ　(飲む) あら？　——効かない？　——
クヴェックジルバー　もうひとつお飲みなさい！
ツォライーデ　(飲む) 効かない、だめだわ！
トゥトゥ　小さくならんね、鼻は。
クヴェックジルバー　分りませんな。この鼻はあなたに特別の愛着を感じているに違いない。はたと困りました。なにかお話をしてお慰めできればいいのですが、それさえ思い付きません。
ツォライーデ　あたしはどうしてももとの美人に戻りたい

の。どうしても助けて下さい。

クヴェックジルバー　ええ、ただ、どうやって、が分りさえすれば。――そう、これがただひとつの手段だ。――失礼ながら！　もしかしてなにかお守りを持っていませんか？　そのお守りを持っていると、その力がわたしの魔法の力を妨害するのです。そのお守りを捨てなければだめです！

ツォライーデ　なんですって？　わたしの魔法の贈物を？

クヴェックジルバー　それを人にやってしまわなければいけません。

ツォライーデ　そんなことできっこない！

クヴェックジルバー　じゃあ、こっちもあなたを助けられません。

ツォライーデ　あたしはどうしたらいいの？

トゥトゥ　さあ、あれを放り出しなさい――

ツォライーデ　（たまたま、リンダが持っている鏡を見る）ああ！（決心して）いいわ！　あたしの魅力のためには、それも犠牲にするわ。（去る）

トゥトゥ　ややっこしい話だ！

クヴェックジルバー　いや、もうすっきりしますよ。今日のうちにも面白いお話をしてさしあげましょう。

ツォライーデ　（魔法の贈物を持ってくる）さあ！　ここに、ここに置くよ。もしあたしの前の顔を取り戻してくれたら、これはおまえにやる。

クヴェックジルバー　（急いで贈物を地面から取り上げて）これは実際におれのものなんだ。（角笛を吹き、仮面を投げ捨てる。一分の隙もなく戦士らしい戦士が音楽とともに現れる）おれを守るんだ！　おれが分りますかい？　――ヤブ医者《クヴァックザルバー》[46]変じてクヴェックジルバーとなる。おれはあんたに騙し取られたものは取り返すが、あんたのその悪い心と大きな鼻は、そのままあんたに残しておく。

トゥトゥ　そういうことか。これではっきり分った。

ツォライーデ　それじゃつまり、あたしは騙されたっていうのかい？　それも、あんたなんかに。あんたときたら、肩のあいだにのっかってるのが、頭だか西瓜だか分らないような人だというのに。あんたはいつか人類名簿のなかに自分の名前が読めるだろうなんて思ってるの？　とんでもない！　名前の代りに、見えるのは折り込んだロバの耳[47]でしょうよ。あたしのつつましやかな鼻をこんなに何倍にもするなんて。ああ、自然の元素たちよ、（自分の鼻を指しながら）自然のこの落ちぶれた娘から眼をそらせて！　この娘は暴君となって美の国を支配するだろう。鏡という鏡は彼女の生け贄に出させる。あたしはこの島をすっかり変えて、ひとつの仮面舞踏会場にしてやる。そしてすべての美女たちに、作りものの鼻を付けさせるのだ。ただあたしだけは暗

箱になっている小部屋に身を隠して、復讐を練るのだ。復讐を！　おまえに対して、おまえ、この鼻作りめ！（走り去る）

クヴェックジルバー　リンダ、ほんとにうまくやってくれたね。おれたちはいいカップルだ。

リンダ　これで、約束を守るのが、あんたの幸せというものよ。

クヴェックジルバー　さて、おれたちのあいだはどうなってるかな、お若いお方？

トウトウ　また仲良くしよう。あんたがその杖を取り戻してから、わしはあんたがとっても好きになった。娘には、ちょうどいい薬になっただろうよ。

ハッサル　（ひざまずく）閣下、わたくしめもまだこの「匂い嗅ぐ怪獣邸」[48]に寝泊りしている間借人でございます。

クヴェックジルバー　（彼に小箱を投げる）さあ、その水を飲んで、酔っぱらうんだな。

ハッサル　神に感謝を！　これでわが美貌は救われた。（急いで退場）

クヴェックジルバー　万歳だ！　おれの晴雨計はいま晴れを指している。明日はこの島を出て行くが、今日のうちにもここ、黄金の丘の上で、おれの婚約のお祝いをしたい。ねえリンダ、おれは君に黄金の山を約束した。さあ、それを受け取ってくれ。（合図をする。舞台は黄金の丘に変わり、銀の泉が流れている。中央の最大の丘の上に、銀の神殿が立ち上がる。犠牲壇があって、そのそばに婚礼の神ヒュメーンが松明を持って立っている。精霊たちが丘の上で群像をつくる。書割は黄金の果実をつけた樹木である。全体として堂々たるタブローをつくる）

結びの歌

いつでも陽気に
人生楽しまなくては。
おカネがなけれゃ
具合は悪いが。
　そうじゃありませんか、
　失礼ながら。

娘さんは愛想のいいこと、
とりわけ若い殿方に。
二人を好きでなけれゃ
一人を愛しぬく。
　そうじゃありませんか、
　失礼ながら。

女房連はよく怒る、
がみがみ喚くはもうしょっちゅう。
もしも逆らったりしたならば
どうなるかは、知っての通り。
そうじゃありませんか、
失礼ながら。

男は全く大《たい》したもの、
立派な仕事を持っていたって、
どこかで娘っこ見かけると、
もうじっとなどしてられぬ。
そうじゃありませんか、
失礼ながら。

特別公演のために

今日の調子は頗る良好、
毎日こうでありたいもの。
それでもほんとに素敵なのは、
しこたまおカネが入ること。
そうじゃありませんか、
失礼ながら。

（幕）

訳注

（1）　フリードリヒ・ヒルデブラント・フォン・アインジーデル（一七五〇～一八二八）の童話『長い鼻の王女』のこと。ヴィーラントの童話集『ジンニスタン』（一七八六～八九）に収録されている。

（2）　クヴェックジルバーは普通名詞としては水銀の意。晴雨計との関係からつけられたと考えられる。名前のバルトロメーウスは晴雨計の原語バロメーターからの連想か。第二幕第二十七場でバロメートリアヌスという偽名を使っている。

（3）　音楽伴奏付台詞のこと。ふつうに使われる感傷的通俗劇の意味ではない。『精霊王』注(36)参照。

（4）　スコットの同名の物語詩によるロッシーニのオペラ（一八一九年初演）の題名。「湖の美人」の方が正確だが、古い訳によった。

（5）　原文はvon Numero 3。「3番」は売り子の番号として訳した。ライムントは俳優になる前、ブルク劇場で実際に売り子をしていた。

（6）　旧ウィーン市西部の地名、当時は休耕地だった。

（7）　ウィーン南方メートリング近くの石灰岩地帯。その西方にある修道院がハイリゲンクロイツ。

（8）　ロスアウ、次節のトゥーリ、ウィーデン、レルヒェンフェルト、すべて当時のウィーン市近郊の地名。
(9)　今のプラーター通り。プラーターに向かって左手にレーオポルト劇場があった。「素敵な家」はこの劇場のこと。
(10)　カルタ遊びからきているという。シュパーディは剣のことで、身長ほどの剣をさげた小悪魔。カール・マイスル(一七七五～一八五三)の歌にもあるという。
(11)　ルーマニア南部の地方の名。当時ここの住民は粗野で怠惰だという評判で、ワラキアは文明から遠く離れた寒村、僻地の比喩に用いられた。
(12)　ウィーンの森から発してドナウ運河に注いでいた小川。
(13)　ウィーン旧市内の目抜き通りグラーベン横の小路名。今はない。
(14)　ウィーン旧市内の家は番地の代りにそれぞれの標章(多くは天体の宮)で呼ばれるのがふつうだった。
(15)　街道の原語はラントシュトラーセ。現在もウィーン市三区にある。
(16)　アリの実の原語はビルン(梨)。原文では、それが次のツォライーデの台詞でベルン(地名)となり、それに対してクヴェックジルバーは「ベーレン(熊の複数)など食べない、襲われたくないから」と言う。アリの実、アリ(蟻)と訳したのは全くの苦肉の策。
(17)　十時がウィーン市の門限だった。
(18)　ヨアヒム・ペリネ(一七六三～一八一六)のジングシュピール『ファゴット吹き』(一七九一年初演)に出てくる小精霊の名前。
(19)　「乳母車に乗った子供」を言い間違えた。十七世紀以来の伝統的な道化役ハンスヴルストがよくやる取り違え。他にも散見する。
(20)　登場人物たちがある場面の終り、とくに幕の終りにおいて、全員あるいはいくつかのグループで、静止して舞台の情景を活人画のように見せる技法。ライムントは好んでこの手法を用いた。
(21)　現在はウィーン市内の一地区の名。元来文字通り穀物畑で当時は市外近郊の町だった。原文はこの名を普通名詞として使っている。
(22)　当時、むち打ち刑のために使われた。
(23)　原語はケールハンマーで、ドナウ川航行用の特殊な貨物船のことだが、ここではもちろんナンセンス。
(24)　フリードリヒ・シラー(一七五九～一八〇五)はゲーテと並ぶドイツの国民的詩人、多くの詩句が人口に膾炙しているので、ここに持ち出した。この引用文については次のクヴェックジルバーの台詞の言う通り。次注参照。
(25)　『新・幸運児』はペリネ(注18参照)のジングシュピール。レーオポルトシュタット劇場で一七九三年初演、以後たびたび上演されている。前の引用文はこのなかの当時有名だった歌の文句で、ライムントはこの酔っ払い管理人を何度も演じているという。
(26)　「柔らかい」の原語はリント lind で、名前のリンダとかけたもの。
(27) この辺りの言い回し、注19参照。
(28) ウィーン市内にあるドロテーウムのこと。十八世紀初めに創設されたが、一七八八年にヨーゼフ二世によって市内ドロテーァ・ガッセの今の場所に移設、拡充されて、現在に至る。
(29) ウィーン旧市内グラーベンにある建物の名。十八世紀にトラットナーという出版業者が建てた。
(30) ウィーン郊外の地名、新酒（ホイリゲ）で有名。
(31) 有名な舞踏会場、レーオポルトシュタット（今はウィーン市二区）にあった。
(32) 現在のブダペストの一地区の旧名だが、普通名詞としての「暖炉」の意味も含まれている。
(33) 「イギリス人」は「天使」の意にもとれる。
(34) 十一・二世紀テューリンゲン地方の方伯。捕らえられた城からザーレ川に飛び込んで逃げたという伝説がある。
(35) ハーデンはハイドン（一七三二～一八〇九）の思い違い。曲は交響曲九四番ト長調（一七九二年）であろう。太鼓連打によってハイドンは眠りこんだ聴衆の眼を覚まそうとしたと伝えられている。トゥトゥにはまさにうってつけ。
(36) 舞台は西印度諸島辺りと推測されるが、アジアのインドと混同されている。
(37) 原語シュピーゲルガッセはウィーン旧市内の路地名。鏡製造業者の町だった。
(38) リーニエ(線)は旧ウィーン市の境界線、十七世紀前半に壁が造られ、一八一一年からは出入口に税関を設け、通行税を徴集した。
(39) 原語はティーファー・グラーベン。ウィーン市内の通りの名。もとは字義通り深い壕だった。次行コールマルクトも通りの名、元来木炭市場だった。
(40) 原文はViktoria in Schwabenland !。ゴキブリ国での勝利かシュヴァーベン国での勝利か、未詳。
(41) 注19参照。
(42) バロメーター（晴雨計）からつくった名前。本名(?)バルトロメーウスは逆にこの偽名からつくったのかもしれない。
(43) 南米エクアドルにあるアンデスの火山（六二六七メートル）、もちろん世界一高い山ではない。
(44) ヒポクラテスは紀元前五世紀から四世紀にかけてのギリシアの医者、医学の祖といわれる。ガレヌスは二世紀のローマの医者、やはり医学の権威とされた。
(45) 南ドイツの地名。ヒポクラテスとは関係ない。ガレヌスと中国も同様、無関係。
(46) クヴァックザルバーは普通名詞でヤブ医者の意。クヴェックジルバーとかけている。
(47) ロバの耳Eselsohrはからかいの言葉であると同時に、書物のページの隅の折り込みを意味する。
(48) 原語シュメッケンダー・ヴルムホーフはウィーン旧市内

に実在した建物の名前。ヴルム（大蛇）の標章があって、そこに住む女性を恋した学生が捧げた花を、大蛇が嗅いでいるようだったところから名づけられたという。ほかにも、地下に大蛇がいて臭かった等、諸説がある。

精霊王のダイヤモンド

二幕の魔法劇

１幕24場。出発前、マリアンデルが、ライムント演ずるフローリアンの首に襟巻きを巻いている。フローリアンは彼女の足元のクグロフが気になって仕方がない。
ヨーハン・クリスティアン・シェラーの原画によるヨーハン・ヴェンツェル・ツィンケの着色銅版画。

登場人物

ロンギマーヌス　精霊王
パンフィリウス　その侍従長
妖精アプリコーザ
妖精アマリリス
第一の魔法使い
第二の魔法使い
火の精霊
第一の夢魔
第二の夢魔
冬
夏
秋
春
希望
コリブリ　精霊
コリフォニウス　悪霊、魔法の園の番人
歌う木の声
ツェフィーゼス　魔術師、今は精霊となっている

エードゥアルト　その息子
フローリアン・ヴァッシュブラウ　エードゥアルトの召使
マリアンデル　料理女
エードゥアルトの隣人

ヴェリタティウス　真理の島の支配者
モデスティーナ　その娘
アラディン　その家臣
アミーネ　イギリスの娘
オシリス
アマツィリ
ビッタ
リラ
（オシリス～リラ）ベールをかぶった四人の娘たち
使者

魔法使いたち、妖精たち、空気の精霊たち、火の精霊たち、その他の精霊たち、精霊王の従者たち、魔法の園の姿を変えられたものたち、エードゥアルトの隣人たち、真理の島の住人たち、使者の二人の従者、二人のムーア人、番兵

初演、一八二四年十二月十七日、レーオポルトシュタット劇場。ライムントはフローリアン・ヴァッシュブラウを演じた。音楽、ヨーゼフ・ドレクスラー。

第一幕

精霊王宮殿の控えの間

第一場

魔法使いたち、妖精たち、精霊たち。何人かは嘆願書を持っている。火の精霊

コーラス

まだまだ待てということか？
堪忍袋の緒が切れる！
われらは王の道化師か？
許されないぞ、この罪は。

妖精アプリコーザ　レディーをこんなに長く待たせるなんて、人をばかにするにもほどがあるわ、まるで召使みたいじゃない！

全員　ほんとにひどい！

第一の魔法使い　お尋ねしますが、どうして精霊王なのに、こんなにいつまでも寝ていられるんでしょうな？

第二の魔法使い　わしもお尋ねしよう、あなたはどうして、たわけでもないのに、そのようなたわごとをおっしゃれるのか、とね？　あの方は精霊王ですぞ、わしらみんなのために寝ずの番をせねばならんのです。したがって、やはりわしらみんなのために寝る必要もあるというわけじゃ。

第一の魔法使い　でも、私たちの嘆願を聞くのが、あの人の務めというものじゃありませんか。

妖精アマリリス　そのくせ、あたしたちのことなんかちっとも気にかけてやしないんだから。あの人の好意はね、人間のほうにしか向いてないのよ。

第一の魔法使い　王様はもう、空気の中からお宝をごっそり抜き取って、それを地上へ送ってしまいましたしな。

第二の魔法使い　ははあ、それで今、連中はあんなにもたくさんの空中楼閣を作ってるってわけなんだな。死ぬことが連中の流行《はやり》でさえなければ、そのうち、民衆の暮らし向きだってわしらよりよくなってしまいますぞ。

妖精アプリコーザ　いったい何をおっしゃりたいんですの？ところで、王様はついきのうも、地上で知り合った人間を精霊の仲間に加えてやりましたわねえ、この人間が、こないだの嵐の時に落雷にあったものですから。

第一の魔法使い　そう、その通りなんですわ、その人間は名

前をツェフィーゼスといいましてな、人間界では手品師だったんですが、それだけじゃ足りなくて、どうしようもない落第生だという話ですよ。

第二の魔法使い　そりゃ当たり前の話だわな！　その男は大体が落第するような男だった、そこへ持ってきて落雷だ、落第プラス落雷で落第生(1)ってわけさね。

妖精アプリコーザ　あの魔王は浪費が過ぎますよ。

妖精アマリリス　その上、この国全体を地上と同じにしてしまおうというのではないかしら？　そのうち、ここにいながらにして、パリやウィーンの最新流行が全部手に入ることになるわ、きっと。

妖精アマリリス　そうよね、フランス語が王様の魔法の宮廷で使われるようになったら、とっても素敵なのにねえ。ところが王様は、ウィーンにお出かけになって以来ウィーンなまりを使うようになって、あたしたちにもそれをまねしろとおっしゃるのよ。

第二の魔法使い　あっしなんざあ、もうとっくにまねしてまさあ。

妖精アマリリス　恥を知りなさい、今のが外国に聞こえたらと思うと。とっても 恐ろしいことになりますわ。

第一の魔法使い
妖精アプリコーザ　（同時に）ほんとに、聞くにたえない！

第二の魔法使い　わしにもよくわかってますよ、これだけで戦争になりますな。でもいいですか、王様はこう考えておられるし、みなさんにもそう考えろとおっしゃってるんですよ。方言をきれいに使う方が、標準ドイツ語をまずく使うよりましだ、とね。

妖精アプリコーザ　要するに、王様は人間たちのせいですっかりだめになってしまったということです、もうあの方は人間と変わりありません。

第一の魔法使い　王様は、人間どもを大勢自分のところに上って来させて、連中の願いをかなえてやってますしね。

全員　ほんとに！

火の精霊　（全身真っ赤な衣装、赤い顔に赤い両手。彼はここまでの話をすっかり立ち聞きしている）べらぼうめ、ヤニと硫黄をぶちまけてやる、とんでもねえやつらだ！　おれは火の精霊のひとりだ、魔王の火薬主任で砲手長だぜ！　三年前から人間の魂が王様の宮殿に入り込んでたなどとぬかすのは、どこのどいつだ？　おれが王様の費用でナポリへ旅行し、ヴエスヴィオ火山を調べて、あれとおんなじやつを王様の宮殿の上へこしらえなかったてのかい？　そんなことは、いっさいなかったてのかい？　べらぼうめ、青酸と硫酸をぶちまけてやるぜ！

妖精アプリコーザ　でも、王様はどうしてそんなことをなさったの？　王様があまり困らないように、あたしたちも、自分の雲の車に乗って今すぐその噴火口から出ていけ、ということなの、魔女が煙突を抜けて行くみたいに。

火の精霊　違うぜ、ヤニと硫黄をぶちまけてやる！　人間どもは、王様の信頼をいいことに、いろんな魔術を使ってうまいことこの国に入り込んじゃ、あれやこれやの頼みごとで王様を悩ませてきたんだ。そういう人間どもから逃れて休息するためよ。

第二の魔法使い　そうそう、お茶を一杯[2]ってとこですな。

第一の魔法使い　じゃあ、何だね、君はその話を人間のばかどもに信じ込ませなきゃいけないね――

火の精霊　ちくしょうめ、だからおれはそれをやってるんだろうが。それを信じたくないやつには、ウィリアム・コングリーヴが発明した花火[3]を全部――

第二の魔法使い　（すぐにさえぎって）まあまあ、火の精霊君、砲手長君、おさえて、おさえて！　さもないと、君の火花のせいで宮殿に火がついてしまうからね。

全員　そいつを放り出せ！　そいつを追い出してしまえ！

火の精霊　なにを？　火の精霊を放り出すだと？

第二の魔法使い　わしらは、すでにほかの火の精霊諸君を放り出したことがあるんでね。

火の精霊　モスクワの大火[4]にかけて、まったくとんでもねえやつらだ！（こぶしを丸めて）おれに近付いたら、そいつの頭に照明弾を投げつけて、目からベンガル花火の火の粉を飛び出させてやる――

第二場

パンフィリウス、前場の人々

パンフィリウス　（儀式張った調子と、いかにも魔王の廷臣だという様子で、中央から入ってくる）これこれ！　いったい何ごとかね？　諸君は、こともあろうに王宮の控えの間で闘牛をやっておるではないか！

第一の魔法使い　（めいっぱい親しみを込めて）これはこれは、わが親愛なるパンフィリウス様！

女性たち全員　あたくしたちのうるわしきパンフィリウス様！　（彼に媚びを売る）

第二の魔法使い　ご機嫌よろしゅう、パンフィリウス殿！（女性たちを押しのけ、彼を抱擁する）

パンフィリウス　諸君にお伝えしよう、御主君様は二四時間の休息を終えられ、まもなく、信じがたい速さでベッドからお起きになるであろう、とな。

第一の魔法使い　ああ、ありがたや！

二人の妖精　愛すべき御主人様が——

第二の魔法使い　おお、愉快なり！　愉快なり！

火の精霊　もう我慢できねえ。パンフィリウス様よ！　べらぼうめ、ヤニと硫黄をぶちまけてやる、おれは魔王の忠実なしもべだぜ、黙っちゃいられねえ。

パンフィリウス　何をそのように騒いでおるのかね、火薬主任？

火の精霊　おれは、べらぼうめ、ヤニと硫黄を——

パンフィリウス　そのヤニと一緒に私のそばから離れていてくれんかね、なんだか、もうからだ中がねばねばするような気がするよ。

第二の魔法使い　私たちのことを、ヤニで皮を貼る靴屋だと思ってるんですよ、きっと。

火の精霊　わかったぜ、それじゃ、ヤニも硫黄もなしで聞いてくれ、ここにおいでのご立派なお歴々はな、そろいもそろって悪党ばかりだぜ、魔王をあしざまに言い、魔王が何かと人間どもに味方すると言って、王様をけなしやがるんだ。

全員　それは違う！

火の精霊　何を！　イギリスのあらゆる発火器[5]にかけて誓ってもいいんだぞ——

パンフィリウス　それなら私は、フランスのあらゆる消火器にかけて誓おうではないか、君がそのばかな火を収めないなら、君をすっかり水びたしにして、二度と私のことを忘れないようにしてやろう、とな。さあ、出ていきたまえ！

全員　出ていけ！

火の精霊　帰るよ！　だがな、カルダーノ[6]のギリシャ火薬[7]にかけて、おれはこのことを魔王に報告してやるからな！　べらぼうめ、火打ち石とマッチ箱だ！　硫黄の精と塩化アンモニウムだ！　（退場）

第三場

火の精霊をのぞく前場の人々

パンフィリウス　ひとつひとつ順を追って話してくれないか！　いったい何があったのかね？

第一の魔法使い　称賛に値するパンフィリウス様、あなた様はすでに長いあいだ魔王に仕えてこられました。

パンフィリウス　今度の聖マルティノの日[8]で二千年になる。

第一の魔法使い　そのあなた様が、王様が人間どもに恩恵を施しすぎていることには気づいておられないのでしょうか？　人間どもは、王様がお与えになる恩恵を使い放題使って、あとは知らん顔をしております。しかも王様は、私たちのお願いの方はほとんど聞いて下さらないのです。

パンフィリウス　いかにも、君の言う通りだ。

第二の魔法使い　でしょう、それならばいっそのこと、王様は私たちから知らん顔される方が、あの連中からそうされるよりはよほどましなのではありませんか？

パンフィリウス　お黙りなさい。

第二の魔法使い　いえ、言わせていただきますよ、これでも私は、かつては力強い精霊のひとりでした、それが今はこんなにも気が抜けてしまって。

妖精アプリコーザ　それもこれもみんな妖精ディスカンティーネ[9]のせいですわ。あの美しい声に、王様はすっかり心を奪われてしまったのです。

パンフィリウス　なるほど、それが魔王に一番訴えたいことなのだね？　わかった、それでは私も諸君を夢からさましてあげよう。人間のために、ディスカンティーネがあの歌で、王様からさまざまな恩恵をしぼり取ったのは事実だ。だが、そうして彼女が引き立ててやった人間はみんな、それだけの値打ちのない者たちばかりだった。これには王様もいたくご立腹なされて、彼女をとある山の頂上へ追放し、そこで彼女を一本の木に変えてしまわれたのだよ。

第二の魔法使い　なんと！

パンフィリウス　だが王様は、彼女のすばらしい声には何度もうっとりと聞きほれてきたから、たとえ木になってもその声は奪いたくなかった。

第一の魔法使い　つまり、その木は歌を歌うと？

パンフィリウス　どんな歌であろうと、葉っぱがぱっぱっぱ[10]とすぐに歌うのだ。だがそのあと、王様はこう申し渡しをなされた、今後はいかなる人間も、決して振り返ることなくあの山を登りつめ、この歌う木からひと枝を折り取るまでは、王の宮殿に近付いてはならぬ、とな。

妖精アマリリス　その枝は何かの役に立ちますの？

パンフィリウス　この枝は、その者の身をあらゆる危険から守ってくれ、無事に王様の国まで導いてくれるのだ。

第二の魔法使い　この上なく魅力的なパンフィリウス様、もし振り返った場合にはその者はどうなるのか、お教え願えませんか？

パンフィリウス　すぐに教えて進ぜよう、この上なく愚かな魔法使いよ、振り返った者はただちに動物もしくは花に変えられてしまうのだ。あの山には悪霊コリフォニウスが年俸二千ルーブルで雇われておってな、あやつのずるがしこいハライソ・ハライソの術[11]で人間を振り返らせようというわけだ――これがうまくいくと、人間はあやつの術にはまり、あやつはその者たちを二度と放しはしない。コリフォニウスのやつは、あっという間にみごとな動物園を作ってしまいおったよ。さあ、これでどうかね？　まだ何か魔王のことで文句があるかね？　諸君から見て、王様の正しさは立証されたかね？

全員　魔王ばんざい！

パンフィリウス　それでは私についてきたまえ、諸君の来訪をお知らせ申し上げよう。

コーラス

いかにわれらは喜びに燃え立つことか、生き生きと！
いかに希望のわき上がる、力強くも堂々と！
裁可いただくすみやかに、それがわれらの報いなり。
玉座の前へ願いごと、われらそろいて持ちゆかん。
歓呼の声で王様をお起こし申せ、ベッドから、
万歳三唱永遠に鳴り響かせよ、王様へ。

（全員退場）

第四場

魔王の寝室

ロンギマーヌス（魔王にふさわしい、豪華に装飾のほどこされたベッドに横になっている。ベッドには夜具の代わりに雲が入れられている。精霊たちが王の衣服を整え、洗面器の準備をしている。しばらくして、精霊たちはかしこまった姿勢で立ち並び、王の目覚めを待つ。ロンギマーヌスが動く。精霊たちは立ち去る。音楽がやむ）

ロンギマーヌス　（金色の魔法の文字が書かれたナイト・ガウンを着ている。雲の足掛けぶとんをはねのけて、ベッドに起きあがり、あくびをする）あーあ、もう何時かな？（ベッドのわきの、黄金のテーブルに置いてある時計を見て）やや、なんとしたことだ、もう十時半じゃないか！　目覚ましのゼンマイを巻くのをまた忘れてしまったんだ。それにパンフィリウスのやつもわしを起こさなかったな。（ベルを鳴らす）パンフィリウス！　いったいどこにいるんだ？

第五場

パンフィリウス、ロンギマーヌス

パンフィリウス　（すばやく飛び出してくる）陛下、なんなりとご命令を。

ロンギマーヌス　いったいどこをうろついておったのだ？　なぜわしを起こさなんだ？　それに、夕べベッドをしつら

えたのはいったい誰なんだ?

パンフィリウス　私でございますが、世界に並ぶものなきスルタン様。

ロンギマーヌス　こんな湿った雲[12]はもう二度と入れてはならんぞ。わしは乾いたベッドに寝たいんだ。おおかた、お前はにわか雨の雲をにわか仕込みで仕入れてきたんだろう。おまけに、外の控えの間でいったい何を騒いでおるのだ?

パンフィリウス　いろいろな妖精たちとさまざまな魔法使いたちが控えの間に参っております。ほかに魔女が数名とその他の身分の低い精霊たちも。

ロンギマーヌス　それで、その者たちは今度は何が望みなのだ?

パンフィリウス　願いごとと訴えの筋を陛下のお足元へ差し出したいそうでございます。

ロンギマーヌス　それはいかんぞ、わしはまだ寝巻き姿のままだからな。お前が嘆願書だけ持って参れ。(パンフィリウス退場)

第六場

ロンギマーヌス(ひとりで)

ロンギマーヌス　わが民は、互いに相争うことしか知らぬわ。わしには本当に救いがないのう。わしとて最後には、自分専用の武器庫をひとつ作ることになろうて。そこに入れておくのは、ムチとハシバミの棒[13]ばかりだ。

第七場

パンフィリウス(何通もの嘆願書を持っている)、ロンギマーヌス。パンフィリウスが嘆願書を渡す。

ロンギマーヌス　はて、わしはいまどんな大事なことを言おうとしていたのだったかな?　——ああ、いすを頼むぞ。(パンフィリウスがいすを持ってくる。ロンギマーヌスは腰をおろす)これもおおかた大変結構な話なのであろうな。(読む)やっぱりそうだ、どうせ両方に責任があるに違いないわい。「妖精トリッチトラッチは、魔法使いルッチプッチから厄除けを借り受けましたが、それを返そうとしません」。返すように言いなさい、命令だ、すぐにだぞ!　(別の嘆願書を手にとって)「天の十二宮が互いにけんかをしております。射手座は山羊座の片目を射つぶしてしまいましたし、山羊座は天秤座に飛び乗って、これを真ん中からへし折ってしまいました。双子座がそこへ割って入ったのですが、もし乙女座のうしろへ隠れなかったら、あやうく獅子座にずたずたにされてしまうところでした。みんながけがをしております。あとずさりしたのは蟹座だけでした。彼らを仲直りさせていただきますよう、お願いいたします」。これはまた、結構な出費を強いられそうだな。（三つ目の嘆願書を手にとって）これはいったい何なのだ？　あの連中がまたも要望書を出してきたのか？　「実直なる夢魔組合の二人の委員が、地上でかつて行なっておりました職務への復帰を、組合のためにお願い申し上げます」[14]。まったくいまいましい連中だ！　あの夢魔どもがまた地上におりたがっているぞ！　すぐにこの二人を中へ入れなさい。（パンフィリウス退場）

第八場

ロンギマーヌス（ひとりで）

ロンギマーヌス　これはまた、結構な困りものが来たものだ！　ただでさえ、たいてい[15]の人間は借金のせいで押しつぶされそうになっておる、その上に悪夢などまっぴらだろうに。（ドアをノックする音）来たな！　さあ入って！　入って！

第九場

ロンギマーヌス、パンフィリウス、二人の夢魔（全身をきたない灰色の服に包み、頭と胸をベールでおおっている。衣服のすそには、星形のマークが縫いつけられている。胸にも、同じマークをメダルにしてつけている。顔には老婆の仮面をかぶっている。二人は、泣きながらロンギマーヌスの足下に駆け寄る）

夢魔たち　御主人様、どうかお慈悲を！

ロンギマーヌス　これを見よ、何とご立派な！　よりによってまあ、おみごとな連中を選び出してきたものだ。私がなんのお役に立てるのかな？　美しいお嬢さんがた？

第一の夢魔　だんな様！　あなた様が私どもを地上から呼び戻してすでに五十年になります。しかし、どうしてそのような罰を受けたのか、私どもにはわからないのでございます。

ロンギマーヌス　親愛なる夢魔よ、気の毒だがほかの処置はあり得ないのだ。

第一の夢魔　私どもの切なる願いをお聞き入れ下さい！　私どもに昔の力をお返し下さい、人間は私どもの帰りを待ち焦がれております。

ロンギマーヌス　お黙りなさい！　――いったい何を言い出すのやら？　もはやお前たち夢魔のことを語る人間は誰もいないし、お前たちのことを覚えている者さえひとりもおらん。それなのにいま、お前たちは急に、昔通りの、悪夢で人を苦しめる自由がほしいといってきた！　この一八二四年に夢魔だと！　そんなことをしたら、お前たちは人間の物笑いになるだけだぞ。

第一の夢魔　でも、オペラ『新・日曜生まれの幸運児』(16)のおかげで、私どもはこの世に永遠に名を残すことになったではありませんか！

ロンギマーヌス　やれやれ、何がオペラだ、日曜に生まれて何が幸運な子供だ！　人間はまる一週間子供じみたことをしていることだって珍しくないぞ、日曜だけではあるまいに。無駄だな！　わしはお前たちに反対するわけではないぞ。職業に貴賤なしだからな、たとえ夢魔でもだ。

第一の夢魔　しかし、私どもは、これまでもずっと自分の務めを果たしてきたではありませんか？　ここに夢の精が書いてくれた私どもの証明書があります。

ロンギマーヌス　なるほど、確かにこの通りだ、お前たちはけなげな夢魔だったし、お前たちの人間へのいやがらせは、ひとつの恥として、あざけりの種にもなっていたほどだ。だがもう過ぎたことだ。お前たちは年金をもらっているのだから、それで満足できるはずだ。さあ、もう帰りなさい、いますぐにだ！

（二人の夢魔は、泣きながらロンギマーヌスの服に接吻し、退場する）

第十場

ロンギマーヌス、パンフィリウス

ロンギマーヌス　今日はもう苦情を聞くのはおしまいだ、腹が立ってならぬわ。ほかの者たちには、あさって来るように言いなさい、さもなくば来年だ。いまはツェフィーゼスをここへよこしてくれ、精霊の仲間に加えてやったはずだな。彼はいま何をしておるのかな？

パンフィリウス　三人の火の精霊と雲のテーブルでホイスト(17)をやっております。

ロンギマーヌス　ホイストをやっておるのか？　ホイストは結構な遊びだぞ、負けが込みさえしなければな。わしは昔、下界で、五軒のコーヒーハウスで金を巻き上げられ、放り出されたものだ、とにかくへただったものでな。さよう！　わしもあの頃はまだ、本物の遊び人だったよ、だが今はもう、あれを楽しいと思うことはまったくないな。さあ、いいからツェフィーゼスをここへよこしてくれないか。さかなを二、三匹釣りそこねても、そんな小魚のせいでおしまいになるわけではあるまい、錦鯉を釣り上げようというのじゃないのだし。（パンフィリウス退場）

第十一場

ロンギマーヌス（ひとりで）

ロンギマーヌス　わしはあの男が本当に好きなんだ、あのツェフィーゼスがな！　今を去ること二十年前、地上をあちこち旅していた頃、わしはエジプトであの男と知り合った。ツェフィーゼスはあそこで魔法を研究し、奇術はちょうど三年目だったたな。その後わしは彼とともにオーストリアへ行き、彼に庭付きの家を一軒買って、魔法の館も建ててやった。ところが、そのときあの男の女房が死んでしまったんだ——あれは、ほんとにいい女だった——それにあの男がさめざめと泣き悲しんでやまないので、わしは、彼が死んだら精霊の仲間に加えてやろうと約束したのだ。ところがいま突然、彼が雷に打たれたと聞いた。そこでわしは精霊たちに命じて、すぐに彼を上へ送らせた、というわけなのだ。おお、さっそくやって来たな！

第十二場

ツェフィーゼス、ロンギマーヌス

ツェフィーゼス　（精霊となって、白い魔法のガウンを着ている。ガウンには黒い文字が書かれている）大気の王様！　何とお礼を申し上げたらよいのでしょう？

ロンギマーヌス　もうよい！　親しき友の間でかたくるしいあいさつは抜きだ。わしは心からうれしいぞ、なつかしい友よ！　あいつにつかまえられてしまったのか、死神のやつに上着のすそを？　本当だ、この脇腹の上をかすめていったのだな、雷のやつめ。少し硫黄のにおいがするぞ。どうかね、この天上界は気に入ってくれたかね？　ここの空気は実に新鮮だと思わんかね？

ツェフィーゼス　王様、こんなことを申し上げるのをお許し下さい。実は、あなたの魔法の国のすばらしい歓喜の海に包まれておりましても、私の父親としての心が深くうずくのです。それをあなたに隠しておくことはとてもできません。

ロンギマーヌス　ははあ！　（手でツェフィーゼスの額をなでる）

早くもやられたな！　もうこのあたりがぴくぴくしている。

ツェフィーゼス　あなたは、ありがたくも私ども人間をお訪ね下さったとき、寛大にも私に莫大な宝物を下さいました。

ロンギマーヌス　そう、そうだった！　あれはもうみんな売りさばいたかね？

ツェフィーゼス　とんでもありません、王様！　私はあの宝物を秘密の小部屋に隠し、私が方法を教えなければいかなる死すべき者もこれを開けることはできない、という魔法をかけて封印したのです。

ロンギマーヌス　さても、わしの国ではいかなる宝物も不要だぞ、ここではみな空気で生きておるし、それだけで十分喜びとなるのだからな。

ツェフィーゼス　私には息子がひとりいるのです。その息子に私は何も残せないままここへ来てしまいました。

ロンギマーヌス　君には息子がいたのか？

ツェフィーゼス　幼かったエードゥアルトのことは、もうお忘れでしょうか？

ロンギマーヌス　そうだった！　あの子はわしの足もとで遊んでいて、よくわしのふくらはぎをつねったものだ、まだあのときはわしにもそういうものがあったのでな。

ツェフィーゼス　私は、突然の死によって地上から連れ去られましたため、息子に一言の遺言も残してくることができませんでした。ですから、私の切なる願いを聞き入れてほしいのです。息子のもとへ精霊のひとりを送っていただき、あの小部屋の秘密を教えてやって下さい。そののち、息子がみずからあなたの玉座の前へ身を投げ出して、この父親にはあえて申し上げられなかったお願いを息子の口から申し述べさせてほしいのです。

ロンギマーヌス　それはできんぞ。歌う木のひと枝を折り取ってこない限り、エードゥアルトはわしのところへ上ってくることはできないのだ。わしも彼には本当に一目会いたいと思っておる、あの幼かったエードゥアルトに。だが、わしは自分で自分の言葉をくつがえすわけにはいかんのだ。

ツェフィーゼス　息子は、あなたのおそばに来るためには、いかなる危険も恐れはしないでしょう。

ロンギマーヌス　そういうことではないのだよ。

ツェフィーゼス　どうか息子を貧困と絶望からお救い下さい。

ロンギマーヌス　いいかね、いま君は不安におそわれている。だが、金持ちの両親というものは、たいてい子供たちに何も学ばせないものだ。ところが、あとになってちょっとばかり不幸が起き、何も学ばなかったそういう人間が自分でなにがしか稼がねばならなくなる、そのときになって途方に暮れる、というわけだ。わかった、すぐに助けることにしよう。パンフィリウス！

第十三場

パンフィリウスが現れる、前場の二人

ロンギマーヌス　急いで彼の息子のもとへ献身的な精霊を何人か派遣してくれ、何をすればよいかは、ツェフィーゼスから聞くのだぞ。

パンフィリウス　承知いたしました、ただしそれは厄介なことかと――

ロンギマーヌス　もちろん厄介なのは、わしにもわかっておる。今はみんな仕事中で、誰ひとり家にいないというのであろう。だがそれがどうした、必要なものは必要なのだ。わかったかね、お前がどこかで何人か集めてくれればよいのだ。さあ、行く《アレー》んだ！（パンフィリウス退場）

ツェフィーゼス　御主人様、何と感謝申し上げたらよいでしょう？

ロンギマーヌス　何も言わずともよい。おい、パンフィリウス、もうひとつあったぞ。（パンフィリウス、すばやく引き返してくる）

ロンギマーヌス　今日はいったい何日なのだ？

パンフィリウス　十二月二十五日でございます。

ロンギマーヌス　なんてことだ。いまいましい話だわい！　わしは近頃ずっと考えておったのだ、十二月だと！　それなのに、お前たちはこんな嵐にあうし、君は、雪に降られる代わりに雷に打たれたというのだな？

パンフィリウス　そこなんです、偉大なるスルタン様、人間どもがいまいちばん困っておりますのは、冬に暖かく、夏に寒いことなのでございます。

ロンギマーヌス　まったく、わしの四季たちがこんなに混乱しておるんじゃ、いったい何のためにわしは給料を払っておるのだ？　ここはひとつ、ポーランド式[18]にむちゃくちゃに雷を落としてやらにゃあならんな。パンフィリウス、大至急だ、すぐに冬をここへよこしなさい。（パンフィリウス、すばやく退場）待て！（パンフィリウス、すばやく引き返してくる）ほかの季節たちも一緒だ、いいか、大至急だぞ！

パンフィリウス　いやはや、今日は走りすぎて足が棒だよ、根っこのところからすぽっと抜けそうだわい！　すまじきものは宮仕えよ！（走ってすばやく退場）

ロンギマーヌス　あいつは、わしのもとで実に安穏に禄《ろく》をはんでおる、あのパンフィリウスはな。だがやつはへこたれない、ちょうどロシアの馬のように。すでに二千年を走り続けているが、いまだにひづめは丈夫だ。節々や腱にはれものもできんし、関節の湿疹にさえなったことがないのだからな。

第十四場

四季たち、ロンギマーヌス、ツェフィーゼス（冬は、黒い毛皮を身にまとい、毛糸の帽子をかぶって、手には小さなマフをかぶせている。全身雪まみれである。夏は、南京木綿のコートにズボンをはき、矢車菊を飾った当世ふうの麦わら帽子をかぶって、手には日傘を持っている。秋は、ほおがふくらんででっぷりとしている。飲み屋の主人が着るような緑色のジャケットに、エプロンをつけ、ブドウの葉を挿した小さな帽子をかぶっている。「モスト」[19]と書かれた小さな樽を小脇にかかえ、大変大きなブドウの房を手にしている。春は、若い庭師の娘のいでたちで、帽子にバラの花を挿し、腕にバラの鉢植えをかかえている。四人はおそるおそる入ってくる）

ロンギマーヌス　さあ、もっと近くへ来なさい、ハイモン伯の四人の子供[20]たちよ。わしは何と言うことを耳にせねばならぬのか？　なぜお前たちは、それぞれの季節にふさわしいふるまいをしないのだ？　冬よ、お前は何と乱れた生活をしておるのだ？　恥ずかしくないのか？　氷のような銀髪を持った男が、突然かっかとし始めるとは！　なぜ十二月に雷を落としたりしたのだ？　そのわけを教えてもらおうではないか！

冬　（低音を響かせて）陛下、私のせいではありません。すべては夏がわざとやったことなのです。夏は何でも知りたがる、そのためいつも私めがけて雷を落とすのです。

ロンギマーヌス　夏は少しでも動いてはならんぞ。お前は数年前からまるで人が変わったようになってしまった。お前はどうやら飲み助に宗旨変えしたらしいな、なにしろお前は、雨ばかり降らせ、浴びるように酒を飲むと見えて、その通り、いつもずぶぬれ[21]なのだからな。

秋　国王陛下、私にも一言いわせて下さい！　それは夏のせいではないのです。冬が彼を落ち着かせてくれないんです。冬はつららが余ると、夏でも寒気がするようにといって、それを夏に送りつけるんです。するとふたりは口論を始め、夏の頭に血が上る、その結果、毎日が雷雨になるというわけなんですよ。

夏　（ひどくもったいぶって）さよう、それも事実ですわ。秋は今もなお私のただひとりの友達だな、彼はまたも私の無実を証明してくれた！　人々は私を非難します、でも私のせいではないのですな。

ロンギマーヌス　もういい、そこまでだ！　わしはお前たちに仲良くやってもらいたいのだ。このままでは、わしの春までだめになってしまう。この子は今でも一番けなげだ。今なおわしの最愛の季節なのだ、この春はな！　（彼女のほおをつねり、金貨を与える）ほらこれをやろう、クロワッサンでも買いなさい、こら、この小悪魔め、こら！

春　お手にキスを、陛下！　私はきっと行ない正しくふるまいます。（ロンギマーヌスの手にキスする）

ロンギマーヌス　諸君、それではもう帰りたまえ！　諸君についてもう一度訴えを聞くようなことがあったら、そのときはどうするか、わかっておろうな。特に夏よ、お前は注意しろ。来年、保養地のバーデン[22]ですべての宿が貸し切りにならなかったら、そのときはお前が責任を取るんだからな。それに冬よ、お前もだ！　今日中にも雪を降らせ、明日にはドナウ川の氷のかたまりが行ってしまう[23]ようにするんだぞ！　さあ、行きなさい！　（四季たちお辞儀をしながら退場）こっちへ来てくれ、ツェフィーゼスよ。君の息子の面倒はわしが見ることにしよう、わしが幸せにしてやるからな。ただし、念のため言っておくぞ、君の息子にひそかに合図を送ったり、助言したりするのは絶対にいかんぞ。さあそれじゃ、一緒に軽く小昼を取っておくことにしよう、子ワニの塩漬けをちょっとばかり注文しておいたのでな。

（二人退場）

第十五場

ツェフィーゼスの秘密の小部屋。背景壁には魔法の文字や図形が描かれている。その前には、家具らしきものは何もない。一方の脇に手品用のテーブルが押し出されてくる。その上に小さな魔法使いの彫像が立っており、彫像の横に鐘が置いてある。これを魔法使いの彫像がハンマーでたたく。反対側にはドア。

フローリアン・ヴァッシュブラウ　（木桶を背負っている。その中にはさまざまな衣類が入っている。部屋に入ってきて、その木桶をおろす）

アリア

おれは、いとしのフローリアン、
みんながその名でおれを呼ぶ、
おれにご用の向きあれば、

いつでもすぐにお出ましだ。
頭ん中にゃあなんにもない、
財布の中身はもっとない、
食い意地張ってることだけが
たったひとつの悩み事！

おれはマリアンデルだけのもの、
寝てもさめても同じだぜ、
それはなぜだか、わかるかい？
ほかの女にゃ、好かれない。
ばかにするなら、ばかにしな、
だけど妬みは感じない、
人が笑ってくれるのが、
たったひとつの喜びさ！

まったくなあ、いとしのフローリアンよ、お前はこの家からすぐに出てけ、ってことになるのは間違いないぜ、きっと。なにしろこの家じゃ、日々の暮らしってものが永遠の眠りの中へ消え失せちまったんだからな。おれのあわれな若だんなは、この先どうなっちまうんだろう？　親父様は、この一軒家のほかにはびた一文だっておれたちに残さなかった。若だんなに、どこかで何かを借りてくる才覚でもありゃいいよ。でも、あのお方じゃあ、この家を抵当に入れることだってできやしない。評判はがた落ちだし、だいたい、魔女どもがしじゅうツバメみたいに出入りしていた家なんか、誰が買うもんか？　若だんなはこれからどうすりゃいいのか、おれにはさっぱりわからん。おれのことなら心配はいらないぜ、おれなら、どこへだろうと必ずもぐりこめるからな。ただ、おれが若様を職に就ける方法を知ってればなあ、ザウアークラウト(24)を作ってる店の帳場とか、そんなのでもいいからさ。

若だんなは、いまは絶望のどん底だ！　きのうだんなは泣いてたぜ、おれに最後の三グルデン紙幣(25)を渡してな、この中から四グルデンを貧しいものたちに分け与え、あとの残りを持って好きなところへ行けって、こう言うんだよ。でも、おれには若だんなを見捨てていくなんてできっこない、そんなのは無理ってもんだ！　おれはついこのあいだ、感動的な話を本で読んだぜ。ローマのライオンの話(26)でな、そのライオンは自分の主人のアントン・トロクレスにすっかりなついて離れなかったんだ。そんな四つ足にだってそこまでできるんなら、おれはもっと立派にやりとげてみせるぜ。この通り、おれはもうさっそく始めたんだ、おれの着るものを全部ひとまとめにしてな、料理番のマリアンデルのタンスも全部空っぽにして、ばれないように牛乳売りのおばさんから、ほれ、この木桶を借りてきてさ、この中へその着物をうまいこと押し込んだのよ。それでな、うちの大だんな様の魔法の実験室だったこの部屋へはめったに人は来ねえ、だから、ここへユダヤ人を呼んでそいつにこれを売ってさ、その金を若だんなの札入れにこっそり入れとこうってわけなのよ。

（小さな魔法使いを見て）やや、こいつは何だ？　さてはこの小僧、何もかも聞いていたな。お前はいまの話を誰かに言うつもりだろう？（小さな魔法使いは、首を横に振ってノーを示す）こいつは人にべらべらしゃべっちまうぞ。おれの若だんなは、この先何か不幸な目に会うか？（魔法使いは首を横に振る）それじゃおれはどうだ？（魔法使いは、フローリアンをおどかしながらイエスを示す）おいお前！　おれはあとどのくらいばかなことをしでかすんだ？（魔法使いは鐘をたたく、一つ、二つ、三つ、その後はかなり速く、しばしば続けざまに鐘をたたく）もうやめろ、いまいましい小僧だ！（魔法使いの手をおさえる）そんなに長生きできるわけないだろうが。

第十六場

フローリアン、マリアンデル（外から戸をたたく）

フローリアン　ははあ、ユダヤ人が来たな。（戸を開ける。マリアンデルが入ってくる）違う、見ろよ、ユダヤの女だぜ。

マリアンデル　ああ、あたしは不幸な女、どうすればいいの？　この人はしっかり家を見張ってないで、こんなところで油を売ってる。あたしはいったい何の因果で、こんな単細胞を恋人にしてしまったの？

フローリアン　そりゃ、ずいぶんなごあいさつだな！

マリアンデル　どうしていつまでもつっ立ってるの？——なんでつっ立ってるのよ、なさけない人ね、あんたがここにいる間にあたしのタンスを空っぽにされちゃったのよ。泥棒に入られたのよ！

フローリアン　よせやい！　お前のつまらない冗談は盗んでってくれなかったのかい？

マリアンデル　なに言ってるのよ、あたしの服に、あたしの下着に、あたしのお祭り用の帽子が盗まれたのよ！——お願いだから、泥棒が——あたしの素敵な下着を！

フローリアン　おい、お前、あれは安物の下着だぞ！

マリアンデル　それにあたしの上等の真珠！

フローリアン　（傍白）ほう、おれはそんなものまでかすめて来ちまったのかい？　知りもしなかったな。

マリアンデル　それでもあんたはまだ笑ってるのね。いいわ、いまからすぐだんな様のところへ行って、何もかもお話し

するわ。泥棒のあとを追いかけてもらうんだから。（退場しようとする）

フローリアン　まあ、待ちなって――行かなくていいんだ！　おれはその泥棒をよく知ってるんだよ。

マリアンデル　え、何ですって？

フローリアン　そいつはおれの大の友達なのさ。

マリアンデル　あら、そうなの？　この悪党、それじゃ、あんたが親玉だったのね！　あんたのことを言いつけてやるわ、いますぐに！（立ち去ろうとする）

フローリアン　ここにいろと言ったろう、さもないと――

マリアンデル　そんなこと言ったってだめよ、あたしは何としても取り返すんだから――

フローリアン　それならあそこにあるぜ――

マリアンデル　どこに？

フローリアン　あの木桶の中さ。

マリアンデル　まあ、なんてことでしょう！　すぐに出して、あたしに返してちょうだいよ！

フローリアン　まあ、あわてるなって！

マリアンデル　しわくちゃになるのはいやなのよ。

フローリアン　全部きれいにたたんであるさ。（木桶をあける。二人の服が乱雑に落ちてくる。冷たく言い放って）この中から自分のを探せ。

マリアンデル　待ってよ、フローリアン、あなたいったい何をしたの？　気は確かなの？

フローリアン　うるさいぞ、マリアンデル！　おれたちの心が互いに結ばれてることは、お前だってわかってるだろうが？

マリアンデル　ええ、残念なことにあたしはすごく不幸な女、あんたの恋人なのよ！　ああ、あたしはなんてばかだったのかしら！　あたしはどうして縁談をみんな断ってしまったの？　ついこのあいだならまだ、あんなにすごい大金持ちの牛商人と結婚できたのに、裕福な奥様におさまって牛をいっぱい持てたのに、それが、あんたを頼りにしたばっかりに、たった一頭のばか牛[27]しか持てない。

フローリアン　一頭の牛を笑う者は一頭の牛に泣くことになるんだぞ。だがこの話は、もうやめだ。そういう話は難しすぎて、長々と話せったっておれには無理だからな。おれたちはこの家に奉公してもう七年になるよな。この品物は、おれがお前に買ってやったものだ、だから、おれがこれをどう処分するのもおれの勝手なわけだ。おれはこれを、ここからよそへ送るつもりだったのよ。

マリアンデル　どこへ？

フローリアン　ユーデンブルクよ。つまり、おれはこれをポーランドのユダヤ《ユーデン》人に売りさばこうと思ったわけだ、おれたちの若だんなをさしあたり今の窮地から救い出すためにな。だんな様の召使はおれたちふたりだけだろ、なんてったっておれたちふたりがだんな様を支えていかなくちゃいけないのよ。

マリアンデル　でもフローリアン、ねえ、あんたはいったい何を考えてるのよ？　どうしてあたしに何も言ってくれなかったの、言ってくれれば、ふたりでほかのやりようを考えることもできたじゃない。あんたときたら、だんな様のピストルの引き金まで盗んだのね、だんな様があたしにお尋ねになったもの、いったい引き金はどこへ行ったんだって。

フローリアン　引き金だ[28]？　じゃあ、お前はこう言えばよかったんだ、それはあたしがお料理に使わせていただきました、ひき肉を切らしてしまいましたので、ってな。

マリアンデル　またそんなことを。とにかく、これでやっと安心したわよ。その服を全部まとめてちょうだい。御主人様がおいでよ。

第十七場

エードゥアルト、前場の二人

エードゥアルト　（不機嫌に）お前たち、ここで何をしているんだ？　ぼくをひとりにしてくれないか。

マリアンデル　見てご覧なさいよ、ご主人様のあの様子を。

フローリアン　何と青白い顔なんだ。だんな様、気付け薬かそれとも鎮静剤をお持ちしましょうか？

エードゥアルト　ありがとう、いいからもう行ってくれないか。

フローリアン　ああ、何とあわれな！　だんな様、もし気絶してぶっ倒れるご用がおありでしたら、ベルさえ鳴らしていただければよございますから、私たちはすぐに飛んできますから。

エードゥアルト　ぼくをおこらせたいのか、お前は？　（平静になって）行ってくれ、フローリアン！

フローリアン　おい、フローリアンとおっしゃったぞ、聞いたかお前？　なんという不幸。

マリアンデル　ちょっと、あんたがそういう名前なのに[29]、ほかにいったいなんて呼べばいいのよ、アナミーデルとでも言うの？　さあ、とにかく行きましょうよ！

フローリアン　マリアンデル、だんな様はもうおしまいだ、あと百年ともつまいよ。（二人退場）

第十八場

エードゥアルト

エードゥアルト　（ひとりで）ぼくはいまひとりになってしまった、文字通りたったひとりなんだ。なにしろ、父の死でぼくの幸福はすべて失われてしまったのだから。子供のころからぼくは、何と多くの不思議なできごとに囲まれていたことだろう！　父の肉体は、自然を越えた力のせいで突然ぼくたちの目の前から消えてしまった。父は、自分が死んだあとに莫大な財産を残してやろうとよく言っていたものだ。でも家中どこを探しても、そんな遺産の影すら見つからない。いったいぼくはどうすればいいんだ？　友達も助けてくれない、いかがわしい魔法使いの息子だといって、みんなぼくから逃げてしまう、ぼくはいったいどうなってしまうんだろう？　いまわしい身の上！　絶望的な運命！（いすに倒れ込む。床下から、ドアをたたくような音がする）コツコツたたいているのは誰だ？　入ってきなさい！

（黄金の碇にもたれかかって、希望がせり上がってくる）

希望　（希望にふさわしい衣装。とても活発で陽気な話し方）あらまあ、ドアを間違えてしまってごめんなさいね。でも、あたしみたいに仕事をたくさんかかえている女は、そういうことをいちいち気にしてられないのよ。さあ、ともかくもあたしを歓迎して下さいな！　まあ、すっかりあっけにとられちゃって。

エードゥアルト　何とほっとする姿なのだろう！　あなたがそばにいるとこんなにも気持ちが落ち着くなんて！

希望　あら、どうしたことかしら？　お若い方、あなたはあたしをご存じないの？

エードゥアルト　失礼ですが、私は本当に——

希望　まあ、あきれた！　それ以上おっしゃらないで！　どんなカレンダーや年鑑にも、うんざりするほどあたしの姿が描かれているのに、そのあたしを知らないだなんて。あなた、本当にあたしをご存じないの？　あたしは、あなたが赤ちゃんの時はこの腕に抱いてあげたし、坊やになってむちで打たれたときにはその痛みを和らげてあげたのよ、それに、立派な若者になってテラスの恋人のところへ上っていくときには、はしごを支えてあげたじゃないの——

エードゥアルト　あ、それじゃあなたは——

希望　希望よ、どうぞよろしくね。あたしは、あなただけの希望じゃなくて全世界の希望だけど。

エードゥアルト　ああ、それならばどうかあなたの足もとにひざまずかせて下さい、天の娘よ——

希望　まああなた、落ち着いて、そんなにあわてちゃいけませんよ！　ほらほら、なんて興奮してるのかしら。あなたがそんなにあっさりとあたしの旗の下に降参したものだから、あたしの敵の恐怖は、もうあなたを見捨ててしまったの？　第一あなた、レディーにいすをすすめないでいつまでも立たせておくのがとても不作法だってことをご存じないの？　それとも、あんなに大勢の人たちがあたしにすがるから、このあたしにはすがるものはいらないと思ってるのかしら？　だめよ、あなた、さあ、いすをちょうだいな！　（エードゥアルト、いすをすすめる）これでいいわ！　ところであなたは、あたしの真ん前で気をつけの姿勢をして、あたしがこれから言うことをよく聞いてちょうだいね。

エードゥアルト　全身を耳にして聞きます。

希望　（せきばらいして）ムッシュー！　あなたにぜひよろしく伝えてほしいと、あたしは妹からことづかってきたのよ。ねえ、あたしの妹ってだれだと思う？　（エードゥアルトは肩をすくめる）幸福よ。

エードゥアルト　幸福ですって？　なんと美しい名前を耳に響かせてくれることでしょう！

希望　そんなふうに言われると、焼きもちを焼いてしまいそう。（ため息をついて）でもね、あたしは、あとから来る妹におしのけられることには慣れっこよ。彼女はあなたを引き立ててあげるって約束してたわ。そりゃ確かにあの子は軽はずみな女よ、あの子はものすごい厚化粧をしていて、遠くから見てるときだけきれいなの。でも、あたしには妹の悪口を言うことなんてできやしない、そんなことは期待しないでね。さあ、本題に戻りましょう。あたしは、あなたにこう伝えてほしいって頼まれてきたのよ、部屋の隅のあの辺の床をさっと《サン・ファソン》開けて、中から黄金の鍵を取り出し、その鍵でこの壁を開いてほしいってね。そのあとは、ローストチキン[30]みたいにひとりでにあなたの口の中に飛び込んでくるわ。それじゃあたしはもう、これで失礼するわね。

エードゥアルト　え？　ぼくを見捨てていくというんですか

――

希望　あなたの幸福が始まれば――あたしの役目は終わり。あたしをすぐにまた呼び出したりしないように、用心なさいね。それともあたしには、あなたとおしゃべりしてひまをつぶすほかには、することがないとでも思ってるの？　こうしている間にも、何百万という人たちがあたしの訪問を待ちこがれているのよ。訴訟に勝ちたい弁護士さんとか、釈放を期待しているかわいそうな囚人たち、いつもあたしに会おうと思っている野心満々の人たち、恋人たちの群れときたら、もう言うまでもないわね、この人たちはとんでもない要求を次々に出してくるから、あたしはもう死にそう。そういうわけなので、さようなら――あたしの手にキスしてちょうだいな、希望いっぱいのお若い方、さようなら！　幸運児さん、ひとりの女のことをまた忘れてはだめよ、その女は、あなたが生きている限り、あなたについていくんですからね。（ひざをかがめてお辞儀をし、ドアから退場）

第十九場

エードゥアルト　（ひとりで）なんて不思議なできごとだったんだ！　ぼくは彼女を信じていいのだろうか？　彼女は女だ――つまり、ぼくはこの世でただひとり、ぼくの幸福は女のお陰だと言わなきゃならない人間だということになるのか？　よし見せてもらおうか、美しい希望よ！　君の気まぐれな約束が、今どきの女の子たちの勇ましい愛の誓いと違って、うそじゃないってことを、試してみようじゃないか。あそこが、その場所だな。（床の小さなドアを開ける）ほんとだ！　ぼくは、あやうく自分のエメラルドの天使を悪く言ってしまうところだった。ここに鍵があるぞ。ばんざい、エードゥアルト！　急ぐんだ！　（壁を開ける。壁は天井へ上っていき、わくだけが残る。そのわくの向こうに、黄金で飾られたダークブルーの円形ホールが見える。そのホールの両側に、石膏でできた等身大の神像が三体ずつ、同じ形をした台座の上に立っている。その台座にはそれぞれ次の言葉が書かれている。ドゥカーテン[31]金貨、ルイ・ドール金貨、ターラー銀貨、スヴラン・ドール金貨、真珠、ガーネット。中央には、何ものっていないバラ色の台座が置いてあり、これが半円を閉じている。この台座には何も書かれておらず、代わりに羊皮紙の巻物が置いてある。照明は、すべての彫像を十分に照らし出していなければならない）これは妖精の宮殿だろうか？　この宝物がぼくのものなのか？　これは夢か？　（台座の小さな扉をひとつ開けてみる。金貨がざくざくと入っているのが見える）違う、夢じゃない！　ああ、黄金の現実なんだ！

　この羊皮紙はどういう意味なんだろう？　（羊皮紙を広げて読む）「愛する息子よ、お前がこの秘密の部屋で発見した宝物はかつては私の財産だったが、これからはお前のものとなる。六体の彫像も貴重なものばかりだ。これらの彫像は、精霊王の好意によって私に贈られたものなのだ。これらの財宝を賢明に使うがよい。ただし、お前が若さのあまり数々の分不相応な望みをいだいて、第七番目の彫像も所有したいという願望を胸にいだくときも来るかもしれない。第七番目の彫像は、バラ色のダイヤモンドでできており、お前がこの世で所有し得る最高の宝物となるのだが、もし万が一、この彫像も欲しいという望みをいだいたときには、精霊王のもとにおもむいて、その旨をお願いするがよい。私がお前に残したさまざまな魔法の仕事を見れば、お前は、どの道を通れば精霊王の玉座の階段に到達できるか、最も正確に知ることができるはずだ」（巻物を台座の上へ戻す）ぼくが驚いているそのそばを、何と多くの不思議が次々に通り過ぎていくことか！（外へ出る。壁が閉じる）これは本当のことなのだろうか、ぼくの運勢がこんなにも突然変わるなんて！　ぼくは乞食だったのに、今では、あの伝説の大富豪クロイソスになったみたいだ。――それにしても、バラ色のダイヤモンドでできた七番目の影像とは、いったいなんなのだろう！　ぼくはいま、これもぜひほしいという暗い衝動にとらわれている！　ああ、なぜいまこの瞬間に、精霊王の足元に身を投げ出すことができないのか！　ぼくを今すぐ王のもとへ運んでくれる慈悲深い精霊はいないのか？（机の上の小さな魔法使いの影像が、幼い精霊コリブリに変身する）

コリブリ　（泣いているので、うまく話すことができない）おいらが連れて行くよ！

エードゥアルト　これはまた、なんとかわいい男の子だ！　名前はなんていうのかな、坊や？

コリブリ　（相変わらず泣きじゃくり、不機嫌そうに）おいらは小さなコリブリだよ。

エードゥアルト　それで、君はいったいなんなのかな？

コリブリ　（ぶすっとして）精霊だよ、見てわからないの？

エードゥアルト　でも君は、どうして泣いてるの？

コリブリ　ママにどなられたんだよ。

エードゥアルト　なんでまた？

コリブリ　おじさんを助けろって言われたからだよ。

エードゥアルト　君はおじさんを助けたくないのかい？

コリブリ　もちろん助けてやるさ！　――ただ、ちょうどほかの精霊たちと黄金のりんごの取りっこをしてたところだったんだ。その時にママが、遊びはやめておじさんのところへ降りていきなさい、魔王の命令だからって、言ったんだよ。で、おいらがすぐに行かなかったもんだから、ママがおいらをひどくどなりつけたんだ。

エードゥアルト　かわいそうに！　君のお母さんはいったい誰なんだい？

コリブリ　ちゃんと自分の財産で暮らしてる精霊さ。

エードゥアルト　そうか、安心しろ！　いいか、おじさんを助けてくれたら、黄金のりんごを、一個どころか何百個もやると約束しようじゃないか。

コリブリ　（急にうれしそうに）それはほんと？　わあ、そいつはすげえ（うれしくて飛びはねる）じゃ今度は、おいらの仕事ぶりをよく見ててね。

エードゥアルト　いったい、どんなふうにしておじさんを助けてくれるのか、教えてもらえるかい？

コリブリ　おいらが、精霊王のところへ行く方法を教えてあげるよ。まず、高い山にひとつ登らなくちゃいけないんだ、そのあとのことはまたこっそりと教えてあげるよ。おじさんはいろいろな危険も乗り越えなくちゃいけない、空も飛ぶんだよ。ずっと我慢できるかい？

エードゥアルト　危険は、勇気をきたえるんだ！　魔法の宝がますますほしくなってきたぞ。さあ行こう、案内してくれ。

コリブリ　ああ、だめだめ、そんなにすいすいとは行かないよ、すごく遠い道のりなんだから。まずおいらは馬車を一台さがしてこなくちゃ。馬車がひっくり返る心配はしなくていいからね、おいらは腕のいい御者なんだ、それに、おじさんの鼓膜が破れるほどラッパを鳴らしてあげるよ。

エードゥアルト　そうか、わかった、それじゃ旅のしたくをしておこう。

コリブリ　召使を一緒に連れてってもいいよ、おじさんはすごくのんびりした人みたいだからね。それじゃ、もうちょっと待ってて。十五分したら戻ってくるよ、それとりんごのことを忘れないでよ――男に二言なしだからね！

（エードゥアルトは手を差し出す。コリブリは握手し、もったいぶった様子で退場）

エードゥアルト　（ひとりで、うれしげに）最高だ！　すごい成り行きじゃないか！　それも続けざまにだ！　ぼくの幸福が勝手に動きはじめたぞ。それに、見た限りじゃ、みんな気のいい精霊たちばかりらしい。ますます元気が出てきたぞ。

第二十場

マリアンデル、フローリアン（隣人たちの一団とともに入ってくる）、エードゥアルト

コーラス

さあ入ろうよ！　入ろうよ！
きっと歓迎されるだろう。
敵はこっそり忍び込む。
友は陽気に入り込む。

フローリアン　だんな様！　ほら、この通り、集めてきましたぜ。あとはだんな様から話して下さいよ。

エードゥアルト　お前は、いったい誰に頼まれて、こんな大勢の人たちを連れてきたんだ？

マリアンデル　お願いですから、だんな様、この人は気が触

れてしまったんですよ。こんなにたくさんの人たちを！

（フローリアンに）でも、あたしがあんたなら、もっと大勢連れてきたわ！

フローリアン　そうかい、どこから連れてくるんだ、盗んでくるわけにゃいくまい？　この人たちはおれがあちこちさがし歩いて、かき集めてきたんだぞ。

エードゥアルト　（怒って）それにしてもだ、この皆さんがいったいここに何の用があるというんだ？　この馬鹿たりあん[32]！

フローリアン　（隣の人に）じゃ、あんたから話せよ！

一人の隣人　だんな様、このフローリアンは、私どもを呼び集めまして、あなた様がお困りだと話して聞かせてくれたんでございます。あなた様は私どもにとりましていつも、一杯のワインをおごってくださる親切な方でした。たとえ私どもが前のだんな様と折り合いがよくなかったといたしましても、それは関係ございません。私どもがあなた様を助け、あなた様のお役に立てますなら、どうぞ何なりと私どもにお命じになって下さい。向こう三軒両隣、私どもの子供たちがいつどなたにお世話になるか、誰にもわからないんですから。

全員　そうです！　その通りです！　どうぞ私たちにお命じになって下さい、だんな様！

エードゥアルト　ご親切なみなさん、ぼくは心から感謝いたします。でもぼくは、みなさんの暖かいお申し出に甘えるわけにはいきません。そのお気持ちだけありがたく頂戴しておきます。実は、父の遺言状が見つかり、そのために、今日これから遠いところまで出かけねばならなくなりました。運よく帰ってまいりましたら、帰宅の最初の晩をみなさんとともに愉快に過ごしたいと思います。

隣人たち全員　ばんざい！　われらのエードゥアルトばんざい！

一人の隣人　それでは、大変恐縮ですが、もうひとつお願いがあります。どうか、ここにいるフローリアンを叱らないで下さいまし、彼には悪気はないんです、少し頭の弱い善良な仔羊にすぎないんですから！

フローリアン　（傍白）おいおい、やなことを言うやつだな！

一人の隣人　それでは道中ご無事で、元気にお帰りなされますように。

全員　よいご旅行を！　（お辞儀をしながら退場）

第二十一場

エードゥアルト、フローリアン、マリアンデル

エードゥアルト　フローリアン！　ぼくの決意は聞いたな、お前も旅のしたくをするんだ、ぼくの伴をしてくれ。マリアンデル、お前にはこの家の鍵を預けていく、お前なら安心だからな。

フローリアン　おれよりずっとましでさ！

マリアンデル　それじゃ、だんな様は本当にお出かけになるんですか？　このフローリアンも一緒なんですか？

フローリアン　そうよ、フローリアンも行く行く、フローリアン夫人は残るってな。

エードゥアルト　ただしお前に言っておく、この旅行は何もない空を飛んでいくんだぞ。

フローリアン　それこそおれにはもってこいでさ、おれの頭は、空みたいに空っぽなんですから。

エードゥアルト　それじゃ、お前たちふたりで仲むつまじく別れを惜しむがいい、そのあとは勇気だぞ、フローリアン！　十五分後に星をめがけて出発だ！（退場）

第二十二場

マリアンデル、フローリアン

マリアンデル　まあ、大変なことになっちゃったわ！　それじゃ、うちの若様も精霊たちと関係があったわけ？　それに、あんたも、本当に若様と一緒に空を飛ぶつもりなの？　帰ってくるまでに、いったいどのくらいかかるの？

フローリアン　三ヶ月を二、三個ってとこだな。

マリアンデル　そんなにかかるの？　でも、ふたりが下へ落ちてしまったら？

フローリアン　そのときは帰りが早くなる。

マリアンデル　だめだわ、あたしこんな不安にたえられない、きっと水に飛び込んじゃうわ。

フローリアン　お前はおれを未亡人にするつもりか？

マリアンデル　もう、鈍い人ね！　あんたは、あたしのことが心配じゃないの？

フローリアン　いいか、マリアンデル、確かにおれはお前を愛してる、お前はおれにとって三番目の命なんだ。だがな、御主人様大事となりゃ、おれは、どんなマリアンデルだろうと全部二グロッシェンで売っちまうよ。

マリアンデル　もういいわ、あたしの方が折れるしかないのね。空中旅行でも何でも行ってらっしゃい、でもせめて、どこかの雲の穴に落ちないように注意してね、そうじゃないと、腕を一本とか足を二本とか折ってしまうから。

フローリアン　何か記念の品は持たせてくれないのかい？

マリアンデル　そうね、何がいいの？

フローリアン　十グルデン紙幣を一枚。

マリアンデル　あんたには、あたしの心があるでしょ。それじゃ、気をつけるのよ。

フローリアン　達者でな、ひまなときにはおれを思い出してくれよ。

デュエット

フローリアン

マリアンデルよ、おれの心の
砂糖のお菓子《ツッカーカンデル》、達者でな。

マリアンデル

フローリアン、あんたが行ったら
泣いちゃうあたし、いつの日も。

フローリアン

おれが死んだら、お前のために、
命でさえもおれはささげよう。

（二人一緒に）

マリアンデル

彼が死んだら、あたしのために、
命でさえも彼はささげるわ。

フローリアン

おれが死んだら、お前のために、
命でさえもおれはささげよう。

マリアンデル

あたしの心はフローリアンを忘れない、
だからあんたも、心変わりはしないわね？

フローリアン

次の郵便でお前にあてて書き送ろう、
お前はおれの一番好きな女だと。

マリアンデル

もしもこの目が二度とあんたを見ないなら、
あんたはあたしのたったひとりの相続人。

フローリアン

もしもお前が、お帰りまでに、死ぬ気なら、
いますぐ、すべて持たせてくれた方がいい。

マリアンデル

あんたを胸にだいて初めて、その時に、
あたしの両目は明るく澄んで輝くの。

フローリアン

そのとき見るは珍しいものじゃないだろう、
なにしろおれは、昔の阿呆のままだから。

マリアンデル
ああ、帰ったらきっと素敵だわ、
あたしは高く飛び上がる、
うれしさあまって、天にまで、
まるで小鹿のようにして。

フローリアン
そのあとお前はシュペァル(33)へ、
お前の愛するやつと行く。
なんてすごいんだ、素敵だぜ！
それは最高の楽しみさ！

（二人一緒に）
陽気な宴にふたりして大いに食べて盛り上がる。

フローリアン　それからおれが酔ったなら、お前がおれを連れ帰る。

マリアンデル　飲んで飲んで、さあ飲んで！　あたしがあんたを送るから。

（二人一緒に）

フローリアン　それからおれが酔ったなら、お前がおれを連れ帰る。

マリアンデル　そしてあんたが酔ったなら、あたしがあんたを連れ帰る。（二人退場）

第二十三場

浅い舞台、雪におおわれている。エードゥアルトの家の前。音楽の伴奏とともに郵便馬車のラッパが響く。それによって、郵便馬車が近付いているのがわかる。

御者の服を着たコリブリが、ロシア産の栗毛の馬を二頭つないだ郵便馬車でやって来る。コリブリは、ラッパを吹いて馬車を降りると、むちを鳴らし、玄関の前で足踏みする。

コリブリ　ハイヨー！　至急便の到着、開門！（ドアをたたく）

エードゥアルト（皮の裏地がついた緑色の上着を着て、家の中から出てくる）やあ、かわいい御者君、もう来たのか？　よくやったぞ！　これこそ、約束を守るということだな！

コリブリ　そうさ、ぼくたちの世界じゃ、なんでも速達みたいに速いんだよ。もうずいぶん遅い時間だよ、早くしないと、走ってるうちに夜になっちゃうよ。

エードゥアルト（呼ぶ）フローリアン、急ぐんだ！

フローリアン（中から）今すぐ行きますぜ！（登場。旅じたく、召使の制服を着て、その上に暖かそうな上着を羽織っている。ミトンの手袋に旅行帽。腕には、箱を二、三個に、雨傘を二本、靴脱ぎ台、枕、コーヒーミルをかかえている）これで万事ぬかりなしと！

エードゥアルト　（笑って）あきれたやつだな、お前は！　いったい何を持ってきたんだ？　すぐに置いてくるんだ。まるで、荷物運びのロバみたいじゃないか！

フローリアン　でも、最低限必要なものは持っていきませんと。

コリブリ　すぐ置いてきなよ！　おじさんのかぼちゃ頭だけでも、ずいぶん重そうじゃない？

フローリアン　ほっとけ、この小僧！（品物を全部家の中へ投げ込む）こりゃあ、結構な旅行になりそうだぜ、トランクひとつも持たないで、しかもこの郵便屋ときてる！　ラッパの方が大きいくらいだ！　途中できっとこの坊やをなくしちまいますぜ。

第二十四場

マリアンデル、前場の人々

マリアンデル　（家の中から出てくる。クグロフ[34]の入った丸い箱と、大きな洗濯かごを持っている）お願いですから、そんなしたくのまま行かないで下さいまし。下着くらいは少し持ってって下さいな。全部、書き出しておきましたからね、シャツが十二枚に、靴下が八足、マフラーが二十本に、カラーが二ダース――

コリブリ　あやー！　そんなに使えっこないって！　さあ、乗って！　もう馬は待ちきれないよ。

マリアンデル　（エードゥアルトの手にキスして）それでは、だんな様、どうかご無事で！　この家はあたしが必ず守りますから。

エードゥアルト　さあ、乗るんだ！　フローリアン！

フローリアン　マリアンデル、元気でいろよ！

マリアンデル　フローリアン、とんま風邪を引かないよう、気をしっかり張るのよ。ほら、お古だけど、あたしの毛皮の襟巻きをしていくといいわ。（フローリアンの首に巻きつける）それから、この箱にはクグロフが入ってるわ、でも、歯を折らないようにね。（箱を自分の前へ置く）元気で行ってきてね、愛するフローリアン！　ひょっとしたら、これきり二度と会えないかも知れないわ。

フローリアン　ああ、マリアンデル、それを思うと胸がつぶれそうだ。（泣く）

マリアンデル　そうよね？　あたしのことをきっと忘れないわよね？

フローリアン　（泣きながら）忘れるもんか！　おい、クグロフはどこだ？

マリアンデル　フローリアンたら！

フローリアン　（いっそう激しく泣いて）おれのクグロフをくれ！

マリアンデル　あたしの気持ちはどうでもいいの？

フローリアン　そのクグロフに干しブドウは入ってるのか？

マリアンデル　ほら、持ってきなさいよ、この食いしん坊！

（箱を渡す）

コリブリ　（足を踏み鳴らして）もういい加減にして、早く乗ってよ！（むちでフローリアンの足元をたたいて、彼を御者台へ追い立てる）

（三人とも馬車に乗り、「フローリアン、元気でね！」とか「マリアンデル、おれを忘れるなよ！」などのやりとりのうちに、ラッパを鳴らしながら、一行は出発していく）

第二十五場

マリアンデル（ひとりで）

マリアンデル　みんな行ってしまって、あわれな料理番のあたしひとりが、おろおろしながら取り残されてしまった！　あたしのフローリアンが体をこわさなければいいけど、あの人はとっても弱々しいから。あたしは料理番だから、一生懸命あの人の胸に詰め物をしてやったわ、だって、あの人はとっても胸が弱いんですもの。そうでなくとも、この春には治療[35]が必要だったのよ、彼は乳清を飲んで、かぼちゃも食べたわ、ほんの少しでも元気になるようにね。でも、みんなが無事に帰ってきたら、あたしはすごいご馳走を作ってあげるわね。

アリア

腕が自慢の料理番、
大したものよ、その名誉、
でもね、頭で愛がうずく時、
スープの味は濃くなるの。

うちでお食事、おえらがた、
御主人、お部屋を教えたわ、
でもね、ぼんやりさんは多いのよ、
お台所に立ってるの。

すると、たちまち言い寄るわ、「きれいきれいなマリアンデル、
握らせとくれ、君のかわいい手！」

でもね、あたし、あたしは振り向かない、
あたしは煮付けをまぜるのよ。

誰かが、愛の証にと、
キスの味見を望んだわ、
あたしはみさおを見せてやる、
ばか丁寧にお口をぬぐって上げるのよ。

（退場）

第二十六場

高い山とその付近。舞台をいっぱいに使う。山の頂上へ向かって広い道がうねりながら上っていく。道は三段階になっている。頂上近く、三番目の道の最後には門があって、そこに掲げられた横断幕から「魔法の園」という文字が浮かび上がって見える。さらに後方の背景幕には、精霊王の住むヴェスヴィオ火山が煙をはいているのが見える。側面の書割にはそびえ立つ丘だけが描かれ、この丘や山のすそ野に、ひまわりの形をした色鮮やかな花がたくさん生い茂っている。ただし、花の中央には、小さな人間の顔が描かれている。舞台が転換されると、舞台後方にはさまざまの動物たちが群れている。七面鳥が一羽、サル数匹、熊一頭、グレートデン一頭など。どの動物も、歌う木の歌に耳をすませている。歌う木は、舞台転換の際すぐに、適当なポロネーズを歌い始める。コリフォニウスが、じょうろと、果物の入ったかごを持って登場。彼が来ると、木は歌うのをやめる。コリフォニウスは、赤い炎で縁取りした、ゆったりとした服を着て、頭にはヘビの冠をかぶっている。

コリフォニウス　さても、四つ足のならず者めが、ご機嫌はいかがかな？（動物たちがかれのまわりに集まってくる）魔法をかけられちまったお前たちにえさをやらんとなあ！　どうだ、結構な施設だろうが！　このばか者めが、お前らはどうしてそんな、振り返るようなよく動く首をもらったんだ？　このコリフォニウス様はなあ、すこぶる頭がいいんだぞ。おれ様がこやつらをみんな一網打尽よ。誰ひとりとして魔王のもとにたどり着けなんだわ。ほれ、えさだぞ！もらったら、すごすごと帰れ。（果物を投げ与える。動物たちはそれをくわえてゆっくりと立ち去る）この動物たちはなあ、みんな男だったのよ。さあ今度は、魔法の花に水をやろうかい。こっちはなあ、永遠の美しさを下さい、なんぞと魔王にお願いしようとしたあさはかな女たちだったのよ。（花に水をやる）おや、あそこに見えるのは何だ？　ステュクス川が九筋に分かれるあたり、おお、あそこに人間どもが御到着のようだな！　そらそら、コリフォニウスよ、またもお前の出番だぞ！　人間どもめ、逃がしはしないからな。さっそく仕事にかかろう！　こら、歌を歌う枝、自分の責任を果たせ、やつらをここへ誘うんだ。歌え！　心をとろかすメロディーを聞かせろ、ロッシーニを歌え！　ロッシーニは劇場へ大勢の人間を呼び込んでるだろう、ならばここでも同じ効果を期待できるってもんだからな。（退場）

第二十七場

コリブリ、エードゥアルト、フローリアン

エードゥアルト　それじゃ、ここが君の言ってた悪名高い魔の山なんだな？

フローリアン　あそこにゃあ、なんて深い谷が続いてるんだ。

エードゥアルト　それから、あの火を吹いている山が、精霊王の住まいということだったね？

フローリアン　王様は、煙突の中にお住まいなのかね？

コリブリ　あれが王様の住まいだよ。

エードゥアルト　それで、ぼくは、よそ見をせずにこの山を登らなきゃいけないんだね？　しかも、あの庭園の一番高い木から枝を一本折ってこなければいけないというんだね？

コリブリ　そうだよ！　でも、おいらはここでお別れ、おじさんがうまくやり終えたあとでないと、また会えないんだ。

（木が、ロッシーニの有名なオペラから何小節か歌う）

エードゥアルト　なんと心地よい歌が聞こえてくるのだろう！　この歌は知ってるぞ、この歌のおかげで、ぼくは何度も楽しく時を過ごしたものだ。（木がモーツァルトのオペラから何小節か歌う）　待てよ！　これはモーツァルトだ！　ああ、ぼくの祖国の響き、この歌はただ楽しいだけじゃない、この歌は感激を与えてくれる。また会おう！　ぼくはこの山を登るぞ。

コリブリ　気をつけてね！　振り返ったらだめだよ、おいらはおじさんを守ってあげるわけにはいかないんだ。（フローリアンに）さあ、おいでよ、おじさん！

フローリアン　さっさと行っちまえ、小僧！　おれは御主人様と残る。（コリブリは退場）

メロドラマ[36]

（エードゥアルトは山を登り始める。一番目の道に入る。

魅力あふれる四人のニンフが踊りながら彼のあとについてきて、ウィンクや踊りでエードゥアルトを振り向かせようとする。最後に彼女たちは、音楽のフェルマータの間に、群れとなってエードゥアルトにからみつき、彼を引き止めようとする）

エードゥアルト　（わき見をせずに彼女たちを振りほどき、叫ぶ）放せ、踊り子たちよ！（ニンフたちがすばやく消える。エードゥアルトは二番目の道に入る。突然暗くなる。雷鳴がとどろき、彼の目の前で一本の木に雷が落ちる。木は一瞬だけ燃え上がる。音楽が休止）こんなものにたじろぐぼくじゃないぞ！　前進！

（木の炎は消える。舞台はふたたび明るくなる）

（エードゥアルトは三番目の道に入る。ひとりのギリシャ人が短刀を振りかざして少女を追いかけてくる）

少女　（うしろからエードゥアルトにしがみついて叫ぶ）助けて！　助けて！

エードゥアルト　（少女を振りほどいて叫ぶ）下がれ！（ギリシャ人も少女も床下へ沈んでいく）やったぞ、成功だ！（門の中へ走り込む）

（拡声器を通して声が聞こえる）

コリフォニウスの声　くそいまいましい！

（音楽が勝利を表現する）

フローリアン　（今の場面の間ずっと、自分の気持ちをパントマイムでさまざまに表現している。側転して）ヤッホー！　うちのだんなは、やっぱりワサビがきいてるぜ！　なのにおれには、ここでかかしみたいにつっ立ってろってのか？　とんでもねえ！　いざ、おれもレーオポルディの山[37]へ！　ひょっとしたらおれにだって、魔法の爪のアカ[38]ぐらいかすめ取れるぜ。（急いで山の頂上へ向かう。音楽。曲はオーバーレントラー[39]。リンツ[40]の頭巾をかぶり、黒のエプロンを着けた四人の料理女たちが、先ほどと同じようにしてフローリアンを引き止めようとする。音楽が休止）下がりおろう！　台所の妖怪たちよ！

（四人の少女は消える）

（フローリアンは二番目の道に入る。正装の二名の兵士が銃を構えて、彼の方へ向かってくる）

伍長　（兵士のわきで命令する）構え銃《つつ》！　ねらえ！　撃て！

（「撃て！」の命令と同時にフローリアンは前方へ顔から突っ伏す。弾は彼の頭上を通過し、兵士たちは消える）

フローリアン　（勢いよく立ち上がって、叫ぶ）的外れもいいとこだぜ！

（三番目の道に入る）

ウェイター　（彼を引き止めて叫ぶ）十グルデンを払って下さいよ！

フローリアン　（うしろへはねのけて）下がりおろう、怪物め！（ウェイターを投げ飛ばす。ウェイターは逃げ去る）やったぞ、成

功だ！（門の中へ走り込もうとする）

（その瞬間、マリアンデルの役者自身が演ずるマリアンデルのまぼろしが彼の背後に現れて、「フローリアン！　フローリアン！」と呼ぶ）

フローリアン　（さっと振り返って叫ぶ）マリアンデル！

（フローリアンは彼女の方へ行こうとするが、マリアンデルは消える。フーリエが彼をうしろへ引き倒す）

コリフォニウス　（山のふもとに現れて）お前はわしのものだ！　お前はプードルになれ！

（犬小屋がフローリアンの上にそびえ立つ。彼はプードルとなって山をかけおり、不安げに主人を探す。このとき、エードゥアルトが手に小枝を持ち、小躍りしながら庭園から山を越えてやってきて、「フローリアン！　フローリアン！」と呼ぶ。プードルが彼めがけて山をかけ上がり、彼にじゃれつく）

エードゥアルト　これはどうしたんだ？　このプードルは何がほしいんだ？

コリブリ　（現れて）この犬はおじさんの召使だよ！

エードゥアルト　あわれなやつ、お前は何をやらかしたんだ？（間）こんな姿になっても見捨てはしないからな。さあ、行こう、忠実さのシンボルよ！　この場を離れるんだ。（プードルの首輪を手に取って、連れて行こうとする）

コリフォニウス　（叫ぶ）待て！　その犬はここに置いていけ！　それはわしのものだぞ。わしはここの支配者なのだからな。

エードゥアルト　命にかけてもこの犬は守るぞ――彼をここに置いていくわけにはいかないのだ。

コリフォニウス　いかないだと？（猟師に変身する）ならば、撃ち殺すまでだ。

（コリフォニウスは腰をかがめて銃を拾い上げ、撃鉄を起こす。コリブリが合図する。すると、フローリアンと同じ模様の、動かすことのできるプードルが少なくとも八匹、突然舞台に飛び出してきて、フローリアンとともにタブローを作る。同時に、舞台上のすべての山や丘もプードルの絵で埋め尽くされる。その絵は舞台奥に行くに従い、遠近法によってしだいに小さく描かれ、おもしろおかしいグループとなって、この場のタブローを完成させる。コリフォニウスはねらいを定めようとするが、びっくりしてうしろへとびすさってしまう）

エードゥアルト　よくやったぞ、コリブリ！　さあ、本物を撃ってみろ、どれが本物かわかるならな、だが急げよ、全部ぼくが連れてってしまうからな！

コリフォニウス　ならば、わしの方も全部一ぺんに片づけてやるまでだ。

（合図する。舞台が暗くなる。稲光が走り、激しい雨が降る。水かさがしだいに増してきて、コリブリとエードゥアルトは、水の中からせり上がってきてそびえ立った岩の上に取り残される。犬たちが岩のまわりを泳いでいる。音楽が休止）

エードゥアルト　フローリアンがおぼれた！

コリブリ　枝を投げて。

エードゥアルト　（枝を水の中へ投げ込んで叫ぶ）フローリアン、拾うんだ！（プードルは枝を拾おうとし、口に枝をくわえてから、エードゥアルトの立っている岩によじのぼる。プードルが岩の上に上がると、エードゥアルトが音楽とともに叫ぶ）よーし、助かったぞ！

（岩は帆船に姿を変え、三人を乗せてこの場を離れていく）

コリフォニウス　（叫ぶ）お前ら、覚えていろよ！

（プードルが、立ち去りながら、憤激してコリフォニウスに吠えかかる）

第二幕

第一場

ロンギマーヌスの宮殿。片側に玉座がある。ロンギマーヌスが玉座に座っている。彼のまわりに召使を勤める精霊が数名。ファンタスティックな精霊たちが踊り、最後にまとまってタブローを作る。

全員　ロンギマーヌス王、万歳！

ロンギマーヌス　結構、大変結構だ！　心から礼を言うぞ。（傍白）今日わしのためにダンスをやってくれて本当にうれしいわい、なにしろ明日は、わしの命名日だからのう。

（精霊たち退場）

第二場

パンフィリウス、ロンギマーヌス

パンフィリウス　（ロンギマーヌスにグリーティング・カード(41)を数枚渡す）魔法使いのヴァニラと妖精マラスキーノにございます。

ロンギマーヌス　おお、おお、早くも、動くグリーティング・カードが来たか。（読む）妖精マラスキーノとその一族。魔術学教授ムッシュー・ヴァニラ、とな。礼を言っておいてくれ、よろしくとな。わしはいつも、まるで子供のように、自分の命名日を楽しみに待っておるのじゃ、このカードを動かしたいばっかりにな。（カードを一枚取る）ほれ、見てみろ、こやつをこうして引っ張るとな、ピンと足を高く上げおるわ。（笑う）なんとも、すごいものだと思わんか？

パンフィリウス　（同じように笑って）おお、じつにおもしろうございます！　これは、誠にすばらしいアイデアでございます。

ロンギマーヌス　まるで元日のようだのう。人々が年始のお祝いを言いにやって来る元日も、わしは好きなのだよ。なぜかだと？　人々が心の底からお祝いしておると、確信できるからじゃよ。（外でプードルが吠える声が聞こえる）外で吠えとるのは、いったい何なのだ？

パンフィリウス　（外を見て）大きなプードルにございます。

ロンギマーヌス　その犬も、わしの命名日を祝うというのか？　外の様子を見てきてくれ。（パンフィリウス退場）あのような犬がわしに目通りしたいなどとは、実際、もってのほかだな。もしそうなら、わしは断固拒否せねばならん。

第三場

パンフィリウス、ロンギマーヌス

パンフィリウス　（戻ってきて）御主人様！　ツェフィーゼスの息子が魔法の園への旅を無事終えまして、あなた様の足元にひれ伏したいと願い出ております。

ロンギマーヌス　本当か！　でかしたぞ！　振り返らなかったのだ！　おおかた首にリューマチがあって、頭を動かせなかったのだろう。すぐに通しなさい、ただしあれの父親には、来てはならんと言うのだぞ、父親はあれと話をしてはならんのだ。それにしても、なんでまたプードルなど連れてておるのだ？

パンフィリウス　おそらく、あの者はプードルの売り買いでもしているのでしょう。すぐに中へ入れましょう。（舞台袖の方へ歩いていき、エードゥアルトを呼び入れる）

第四場

エードゥアルト、前場の人々

エードゥアルト　（小枝を手に持ち、ロンギマーヌスの足元にひざまずいて）偉大なる魔王様——

ロンギマーヌス　さあさあ頼むから、立ち上がってくれ、そのようなことはいっさい無用だぞ。（エードゥアルトを立ち上がらせる。パンフィリウスに）いすを持ってきてくれないか！　お前は席をはずしてくれ！（パンフィリウスが丸いすを二脚置く）結構！

エードゥアルト　世界の太陽である魔王様！　あなた様のご好意には痛み入り、恐れ入るばかりでございます。

ロンギマーヌス　（パンフィリウス退場）さあ、腰をおろして！

ロンギマーヌス　これ、よさないか！　率直に胸のうちを話してくれればよいのだ。わしにできることは何かね？　君が、あの幼なかったエードゥアルトなのだね？

エードゥアルト　その通りです、でも、私はあわれな孤児になってしまいました——

ロンギマーヌス　だが、少なくともその孤児院には、上等な食事はあったようだな。君はずいぶんと太ったじゃないか。

エードゥアルト　ごく最近、不運な父の遺産を相続して、莫大な財産の持ち主になったにすぎません。その財産は、あなたの尊いお恵みによって父に贈られたものでした。私がここへ参りましたのは、あなたの偉大な恩寵におすがりするためです。しかし、それを申し上げる前に別のお願いが――

（プードルが吠える）

ロンギマーヌス　そうそう、そのことだ！　君には連れがいるようだな。そこのプードルを中へ入れなさい。これ、そのプードルを中へ入れなさい、というに。（プードルが飛び込んできて、はじめはエードゥアルトのところへ行ってじゃれつき、そのあと魔王のところへ行く）そうか、そうか、お前と知り合いになれてうれしいぞ。こいつは、なかなか愉快なやつだな。ワンと言ってごらん。どうしたのだ！　返事をしないぞ。ははあ、この犬をわしにプレゼントしてくれるというのか、それでは、さっそく耳を切らせよう。これ――

（プードルはくんくんと鳴きはじめて、エードゥアルトのうしろに隠れる）

エードゥアルト　お願いですから、それはなさらないで下さい！　私があなたにおすがりしたかったのは、まさにこのあわれなプードルの運命のことなんです。

ロンギマーヌス　それにしても運命がやることは実に恐ろしいな、運命のやつはこんな犬にまで――

エードゥアルト　この見るもあわれなプードルは、私の召使なんです、この者は私を慕うあまり、誤って私のあとからあの魔の山に登ってしまい、たった一度ふり返ったばかりに、こんなみじめな姿になってしまいました。

ロンギマーヌス　だが、いったいどうやってあのコリフォニウスから逃れることができたのだ？　おおかた、あのいたずら小僧のコリブリめが、またハ、ハ、ハ、ハライソ・ハライソをやりおったのだな。あの坊主には、もう一度お目玉をくれてやらんといかんな。

エードゥアルト　あわれとおぼし召して、この犬をもとの姿に戻して下さい。

ロンギマーヌス　よかろう、そこの魔法の箱の中へ入れなさい。さあ、こちらへ連れてきて入れるのだ。（魔王は箱を開け、プードルを中へ入れさせると、箱を閉じる。エードゥアルトに）名前を三度呼びなさい。

エードゥアルト　フローリアン、フローリアン、フローリアン！

フローリアン　（箱の中で）おい、こいつを開けてくれ、いまいましい箱め！（エードゥアルトは箱を開ける。フローリアンが、プリプリと怒って出てくる）ええい、あまりといえばあまりじゃねえか、いったいどこをどうすりゃ、人間様をこんなに手荒く扱えるんだい！　こんちくしょうめ！（突然魔王にぶつかり、不安になって両膝をついてしまう）ひゃあー、おったまげた！　いくえにもおわび申し上げます、だんな様！

ロンギマーヌス　ひどくおこりっぽい男だのう――まあ、よくあることじゃ、多くの者は、情けをかけても、それをあだで返すのじゃからな。
エードゥアルト　お礼を申し上げるんだ、この無作法ものめ！　お前が今の姿に戻れたのは、魔王様のおかげなんだぞ。
フローリアン　お手にキスを、だんな様！
ロンギマーヌス　この者をもとの姿に戻してやって本当によかったのかどうか、わしにはどうもわからんな。プードルだった時のほうが、今よりずっと賢かったように思える。プードルになるとどんな気がするのかね、言ってみなさい。
フローリアン　そりゃもう、文字通り犬死に寸前でしたぜ、どんなに大嫌いなかたきにだってあの経験だけはさせませんや。それにしても、おれのマリアンデルはいったいどうやってあそこへやって来たんですかい？
ロンギマーヌス　あれはお前のマリアンデルではなかったのだ、ほしいと思えば、わしたちにはマリアンデルのたくわえはいくらでもあるのだからな。もう、よかろう！　これからはもっと賢くなるのだぞ。（エードゥアルトに）さあ、エードゥアルト、この男は取り戻してやったぞ。君のもうひとつの願いとは、いったい何なのかね？
エードゥアルト　ひざまずかせて下さい、その上で――

ロンギマーヌス　人間の神経とはかくも弱いのか、ひざまずいてばかりおるではないか。
エードゥアルト　あなたは父に六体の彫像を贈られました。しかし七番目の、最も貴重な彫像を――偉大な魔王様、この世の最高の幸福としてこの七番目の彫像を持つことを、あなたのはかりしれないみ心に切にお願いしたからといって、お怒りにならないでいただきたいのです。
ロンギマーヌス　（目を丸くして、重々しく言う）あの七番目の彫像がほしいというのかね？　なるほど、あれは高価なものだのう、だから、どこの質屋へ持ちこんでもすぐになにがしかの金になるわい。
エードゥアルト　ああ、その彫像を私にお与え下さい。
フローリアン　それを引き渡してくだせえ。
ロンギマーヌス　まあ、あわてるな！　わかっておるのか？　ただなのは、死ぬことだけなのだぞ！　何かがほしければ、その代償を払わねばならん。違うかね？
フローリアン　さようでさ、じゃんじゃん使わされる羽目になる。
ロンギマーヌス　つまり、困難には困難を、というわけだ。君にあのダイヤの彫像をやろう、だが――その代わりに君はひとりの娘を探し出す必要がある。その娘は、年は十八で、生まれてこのかたまだ一度もその唇にうそを浮かべたことのない娘でなければならん。

フローリアン　それじゃ、彫像は手に入らねえ！

エードゥアルト　魔王様！　あなたは、死すべき弱い身のこの私に途方もない要求をなされます、しかし私は、魔法の宝を手に入れるため、その到底ありそうもないことにも挑戦してみたいと思います。

ロンギマーヌス　では、やってみるつもりなのだね？　よろしい！　だが、その娘を見つけたらただちにここへ連れてきて、煙をはくわしの宮殿のふもとでわしを待つのだ。もしその娘の引き渡しを一瞬でもためらったら、お前の命はないぞ。それ、わしの目をよく見るがよい！　これは冗談ではないのだぞ！　ただちにだ、どんな言い訳もきかぬのだからな。

エードゥアルト　お言葉に従います。ただ、どのようにすれば、その娘が真実に仕える巫女であるとわかるのでしょうか？　ある娘が、冗談でさえ一度もうそをついたことがないと、どうすれば知ることができるのでしょう？　アパート中の誰が私にそれを言えるのでしょう？

フローリアン　それなら、管理人に聞くのが一番でさ。(42)

ロンギマーヌス　もっともな話だな。では、目印になるものを与えよう。

フローリアン　ご用ならいつでもこのおれにおっしゃってくだせえ、すぐにお答えしますぜ。

ロンギマーヌス　それがいい、この男を通してわかるようにしよう、なにしろこの男はこういうことに無上の喜びを感ずるのだからな。

フローリアン　ええ、ぜひお願いしやす――もうわくわくしてきましたぜ。

ロンギマーヌス　ある女がうそつきかどうかためそうと思ったら、君はその女の手を握るのだ、女が一度でもうそをついたことがあれば、この男の全身に世にも恐ろしい激痛が走るはずだ。

フローリアン　（身をこわばらせて）え、そんなあほな！

ロンギマーヌス　この男の体は引きつり、きりきりと痛む、要するに、この男がご免だと思うありとあらゆる苦痛にさいなまれることになるのだ。

フローリアン　王様、それはあんまりってものですぜ。

ロンギマーヌス　しかも、女がこれまでについたうそが多ければ多いほど、苦痛のほうも増してくるのだ。

フローリアン　ご免なすって、おれは失礼いたしやす。（立ち去ろうとする）

エードゥアルト　待て！　いったいどうしてだ？

フローリアン　気分が悪くなりましたもんで。

ロンギマーヌス　ここにいなさい。

フローリアン　王様、そうは行きませんや――ここにいたら、最後には病院行きですぜ。

ロンギマーヌス　お黙りなさい！　つまり――はて、話はどこまで行ったかな？　そうそう――それだけこの男の痛みは増して――

フローリアン　もうだめだ。（立ち去ろうとして）王様、引きつる話はもうやめてくだせえ、さもなきゃおれがここを引き払うまでだ。誰がそんなリューマチのおつとめのために残るもんですかい？

ロンギマーヌス　まあ待て！　雨が降ればそのあとには日が射してくるものだ。一度もうそをついたことのない女を君が見つければ、この男にはたまらない快感[43]が訪れることになる。そのときには、初めてラングアウスを踊った人間のように、とても軽やかでとても陽気な気分になるのだ。

フローリアン　そいつが痛風を七年わずらったんなら、その通りですわ。でも今は、後生ですから、話をしばらく違う方へ引き換えましょうや。

エードゥアルト　まあ、落ち着け、フローリアン！　ぼくがその理想の女性を見つけたら、お前にはたっぷり給料を払うから。

フローリアン　あっしに？　よしてくだせえ。その時にはあっしはどこにいるやら。それまでに、三百人からの召使が引きつってますぜ。

ロンギマーヌス　ともかくそれで、旅を続けることに話は決まったな。どうやって行くつもりなのかな？　ちょっと待ってなさい！（呼ぶ）これ！（パンフィリウスがやってくる）

第五場

パンフィリウス、前場の人々

ロンギマーヌス　（パンフィリウスに）わしの二頭の年老いたドラゴンをこのふたりの車につなぎなさい。わしの儀礼用の車を引いているあの二頭だ。あれは何といっても頼りになるからのう。

パンフィリウス　御主人様、それがだめなんでございます！　右側のドラゴンが翼を折ってしまいまして。

ロンギマーヌス　また、お前はやってくれたな。速く走らせるからだ。同じようなドラゴンを手に入れるまで、また、長いあいだ探すことになるぞ。そういうわけでのう。気球に乗って行って、その気球が降りたところで運を試してみてくれないか。向こうの格納庫へ行って気球を探してみてくれ。操縦はコリブリにやらせよう。（パンフィリウス退場）幸運を祈っておるぞ。好天に恵まれるよう、わしがはからうでな。それから、服を替えたければ、わしの仕立て屋に言うがよいぞ。五分もすればでき上がってしまうからな。

エードゥアルト　偉大なる魔王様！　勇気と信頼を胸に、旅に出発いたします。私の最高の幸運は、あなたのお手ににぎられております。（お辞儀をして退場）

フローリアン　力強き魔王様にして、ほめたたえるべき精霊組合の由緒も正しき組合長様！　あわれこの上ない不安を胸に、旅に出発いたします。どうか私めのひ弱な体質を気の毒とおぼし召して、まだついさっきまでプードルの格好でほえていた人間には、お話のような苦痛にはもう耐えられないことを思い出して下さいまし。（退場しようとする）

ロンギマーヌス　ちょっと待て！　愚かな人間だのう！　お前には何も起きないではないか、何をそんなにめそめそしておるのだ？

フローリアン　よろしいですか、だんな様、この顔がゆがんでしまったら、あっしのマリアンデルは、生きている間、もう二度とあっしを見つめてはくれないんですぜ、あっしにはそればっかりが気がかりなんで。

ロンギマーヌス　そのマリアンデルというのは、いったいどういうお人なのかな？　とてもかわいいのかね？

フローリアン　おやまあ、それをお知りになりたいとおっしゃるなら、そりゃあ、途方もない美しさですぜ。世界中を旅してもようがす、[44]マリアンデルほどの美人はおりませんて――ああ、ワラキアで見つかるなんてまして思えませんや。

ロンギマーヌス　そうか、それはまことに結構！　ぜひ一度、わしにその女を紹介してくれぬか。

フローリアン　（笑って）いけませんや！　だんな様もすみに置けませんねえ！　だんな様なら、あっしからマリアンデルを奪い取りかねませんや。

ロンギマーヌス　そんな子供じみたことを言うものではない、何を言い出すのやら？

フローリアン　だめです、だめですよ！　だんな様の下心はわかってるんです。あっしはマリアンデルを手放しませんからね。マリアンデルを盗もうとするやつは、青ざめた死神の餌食になるがいい！　へん！　そんなことがあったら、とっくみあいの大げんかだ！　だんな様は立派なお方だ、だがだんな様にパンチをお見舞いしたくはねえ、なんといっても、マリアンデルはあっしのただひとりの恋人なんですからね！

アリア

マリアンデルの美しいこと、

マリアンデルはおれのすべてさ、
おれが彼女をつかまえりゃ、
おれは彼女に首ったけ、
そりゃあ確かに、この世は広い、
マリアンデルならいくらもいるさ、
けれど、あれだけやさしくて、
おれがほれてる女はいない。

マリアンデルの情のこまやかさ、
すなおにおれは白状するが、
彼女が半分食べる間に、
おれは三つの肉団子。
おれはしょっちゅう腹をすかせてる、
すると彼女の胸は張り裂ける、
台所まで飛んでくと、
作ってくれる、シュテルツ(45)を。

マリアンデルのみさおは固い、
マリアンデルは誠心誠意、
マリアンデルが見えないと、
おれは体をこわしちまう。
マリアンデルを持った者にしか、
ここのところはわかりゃしない、
そうだろう、皆さんがた？　彼女を思うそのたびに、
この身がチクリ痛むから！（退場）

アンコール

マリアンデルは気がきいて、
マリアンデルはばかじゃない、
ここにおいでの皆様は
ウィーン一だと彼女が言う。
おれも彼女を信ずるよ、
彼女はおれをだまさない、
彼女の言葉をあてにして、
間違いだったことはない！（退場）

ロンギマーヌス（ひとりで）やれやれ、やっとあのふたりが出かける時間になったか。落ち着いてコーヒー一杯を飲むひまもないわい。（呼ぶ）パンフィリウス！

第六場

パンフィリウス、ロンギマーヌス

ロンギマーヌス　貸出文庫から借りてきた新しい書物を読書室へ運んで、整理しておいてくれぬか。本を読みたいでな。

パンフィリウス　お部屋には、香もたいておく方がよろしゅうございますか？

ロンギマーヌス　あとで、少しばかり青い煙をたいてわしを煙にまいてくれぬか(46)。だが今は、したくを整えてくれ。わしの机と、ろうそくが四本、それに『アグネス・ベルナウアー(47)』の本だ。この本はもう十四回も読んでおるが、なぜあの連中はアグネスを川に放り込んでしまったのか、そこのところがいまだによくわからんのじゃ。さあ、行くぞ、パンフィリウス。（二人退場）

第七場

広場。背の高い美しい建物に囲まれている。しかしどの建物にも窓はなく、ギリシャ風の作りである。奥に美徳の彫像。頭をベールでおおい、手にはユリの花を持っている。右側に、ヴェリタティウスの宮殿への出入り口。左手前方には、石作りの階段のある小高い場所があって、そこに玉座がある。玉座のうしろには真理の彫像が立っている。胸に太陽が輝く裸の像である。

住民たちのコーラス

静まれ、静まれ！　じっと待つのだ、つつましく、
ホルンの音が響くまで。
使者の言葉をあざ笑う
向こう見ずにはつらい目が。

使者は何を告げるだろう、
何が起きたというだろう？
しかし、すぐにもわかるはず、
見るがよい、早くも使者の入場だ。

第八場

前場の人々。使者のふたりの従者が先ぶれとして登場し、古代ローマの軍用ラッパによく似た黄金のホルンを三回吹き鳴らす。そのあと使者が中央へ登場してくる。

使者

レチタティーヴォ

美徳の国の住民よ！
われらが主君の命令を
告げんがために、やって来た。
時計が次を知らすとき、
命に従い、参集せよ。
乙女をひとり罰に処し、
国のかなたへ追放す、
向こう見ずにも道徳を嘲り笑った罪のゆえ。
うっとりわれらを喜ばす、
国の誇りの道徳を。

アリアとコーラス

使者

　ひとり静かなこの国の、
黄金《こがね》の平和あるところ、
固いきずなを友が織り、
愛は甘美に報われる。

コーラス

　固いきずなを友が織り、
　愛は甘美に報われる。

使者

それゆえ、歩め、兄弟よ、
仕事に向けて、慎重に、
歌は注意のためにのみ、
急いで益のためしなし。

コーラス

歌は注意のためにのみ、
急いで益のためしなし。（全員退場）
（コーラスのあと、音楽は一層陽気なものに変わる。それは、民謡『三人の仕立て屋が門から旅立っていく、ごきげんよう！』とよく似た音楽である）

第九場

気球がゆっくり降りてくる。気球は紺色で、通常のストライプの代わりに、二本の白いバンドが対角線状に交差しており、球の両脇には白い翼が付いている。

エードゥアルト、バラ色の小旗を持った操縦士の格好のコリブリ、フローリアンが、黄金のゴンドラから降りてくる。エードゥアルトは緑色のコートを着て、白いズボンをはき、羽根飾りつきの帽子をかぶっている。フローリアンは、金モールの付いた赤い色のお仕着せを着ている。

コリブリ　さあ着いたよ。モンゴルフィエ(48)は責任を果たしたからね。ここから先は、おじさんが自分でやるんだよ。

エードゥアルト　いったいここはどこなんだ？

コリブリ　それもすぐにわかるよ。おいら、おじさんのためにできることは全部やったからね。コリブリはばかじゃないんだよ。さあ、もう行かなくちゃ、おいらが必要になったら、またすぐに来るからね。（口調を変え、帽子を取って）だんな様、チップをお願いいたします！

エードゥアルト　ああ、そうだったな！　はいよ、かわいいパイロットさん！（金貨を一枚渡す）

コリブリ　失礼だけど、おじさん、おじさんにはさっきの馬車の貸しがあるんだよ、あの栗毛の馬の分の、わかってるのかい？　黄金のようなあの馬は二頭だった、なのにおじさんはたったの一枚しかおいらにくれなかったんだよ。

（その金貨をエードゥアルトの前へ差し出す）

エードゥアルト　（もう一枚渡しながら）そうか、ほらよ。君はがっちりしてるんだね？

コリブリ　あたり前さ！　老後に備えてお金を貯めておかなくちゃいけないんだから。それじゃ、おいらはこれで失礼するからね。（左足を後ろに引いてお辞儀をし、気球に乗り込むと、すぐに飛び去っていく）

エードゥアルト　なんだか奇妙な町だな！　通りは静まりかえって、誰も住んでいないみたいじゃないか。ところでフローリアン、なんでそんな暗い顔をしてるんだ？　ここが気に入らないのか？

フローリアン　（この場面の間ずっとふさぎ込み、しばしば、考え込んでいるように見える）気に入るもんですか！　おれにしてみりゃ、この土地にバラの花は咲かないんですから！

エードゥアルト　（腹を立てて）そういう聞き分けのないことを言うもんじゃない！　首が飛ぶわけでもないだろうに。

フローリアン　ああ、お願いですから——もう何も言わないで下さいまし。人間から何かがおさらばする話なんて、冗談のおつもりですか？　おれもはやこれまでか！　これがこの世の美男子たるものの宿命なのだ(49)！

エードゥアルト　おしゃべりはやめて、あの宮殿の呼び鈴を鳴らせ、ここがどこなのか聞きたいからな。

フローリアン　それがいいでしょう、あっしは何でもやりますぜ。いざ絶望よ、お前のいけにえを受け取るがよい。

（呼び鈴を鳴らす）

第十場

宮殿の門番のアラディンが門を開けて出てくる。前場の二人

アラディン　何だこの連中は？　外国人か？　どんな魔法を使ってここへたどり着いた？　それに、おれたちに何の用があるのだ？

エードゥアルト　君、名前も知らぬ君だが、その前にぼくの質問に答えてくれないか？　ここはいったいどこなんだ？

アラディン　お前さんが立っとるのは真理と厳格な道徳の島で、お前さんの足が触れとるのはわれらが首都の土だわな。

エードゥアルト　おい喜べ、フローリアン、目的地は近いぞ。

フローリアン　あっしとしては、その目的地からうんと遠い方がいいんですがね。

アラディン　ここはわれらが王の宮殿さ、おれはその下ばたらきにすぎんがね。

フローリアン　それに下っぱにもすぎん。

エードゥアルト　君のその王様にぼくのことを取り次いでくれないか？　ぼくは、はるか海のかなたの正直の国の王子で、この忠実な召使と一緒に（フローリアンがお辞儀する）、新発明の気球に乗ってこの国へやって来た、花嫁を連れて帰りたいと思ってね、ぼくはその花嫁を誠の愛と莫大な財産とで幸せにするつもりだと、そう伝えてくれないか。

アラディン　誠に結構な考えだ、お前さんの言った通りに王様に伝えてやるよ。

エードゥアルト　それはそうとして、この島のならわしを教えておいてくれないか。

フローリアン　そう、少しばかり話しといてくれ。

アラディン　この島で争いごとを探しても無駄というものだ。おれたちには外国との交流もいっさいない。祭りというものもいっさいやらない。おれたちはただ真理によってだけ輝いているのだ。

フローリアン　えらくご立派だね。

アラディン　通りのにぎわいというものもない、なにしろ、おれたちはよほどの必要がない限り外へは出ないからな。

エードゥアルト　それにしても、どの家にも窓というものが見当たらないが。

アラディン　窓は庭を見るためのものだ、展望はうしろ向きでよいのだ。

フローリアン　背中に目がついてるってことだな、お前さん

たちの目は、前にあると問題ばかり起こすんだろう。
アラディン　この島では、うそは、その不都合な結果に応じてとても厳しく罰せられる、ただし、女たちに対しては男たちよりも甘くなる。この真理と道徳の島では、中傷などということは、言葉でしかわれわれは知らん。
フローリアン　うかがいますがね、だんな、誰かが礼儀正しく盗みをした時には、そいつはやっぱり丁重に引っ張られていくんですかい？
アラディン　あやまちを犯した者には罰が与えられる。
フローリアン　するとそいつは手堅く五十回の鞭打ちをくらうんですね？
アラディン　そうはならん。おれたちは罪人の服をたたくだけで、その者をたたくわけではない、服をたたかれるのはこの国では恥のきわみとなるのだ。
フローリアン　そんなことならどこでだってやってますぜ。やっぱり服しかたたかねえんだ、ただし、そいつが服を着るまで長いこと待ってて、着たあと、おれたちはそいつをこうして――（たたくしぐさをする）やるんでさ。
エードゥアルト　結婚についてはどうなってるのかね？
アラディン　娘たちは二十歳で結婚する。ひとりで外出してはならず、少なくとも四人連れでないといかん。娘たちは、あたりを見回すことも許されない。
フローリアン　つまり、肩越しに人を見て、軽蔑しちゃいけねえってことだな。
アラディン　それに、必ずふたりのムーア人を伴に連れて行く。
エードゥアルト　いろいろ教えてもらって助かったよ、それにしても、この国の不幸な娘たちはかわいそうだね、もう少し自由に行動させてやれば、おそらくもっと気高い人たちになれるだろうに。
アラディン　かわいそうだと？　おれが今から王様に取り次いでやるが、王様の前でその言葉を使ってはならんぞ。真理の島には、かわいそうなどという人間はひとりもおらんのだ、神々にぶちのめされてめくらになり、おれたちがやってることの無上の価値が見えなくなったやつをのぞけばな。（宮殿の中へ退場）
フローリアン　早いとこ頼むぜ。

第十一場

エードゥアルト、フローリアン

エードゥアルト　いま聞いたことから考えると、魔王の厳しい要求にかなうような娘は、ここでは見つかりそうにないな。あんな不自然な締め付けがいろいろあると、人間は隠しごとをするようになる。隠しごとはうその始まりだからな。でも、見ろ、あそこに女の子たちが何人か来るぞ。よし、運を試してみよう。フローリアン、しっかりがんばれよ。

フローリアン　だんな様、あなた様のおやさしいことと言ったら！　忘れないで下さいましよ、だんな様が女の子の手を握っている間、あっしはだんな様に首根っこを押さえられたも同然なんですからね、終わったらすぐに離れて下さいよ。

第十二場

ベールをかぶった四人の少女たちが、ふたりのムーア人を連れて現れる。少女たちは、エードゥアルトを見ると、少しあとずさりする。前場の二人

エードゥアルト　（ひざまずいて、ひとりめの少女に）美しきチューリップの花よ、外国の者があなたに敬意を表わすのをお許し下さい。

フローリアン　まるで、はらわたをえぐり取られるようだ。

オシリス　礼儀正しい方ね。

アマツィリ　なんて奇妙な服なのかしら！

エードゥアルト　あなたの美しいお手にキスすることをお許し下さい。（オシリスの手を取る）

フローリアン　（叫ぶ）あう、あう、あう！　手を放して！（声が弱々しくなって）手を放して下さい！（ため息をつく）

（エードゥアルトが手を放す）

オシリス　（びっくりして）なんですの？（フローリアンに）いったいどうなさったの？

フローリアン　なんでもありません。もうおさまりました。どのくらいショックが来るものなのかももうわかりましたよ。

オシリス　それにしてもびっくりしたわ、だって――

フローリアン　うそなんだ、全部大うそなんだ。

エードゥアルト　彼のことは大目に見てやって下さい。それじゃ、あなたにも、かわいい娘さん！（ふたりめの少女の手を取る）

フローリアン　いてて！　いてて！　いてて！　こっちのうそはもっと強烈だ。ああ、もうだめだ！（エードゥアルトが手を放す。フローリアンはぐったりする）なんてこった、これこそ喜劇だぜ！

エードゥアルト　おい、何も言うな！

オシリス　この人は気が触れているのですか？

エードゥアルト　いいえ、そういうわけじゃないんですよ、かわいいお嬢さん！（残るふたりの間に割って入って、ふたりの手を同時に握る）

フローリアン　お願いだ！　もう我慢できない！　もうおしまいだ！

（少女たちは手をもぎ放し、驚く）

オシリス　なんて図々しいんでしょう！　みんなお逃げなさい、この人はおかしいんだわ！

（四人の少女とムーア人は宮殿の中へ逃げ込む）

第十三場

エードゥアルト、フローリアン

エードゥアルト　どうだ、フローリアン、お前のバロメーターは何と言ってる？

フローリアン　うそのところを指してますよ。これじゃ、あっしはぼろぼろだ！　家へ帰ったら、すぐにあっしを十七年間ガスタイン(50)かブリュンデルバート(51)の温泉へやって下さいよ。

エードゥアルト　あわれなやつ、本当にお前が気の毒だ。

フローリアン　あいつら、まったくご立派なお嬢様がたでさあ。最後のふたりなんか、この世に生まれる前からうそをついてたに違えねえ、さもなきゃ、あんなにショックが来るはずがありませんやね。

エードゥアルト　それにしても、魔王の要求を満たすのはほとんど無理だな。だが希望は捨てないぞ。

フローリアン　そうです、捨てちゃいけません、希望を！（痛む箇所を指し示す）

エードゥアルト　この国を出て、ほかの国へ行った方がいいというのか？

フローリアン　よして下さいよ、どこへ行こうと、ああいううそつきは必ずいるんです、だったら、そのうそのせいでまたまたよそへ行くことになるよりは、ここで一巻の終わりになった方が気がきいてるってものじゃないですか。

エードゥアルト　どこもかしこもひどい、というわけでもないだろうしな。

フローリアン　ええ、そういうことで結構ですよ！　今だんな様がある女にたまたまでくわすとします、その女には金持ちの恋人がいて、その恋人を女は本当はばかにしてる、こういう手合いは途方もないうそをつきますぜ！　そんな時には、あっしの方は胴体のところでまっぷたつですわ。

エードゥアルト　静かに！　誰か来るぞ。

第十四場

アラディン、弓矢を持った四人の番兵、前場の二人

アラディン　おい、よそ者！　今から王様が公開裁判のためここへおいでになる、そのついでにお前を歓迎し、願いを聞いてやろうとおっしゃってるぞ。
エードゥアルト　お使い、ご苦労だったな。
アラディン　ただしだ、お前の召使を精神病院へ連れて行き、気違いにふさわしく鎖につないでおくようにという命令も受けておるのだ。
フローリアン　えっ？　おれを阿呆の塔[52]に閉じ込めるってのか、あいつらみんなを合わせたより賢いこのおれを——
アラディン　やつをつかまえろ。
フローリアン　この通り、あっしはどこへ行ってもあほだと思われるんでさ。あっしを助けて下さいまし、困った時はお互い様って言うじゃありませんか。
エードゥアルト　おい、待て！　この男はぼくの召使だぞ、この男をどうこうできるのはぼくだけだ。それに、この男の精神も今後のふるまいも、ぼくが保証する。
フローリアン　そうよ、賭けてもいいぜ。
アラディン　よかろう！　だが、どんなに小さな発作でも、おれたちはすぐに命令を実行するからな。
エードゥアルト　それじゃ、用心するんだぞ！
フローリアン　こうなりゃ、身を引き裂かれるのも名誉と思うしかないというんですね。
アラディン　おい、よそ者！　おれについて来い、おれが王様に紹介してやるからな。（エードゥアルトとともに退場）
エードゥアルト　（立ち去りながら）フローリアン、気をつけるんだぞ！（退場）
フローリアン　お言葉はいりません、だんな様まであっしをお見限りになったんですから。（ひとりで）あわれなお前、いったいこの先どうすりゃいいんだい？　どこかへ逃げたって無駄さ、なにしろ、御主人がイギリスで女の子の手を握れば、おれはオランダでもがき苦しむんだから。だんだんに死ぬしか道はないのか、しだいしだいに弱まって、くたばっちまうまで。

クオドリベット

ここで死なねばならんのか？
うるわしの地のヴェーリング[53]を
二度と見てはならんのか？

運河[54]の明るい岸ばたの
散歩も二度とできんのか？
　そんなのごめんだ、あわれなミヒェル、
　だが死神は大鎌持ってやって来る！　――
おれの運命の悲しさよ！
この世の幸の花咲かず、
誠を語る女なし、
なんたることよ、気に入らないぜこの話。――

女がひどくうそついて、
何が楽しい、この苦しみよう。
　おれの言うこと信じてほしい！

ああ、なんという難しさ、
誠の心持つ女、
すみまでわかるその心、
そんな女がいるだろか？
おお、愚かなる人々よ、おお、滑稽なるこの世界！
昔は今と違ってた！
まだあのころはいたものさ、
糸巻き棒に糸車、
糸を紡いだ乙女らが。

それが今では、お化粧にお飾り付けて猿のよう、
うしろも前も人は見て、あきれてるのに、へいちゃら
さ。
おれの言うこと間違ってるかい？
まあ、ご免なすって下さいましょう！

マリアンデルは、家で今ごろ尋ねてる、
何をしてるの、フローリアンは、教えてちょうだい、元
気なの？
　寝てるよ、遠くの病院で、すっかり弱って犬のよう。
そんなことってあるかしら？
かわいそうだわ、おばかさん！
失礼だけど、フランツさん、
次の踊りはもういいわ！
最初の恋の力はね
熱さをずっと保つのよ！
それに彼女のフローリアン、と彼女は言う、
彼女のすべて、と彼女は言う、
アムシュテッテン[55]から、と彼女は言う、
ヘルナルス[56]まで、と彼女は言う、
あの人みたいな、と彼女は言う、
男はいない、と彼女は言う、

あたしはきれい、と彼女は言う、うそだけど《オ・コントレール》！

そういうわけでおれは陽気にしたいのさ、
おれの人生楽しもう！
マリアンデルが待っている、
思いこがれて待っている
そんな小さな土地にだけ
おれは行きたい、きっと行く。

なにしろおれの好きなのは、シュタマースドルフ[57]やパリ
　じゃない、
ウィーンだけが一番さ、それは皆さん、ご存知だ。
百年たっても変わらない、それも皆さん、ご存知だ。
でもそのときに、生きてるかどうかは、誰にもわからな
　い。
そういうわけで、ここで死に、お目にかかれぬ定めな
　ら、
伏してお願いするのです、おれを覚えておいてくれ！

第十五場

行進曲が聞こえる。住民たちが登場し、半円形に並ぶ。中央はあいている。女たちが前列に並ぶ。ベールはつけていない。全員がそろったところで、ヴェリタティウスが娘のモデスティーナとともに登場する。アラディンと番兵たち。のちにエードゥアルトとフローリアン

コーラス

　真理の玉座を取り囲んで立ち並べ、
　しらじらしくもうそつく者を嘲笑え。

ヴェリタティウス　（モデスティーナとともに玉座に上る）住民諸君！　ある娘の追放に立ち会ってもらうため、集まってもらった。その女は、かねてより、浮ついた調子でわれらが島の道徳を踏みにじってきたのだ。

全員　ヴェリタティウス王万歳！

ヴェリタティウス　だが、この不愉快な場面の幕を上げる前に、アラディン、例の外国人を連れて参れ。（アラディンが引っ込んで、エードゥアルトとフローリアンを連れて来る）ようこそおいでいただいた、外国の方。すると、君は正直の国の者だというのだね？　――ところで、君のとなりにいるそのあわれな男はいったい何者なのかね？

エードゥアルト　私の召使でございます。（何か言うようフロー

リアンに促す）

フローリアン　遠慮なく、心よりのあいさつをさせていただくものでござりまする。

ヴェリタティウス　なかなかおもしろい男よのう、つい笑ってしまうではないか（笑う。周囲の者に）これ、お前たちも少し笑わぬか。

（全員が笑う）

フローリアン　こりゃまた、あほな連中だぜ！

ヴェリタティウス　本題に戻ろう。君は花嫁を探しておると聞いたが、わしは君が気に入った、身分も高いようだ、そこで、わしのこの娘を推薦しよう。

モデスティーナ　外国のお方！　父のご命令にはさからえませぬゆえ、あなた様の高貴なお心にかないますなら、あたくしは喜んでこの手をあなたに差し出します。

フローリアン　なんてこった、こりゃぞっとしないぞ。

エードゥアルト　かたじけなく存じます、この上もなく美しいお嬢様。

（彼女の手を取る。フローリアンに激痛が走る、しかしそれを、声にならない声と、唇をかむことで、必死に隠そうとする。エードゥアルトがフローリアンの様子を見る。フローリアンが「ノー」を示しているので、エードゥアルトはうやうやしく手を放す）

モデスティーナ　あたくし、この方がとても気に入りました。

（外が騒がしくなる。アミーネの「放して、放してよ！」という声が聞こえて来る）

第十六場

アミーネ、番兵たち、前場の人々

アミーネ　（駆けこんで来る。背後に番兵）放してよ、いやらしい人たちね！（ヴェリタティウスの足元にひざまずく）寛大な王様！　あわれなアミーネは、こんな手荒な扱いを受けねばならないどんな罪を犯したのでしょうか？　あたしは、貧しい、罪のない女ではありませんか、これまで誰にも危害を加えたことのない女ではありませんか。

ヴェリタティウス　呼びもしないのに、よくもわしの目の前に現れたりしたものだ。浮かれ女め、この町の誰もがお前の犯した罪に驚いておるのだぞ。

アミーネ　でも、その私の罪とはいったいなんなのでしょう？　門番さんのとがった鼻を笑ったことでしょうか、逃げたオウムを捕まえるために道を走りまわったことでしょうか、頭痛がするのでベールをかぶらないことでしょうか、それとも、この胸に陽気な心を持っているので悲しい顔をすることができないことでしょうか、ほらこの通り、どうしようもなくなるんです、つい笑ってしまうんです、王様がそんな怒った顔であたしを長いことご覧になり、王様の目尻がつり上がってくるのを見ると、あたしはどうしても笑いたくなってしまうんです。

ヴェリタティウス　なんというあきれた図々しさだ！　みなのもの、わしと一緒に怒るのだ！（間）いや、怒るのはやめだ、わしたちが、罪を犯したこの女のせいで怒り出すのは、わしたちにふさわしいことではないからな。思えば、この女は孤児としてこの島に拾われたのだった、これの父親のイギリス人船長がこの島で船をのりあげ、波にのまれてしまったからだ。あの時に島へ泳ぎ着いたこの女が、いま、町じゅうを怒らせようというのか？　この女をつかまえ、小舟に乗せて、海のかなた、真理の島のはるか遠くへ送り出すのだ、送り出して波とたわむれさせるのだ、この女は、さんざんわしたちとたわむれてきたのだからな。

（番兵たちが彼女を捕まえようとする）

アラディン　女を引っ立てろ。

エードゥアルト　待て！（傍白）何か抵抗できない気持ちが、

フローリアン　彼女を試してみろと言っている。

ああ、こりゃまた恐ろしいこっちゃ、こんなことが永久に続くんだぜ。

エードゥアルト　（声を上げて）王様、この人にひとつだけ質問するのをお許し下さい。

ヴェリタティウス　するがよい。

エードゥアルト　お嬢さん、ぼくを信頼してくれますか？

アミーネ　もちろんですとも、あなたのお顔には悪意がなくて、善良な方に見えるわ、アミーネにはそれがすぐに感じられるわ。

エードゥアルト　ぼくの手にあなたの手を重ねて下さい。

アミーネ　ええ喜んで。（手を重ねる）

フローリアン　（とても気持ちがよくて、心がうきうきして来るさまを表現し始める）この人こそ、求めていた人だ。この人を連れ帰りましょう。

全員　いったいどういうことだ？

アミーネ　ああ、あたしを助けて下さい、あたしには本当に罪はないのですから。

エードゥアルト　もちろんだよ、君は罪びとなんかじゃない、君は善良な人なんだ。本当の美徳は、単なる外的形式だけで成り立ってるわけじゃない、それは心の奥底に住んでいるものなんだ、それに、飾らないまっすぐな心というものは、つねに美徳の愛らしい姉妹になってくれるものなんだよ。

ヴェリタティウス　お前たち、この男の言ったことがわかったか？

全員　わかりました！

ヴェリタティウス　わしにはさっぱりわからん。お前たちもわかってはならん！

エードゥアルト　ぼくの言うことを聞いてくれ、ヴェリタティウス王！　この島のすべての女性が、ぼくにはもう必要なくなった。アミーネをぼくにくれないか。彼女をぼくの妻として国へ連れて帰ることにするよ。

モデスティーナ　え、なんですって？　そんなことがあるものですか？

全員　これは驚きだ！

ヴェリタティウス　静かに！　もう何も言うな！　よいか、愚か者め、お前はわしのもてなしをそのようにあだで返した、それゆえわしの方もお前に罰を与えることとする。その女はお前にくれてやる、ただし、すぐにこの国を立ち去り、またのこのことやってきてこの国を汚すことが二度とあってはならん。

エードゥアルト　寛大な心に感謝するよ。おい、コリブリ！　碇を上げろ、帆を張れ！

コリブリ　（気球に乗って降りて来る）いま行くよ、はい、ただいま到着。

エードゥアルト　さあ行こう、アミーネ。ヴェリタティウス王、君は悲しむがいい、ぼくは、めったに手に入らない宝石を君から奪っていくのだからな、君はその宝石の価値を知ることができなかったのだ。

（音楽が始まる。エードゥアルト、アミーネ、フローリアン、コリブリが気球に乗り込み、飛び去っていく。ヴェリタティウスは娘およびアラディンとともに宮殿の中へ引っ込む。その他の者は残る）

コーラス

立ち去るがよい、行くがよい！
船をあやつり、世の中を、
先に立たない後悔が、
お前をさいなむ場所にまで。

（パラシュートが降りて来る。そこには次のように書かれている。「この袖をこの国の美しい人たちに贈る」[58]。ふたりの精霊がゴンドラから降りて来て、黄金色の袖を女たちに配る）

コーラス

見よ、あつかましいこの行為、
われらを袖にするの意か！
胸に復讐、煮えたぎる、
すまそうものか、血を見ずに！
（音楽が激しい調子に変わる。コーラスのメンバーが精霊に襲いかかろうとするが、精霊は指を立てて警告する。一瞬そこにタブローが成立する。精霊たちはかごからさまざまのアクセサリーを取り出す。女たちは狂喜してそれを取ろうとする。音楽と歌声がとても弱くなる）

コーラス
静かに、みんなやめるのだ！
道徳の国には国の
行儀がなければならぬはず、
争いあってはならぬのだ。
ゆえにこの場を去るがよい、
立ち騒ぐのをやめるのだ、
もらった袖を持ち帰り、
バラの花にて飾るのだ。
（全員がそっと足音を忍ばせて立ち去る。精霊たちも飛び去る）

第十七場

恐ろしげな森の中。夜。稲妻が光る。火山のごう音が聞こえる。エードゥアルト、アミーネ、コリブリ、フローリアンが登場する。

コリブリ　着いたよ、あそこにヴェスヴィオ火山が見える。
アミーネ　なんて恐ろしい森なの！
コリブリ　ほらあそこに煙が見えるだろ？
フローリアン　ははあ、あれはレンガ工場だな！
コリブリ　ばかだな！　あれが魔王の火山で、あそこへ行けばいいんだよ。エードゥアルト、それじゃ気をつけてね！　おいらは今度は伝令になって先に行くからね、いろいろとおじさんを迎える準備をするから。（退場）

第十八場

コリブリをのぞく前場の三人

アミーネ　いったいどうなさったの？　どうしてそんなにふさぎ込んでるの？　アミーネがあなたに何か悪いことをし

たの？

エードゥアルト　そうなんだ、アミーネ、君がぼくの心につらい思いをさせるんだ。（傍白）これ以上の不幸はない、ぼくは彼女を愛してる。

アミーネ　あなたの言ってることがわからないわ、なぜかわからないけれど、そんな暗いものの言い方をなさって。ねえ、なぜかわからないけれど、あたしこの短い間にあなたがすっかり好きになってしまって、あたしが心を寄せられる人は、もうこの世の中であなた以外には考えられないのよ、それなのに、あなたはこの旅行の間ずっとむずかしい顔をなさってた。ねえ、旅を続けましょうよ、たとえ火山を通ることになっても、あなたと一緒ならあたしどこへだって行くわ。

エードゥアルト　もうだめだ、彼女に打ち明けなきゃならない。（強く）よく聞いてくれ、かわいそうなアミーネ、ぼくは君をだましていたんだ。君はぼくの妻にはなれないんだよ。

アミーネ　なれない？

エードゥアルト　そうなんだ。煙の中を稲妻が走ってるあそこの火山が見えるだろう？　あそこが君の住まいになるんだ、ぼくは魔王に誓ったんだよ、命にかけても君を魔王に引き渡すって。

アミーネ　あなたがそんなことをしたというの？　あなたが？（悲しげに）うそよ、そんなことあるはずないわ！　あなたがうそを——あなたがそんなことしてはいけないわ、アミーネは一度もうそをついたことはなかったのよ。

エードゥアルト　ああ、うそをついていてくれた方がどんなによかったか、そうすれば、ぼくたちふたりは幸福になれたのに！

アミーネ　それは本当なの？　それじゃあたし、つぐないは将来にすることにして、うそをつくことがあなたの幸福になるというのなら、一生懸命努力してうそのつきかたを習うことにするわ。

エードゥアルト　もう遅いんだ、もう後戻りはできない。アミーネ、ぼくについておいで。まだ君のことを知る前に、ぼくは約束をしてしまったんだよ。君を魔王に引き渡すまいと決心すると、その瞬間にぼくは君の足もとに倒れて死んでしまうんだ。

アミーネ　こわい！　こわいわ！　ああ、どうしてあたしを波にのませてくれなかったの？　今ごろはきっと、アミーネの胸には永遠の平和が訪れていたでしょうに。でも今は、あなたの恐ろしいお立場がわかったわ、あたしは自分の容赦のない運命に従います、この運命は、もう子供の時からあたしにとてもつらくあたって来たのですもの。あなたにあたしの手を預けるわ、あたしを魔王のところへ連れて行ってちょうだい。

エードゥアルト　君はなんて立派な人なんだ！

フローリアン　（この場面の間ずっとうしろに引っ込んで静かにしていたが、前へ出て来て）ああ、だんな様、あっしはもうこれ以上、絶対に我慢できねえ！　彼女の代わりにあっしを魔王に引き渡してくだせえ、魔王に何百グルデンと渡してくだせえ、さもなきゃ、もっといい方法がある、大だんな様はいつだって気のきいたことをひねり出したじゃありませんか、いろんな魔法だって使えた、大だんな様ならひょっとしておれたちを助けてくれるかもしれねえ。呪文を唱えてくだせえ、コオロギみてえにどこかの穴ぐらから大だんな様をいぶり出してくだせえ、なにかいい知恵を貸してくれるようにってね。

エードゥアルト　そうだ、お前の言う通りだ、フローリアン、親切な精霊がお前にその考えを吹き込んでくれたんだ。父さん、ぼくの言うことを聞いて下さい。あなたの息子の声がまだわかるなら、どうかぼくのところまで上って来てこの絶望からぼくを救い出して下さい。父さん、父さん、ぼくの声を聞いて下さい！（雷鳴がとどろく）喜べ、アミーネ、ぼくの声が聞こえたんだ、父さんが来る！

第十九場

ツェフィーゼスが、以前と同様の精霊の服を着て、中央のせりから上がって来る。前場の人々

エードゥアルト　父の霊よ、不幸な息子に助言を与えて下さい――いったいどうすればいいのでしょうか？

ツェフィーゼス　（深刻な表情で）わしはお前の父のツェフィーゼスだ、今はこのことしかお前には言えない。（また消える）

エードゥアルト　（ゆっくり話す）今のはぼくの父さんのツェフィーゼスで――

フローリアン　今はそのことしかおれたちには言えない。やれやれ、何も言わないだけならおれたちにだってできますぜ、そんなことなら、危険を冒すことはなかったんだ。

エードゥアルト　（激しく）地獄はぼくをからかうのか？　いいだろう、もうお遊びはおしまいだ。ロンギマーヌス王よ、ぼくは約束を取り消すぞ。（恐ろしい雷鳴。舞台は岩だらけの場所に変わる。中央に火山がせり上がって来る。火口から溶岩が流れて山肌をくだり、ふもとに火の海を作る。すべての元素が激しく騒ぐ。音楽）どこにいるんだ、ぼくの絶望の犠牲となったアミー

ネ！

アミーネ　神様、なんて恐ろしい光景なの！

エードゥアルト　ぼくには恐ろしくない、ぼくにはぼく自身が一番恐ろしい存在なのだ。魔王、お前を呼んでるんだ、姿を現せ！

（激しい雷鳴。そのあとに完全な静寂が訪れる。――やがて穏やかな音楽のうちに場面が変わる。書割に描かれた岩は緑の丘に変わる、その丘には花が点在している。ヴェスヴィオ火山も緑なす山に変わる。その山肌には溶岩の代わりにいろどり豊かな花々が咲き乱れ、それが、溶岩の帯に代わってうねりながら下へ降りて来るのが見える。溶岩の海は銀色の湖に代わる。最後に、火の色の衣装を着けた六人の精霊が火口から飛び出して来て、グロテスクな踊りを繰り広げる）

第二十場

魔王が供の者たちを連れて現れる。前場の人々

ロンギマーヌス　さても、わしは女性に対する礼儀をわきまえた男かな、それともそうではないのかな？　わしが自分の花嫁を雷と稲妻で迎えるとでも思ったのか？　とんでもないことだ！　ここまでばかげたことが雨のように降りおったが、今はこうして花が咲きおる！

エードゥアルト　あんたの花嫁だって？

アミーネ　ああ、神様！

ロンギマーヌス　お前はひとりの女を見つけてきたのだな？　わしの言った通りになったというわけだ！　――どこの国の者かな？

アミーネ　（こわごわと）イギリスでございます。

ロンギマーヌス　すると、水の精というわけだな。大変結構だ！　さて、そうなるとだ。これでこの件はすべて片付いたわけだな？（火の精霊たちに）その女を中へ連れて行きなさい。

エードゥアルト　（傍白）だめだ、こんな苦しみには耐えられない。（声を上げて）待て！　ロンギマーヌス、彼女をぼくから引き離すな！　彼女をここへ置いていけ！

ロンギマーヌス　（目を丸くして驚き、怒りのあまり身がこわばる）いったい何の話だ？（厳格に）ただちにその女を中へ。

（火の精霊たちがアミーネを連れ去る）

エードゥアルト　おい、戻って来い、さもないと――（つかみかかろうとする）

ロンギマーヌス　（合図すると、雷鳴がとどろく。雷雲が降りて来て、その中から、空飛ぶ怪物たちがエードゥアルトににやりと笑いかける）

お前たち、さっそく来たな。エードゥアルト、いったい何のつもりだ？　何をしでかそうというのだ？　わしをおどすつもりか？　若造のお前がか？　お前のような駆け出しがか？　それとも、空を飛んで来たから飛び出しとでも言うか？　この男は、帰って来るとすぐに大声でどなったものだから、三つめの部屋でもその声が聞こえたくらいだった。そのうえ今度は、態度が大きくなって、ご立派にもわしにたてつくという。ああ、よくもまあそこまでひどいことをしてくれるものだわい！（鋭く）言うがよい、何が望みなのだ？

エードゥアルト　私にお慈悲を、ロンギマーヌス！（片ひざをつく）

ロンギマーヌス　おまけに、まるで百年来の友人でもあるかのように、わしをあっさりと呼び捨てにしおる。

エードゥアルト　お許し下さい、力強き精霊王様！　私は、今は気が触れてしまっているのです、私はアミーネなしでは生きていけません！　どうかあわれとおぼし召して、彼女を私の手にゆだねて下さい。

ロンギマーヌス　あつかましい男だ、もうそれ以上一言も言ってはならん！　みなの者、この男をよく見てみよ！　突然、大まじめになりおったぞ。（手を裏返す）気が触れたとな？　何をばかなことを、冗談も休み休み言いなさい、このうつけ者めが！　お前のほしいものは手に入れさせてやる。お前は財宝を望んだのであったな、それはまもなく見つかる。お前はダイヤモンドを手に入れ、わしはこの娘を手に入れる。それぞれが宝物を手にする、それでよいではないか。

エードゥアルト　ああ、精霊王様、あなたの財宝はすべてお返しします、もういりません、ほしいとも思いません、ただアミーネを私の手にゆだねてほしいのです、すべてをあきらめます。

ロンギマーヌス　今度はこのわしと取り引きを始めおったぞ、まるでユダヤ人広場[59]にいるようだな。わしたちの取り決めは取り決めだ、お前はダイヤモンドの影像を手に入れる、それだけだ、ところでお前がすぐに家へ帰れるように、このわしが御者をつとめてやろう。さあ、行け！（合図する。雲が立ち昇り、六体の影像が置かれているツェフィーゼスの魔法のホールが現れる。今は「ダイヤモンド」と書かれているバラ色の台座の上にアミーネが立っている。彼女はバラ色の衣装を身に着け、たくさんの飾りを刺繍したベールをかぶっている。しかしそのベールは顔をおおわずに、優雅なひだを作って、流れるように彼女の全身を包んでいる。照明は、アミーネに強い光を当てるようにしなければならない）お前の財宝はあそこにあるぞ、わしはお前の手にあれをゆだねる。これでわしたちは貸し借りなしだ。

エードゥアルト （彼女の方を見ずに）あれがぼくの財宝だって？

ロンギマーヌス その通りだ！

エードゥアルト ならば、ぼくはそれをめちゃめちゃにしてやる、あんなものはぼくの絶望の種になるだけなんだ、あんなものはいらない、粉々にしてやる！（怒りを込めて影像の方へ急ぐ）

アミーネ （台座から降り、エードゥアルトの腕の中へ飛び込む）エードゥアルト、あたしはあなたのものよ！

エードゥアルト アミーネ、ぼくのアミーネ！

フローリアン 見ろよ、粉々にする気はなくなったらしいぜ。

エードゥアルト （ロンギマーヌスの足下に激しく駆け寄って）王様、なんと感謝申し上げたらよいのでしょう？

ロンギマーヌス やっとその気になったか！ よいか、わしはお前をかついだのだよ、このあわて者めが！ お前をちょっと試してみたのだ、もしアミーネよりも財宝の方をほしがったら、アミーネは一生お前のものになることはなかった。さあ、あとはお前にまかせる。お前の妻になるこの娘は、わしがお前に与えうる中でも最も美しいダイヤモンドだぞ。

フローリアン ばんざーい！ 今度はおれがマリアンデルを連れて来る番だ。（退場しようとする）

第二十一場

コリブリ、マリアンデル、隣人たち、前場の人々

コリブリ おいらが結婚式のお客さんたちを連れて来てあげたよ。

エードゥアルト みんなこっちへ来て、ぼくと喜びを分かち合ってくれ。

マリアンデル フローリアン！

フローリアン マリアンデル、お前はおれのものだ！ お前は確かにダイヤモンドじゃあない、でも——おい、お前はどこの出だ？

マリアンデル プラハよ。

フローリアン それじゃお前はボヘミア石(60)だな。

ロンギマーヌス 結婚式のダンスに、（影像を指差しながら）あの者たちも参加させよう。

（六体の影像が台座から降りてきて、リトルネルに合わせて踊り始める）

フィナーレ

（ダンスが始まり、そのあとに歌）

マリアンデル
子供姿のキューピッド――

フローリアン
（すべておうむ返しに繰り返す）子供姿のキューピッド――

マリアンデル
ありとあらゆる悪ふざけ――

フローリアン
ありとあらゆる悪ふざけ――

マリアンデル
心に矢の根当てるなり――

フローリアン
心に矢の根当てるなり――

マリアンデル
すぐに飛び去る悪童よ。

フローリアン
すぐに悪童、逃げていく。

コーラス
子供姿のキューピッド、
ありとあらゆる悪ふざけ、
心に矢の根当てるなり、
すぐに飛び去る悪童よ。
　すぐに悪童、逃げていく。

マリアンデル
この世で一番美しいのは――

フローリアン
この世で一番美しいのは――

マリアンデル
すべてをまねるつもりなの？

フローリアン
すべてをまねるつもりなの？

マリアンデル
だったら、ちょっとやめてよね！

フローリアン
だったら、ちょっとやめてよね！

マリアンデル
ばか、ばか、ばかの、おばかさん！

フローリアン

お前も同じ、おばかさん！
コーラス
この世で一番美しいのは――
すべてをまねるつもりなの？
だったら、ちょっとやめてよね！
ばか、ばか、ばかの、おばかさん！
お前も同じ、おばかさん！

（合間のダンス。絵のように形が決まる）

マリアンデル
あたしが妻になったなら――
フローリアン
あたしが妻になったなら――
マリアンデル
まねなどできるはずないわ――
フローリアン
まねなどできるはずないわ――
マリアンデル
一日中だってしゃべるから――
フローリアン
一日中だってしゃべるから――

マリアンデル
その時あんたはねずみのように黙るのよ。
フローリアン
ねずみのように黙ってる！
コーラス
彼女が妻になったなら、
まねなどできるはずがない、
彼女はしゃべる、一日中、
その時彼はねずみのように黙ってる、
ねずみのように黙ってる！

フローリアン
だから急いで頼むのだ――
マリアンデル
だから急いで頼むのよ――
フローリアン
皆様、満足したならば――
マリアンデル
皆様、満足したならば――
フローリアン
これで終わりにいたします――
マリアンデル

これで終わりにいたします――

フローリアン
最後の言葉は彼女から。

マリアンデル
これでお開き、ご機嫌よう。

コーラス
だからすばやく頼むのだ、
皆様、満足したならば、
これで終わりにいたします、
最後の言葉は彼女から。
　これでお開き、ご機嫌よう。

（ダンス。最後に全員でタブローを作る。彫像たちは台座に戻る。アミーネは中央の台座に昇り、エードゥアルトがその前にひざまずく。ロンギマーヌスはもう一方の側に立つ。フローリアンはマリアンデルの前にひざまずく。隣人たちは、喜びと驚きを示しながら、タブローを作る）

（幕）

訳注

訳文と訳注の作成に当っては、次の諸版も参考にした。Raimunds Werke in zwei Bänden. Hrsg. Franz Hadamowsky. 2Bde. Salzburg, Stuttgart, Zürich 1971（以下「ハダモフスキー」と表記）、F. R.: Sämtliche Werke. Hrsg. von Rudolf Fürst. Berlin 1908; F.R.: Sämtliche Werke. Hrsg. von Otto Rommel. 1963. さらに次の英訳版の訳文と注も参照した。F.R.: The Barometer-Maker on the Magic Island and The Diamond of the Spirit King. Translated with an Introduction and Notes by Edmund Kimbell. New York 1996（以下「キンベル」と表記）。

（1）原文では blitzdumm（「底無しのばか」）。「稲妻」の Blitz と、程度を強調する blitz が掛け言葉になっている。戯訳。

（2）原文は、“Ja, ja, so ist der Kaffee.”（直訳では、「そう、そう、コーヒーとはそういうものです」）。キンベルは、英語の類似表現として、“Yes, yes, that's the cookie crumbles” と訳し、ハダモフスキーはたんに richtig（「その通り」）の意としている。

（3）イギリスの将軍ウィリアム・コングリーヴ卿（一七七二―一八二八。十七世紀から十八世紀に活躍した劇作家ウィリアム・コングリーヴとは別人）が一八〇四年に発明した焼夷弾の一種（キンベル）。

（4）ナポレオンがモスクワを占領した際、退却するロシア軍が放った火は、一八一二年九月十四日から二一日にかけて燃え続け、町の半分以上を焼き尽くした。冬季用の宿営を失ったナポレオンは、撤退を余儀なくされた（キンベル）。

（5）　一八二三年に、化学者ヨーハン・ヴォルフガング・デベライナー（一七八〇―一八四九）が、亜鉛から発生させた水素ガスをもとに発火装置を発明している（キンベル）。

（6）　ジェロニモ・カルダーノ（一五〇一―一七六）。イタリアの哲学者、医師、数学者。カルダーノの時代にはもちろん、ギリシャ火薬は大部分、黒色火薬にとって代わられている（ハダモフスキー、キンベル）。

（7）　非常に発火しやすい焼夷性の混合物（の総称）。七世紀にシリアからビザンチン帝国へやってきた建築家カリニコスが発明したと言われる。主成分は硝酸カリウムらしいが、正確な製法はビザンチン帝国の秘密であった。遠方から敵の船に投げつけて、火災を起こすのに用いられる。一四五三年、ビザンチン帝国の首都コンスタンティノープルがトルコに占領される際に使用されたのが最後という。ギリシャ火薬は水の上でも燃える性質があり、華麗で壮大なバロック劇の演出にも好んで用いられた。

（8）　十一月十一日。フランスのトゥールの司教マルティノ（三一六年頃―三九七年）を埋葬した日にあたる。マルティノは、下士官時代、彼に施しを求めてきた半裸の乞食にマントを半分裂いて与えたところ、そのマントを着たキリストが彼の夢枕に現れたという奇跡で知られる。聖マルティノの日には、人々は行列をして町をねり歩き、特に油の乗った「マルティノのガチョウ」を食べ、下男下女が雇われたり、給料が支払われたりするなど、庶民にはなじみの深い日。

（9）　「ディスカント」から作られた「体を表す名前」（sprechender Name）。ディスカントには中世以来さまざまな意味があるが、定旋律の上に、対位法にのっとった即興的かつ装飾的な節回しを付けて歌う多声的歌唱法を指すか、または、多声楽曲の最高声部すなわちソプラノ声部に定旋律が置かれる場合には、そのソプラノ声部の同義語として用いられる場合が多い。

（10）　原文は、"Alles vom Blatt."。Blatt の「葉」の意味と、vom Blatt の「初見で演奏する」のふたつの意味がかけられている。戯訳。

（11）　原文は Hokuspokus。魔法などをかける際の呪文。歌舞伎の『天竺徳兵衛』で唱えられる呪文から一部を借用した。第二幕第四場のロンギマーヌスの台詞でも同様。

（12）　初演の際ロンギマーヌスを演じたヨーゼフ・フリードリヒ・コルントイヤーは、夜尿症の持病があることでも知られていた。この台詞はそれを逆手に取っている。

（13）　「ハシバミの棒」の原文は Haslinger。警察官は、犯罪人をたたいたりするために、ハシバミ（Hasel）で作った棒を携帯していた。そのため、この語は権力による懲罰の象徴ともなった。一八四八年の三月革命で廃止。Haslinger の語は、ネストロイの『クレーウィンケル市の自由』（一八四八年七月一日初演）第一幕第九場にも見られる。

(14) 以下の夢魔と悪夢のくだりは検閲を暗示していると見られる。検閲はマリア・テレジア治世の一七五一年に導入され、一七五二年の「即興禁止令」、一七七〇年に検閲官に就任したヨーゼフ・フォン・ゾンネンフェルスによる強化を経たのち、ヨーゼフ二世（在位一七六五―九〇）のいわゆる「ヨゼフィニスムス」（社会全般にわたる経済振興政策）の時代にいくぶん緩和された。ウィーン会議（一八一四―一五）以降のメッテルニヒの時代にふたたび強化されるが、本作品が初演された一八二四年から三〇年ころまでは、ヨゼフィニスムスの比較的自由な方針がまだいくらか残っていた。

(15) ここには、夢魔が悪夢で人を上から圧迫するという伝承のイメージと、借金が人を押しつぶす（原文は niederdrucken）イメージとが重ね合わされている。第九場の「悪夢で人を苦しめる自由」の原文も Druckfreiheit。

(16) レーオポルトシュタット劇場でたびたび上演されていたジングシュピール。音楽ヴェンツェル・ミュラー（一七六七―一八三五）、台本ヨアヒム・ペリネ（一七六三―一八一六）、一七九三年十月十日初演。ライムントは、脇役である酔っ払いの管理人（注42を参照）を何度も演じた（ハダモフスキー、キンベル）。このジングシュピールの名は、『バロメーター』の第二幕第五場（本書26頁）にも見える。

(17) イギリス生まれのトランプゲーム。通常は四人で行ない、向かい合う二人がパートナーとなるが、三人で行なうこともできる。ブリッジの前身。一八二〇年代のウィーンで大流行した。ネストロイが一八三六年、『一階と二階』をただ一人酷評した劇評家ヴィーストをホイスト（ドイツ語の発音は「ヴィスト」）にかけて舞台上でからかい、五日間拘置された事件でも知られる。原文では、“Whist”と「遊び人」の“Wüstling”が掛け言葉になっている。

(18) 当時、「ポーランド式経済」と言えば、「無秩序な混乱状態」を意味していた。この慣用語法のもじり。

(19) 仕込んだばかりで、まだ発酵途中にあるワイン。

(20) フランス南西部ドルドーニュを根拠地とするハイモン伯爵の四人の子供たち。『ローラント（フランス語ではロラン）の歌』や十二臣将などと並ぶカール大帝（同シャルルマーニュ）をめぐる伝説のひとつ。長男アーデルハルト以下、リツァルト、ヴリーツァルト、モンタルバンのライノルト（同ルノー・ド・モントーバン）の四人だが、末弟で最も強いライノルトのほかは伝承によって順序が異なる。父子で数十年にわたりカール大帝と争うが、そのいさかいに根拠は乏しく、戦いは凄惨である。中世末期からの種々の民衆本（ドイツ民衆本の世界Ｖ『ハイモンの子ら』国書刊行会を参照）のほか、ルートヴィヒ・ティークの小説（一七九七年。ドイツロマン派全集 第一巻『ティーク』国書刊行会）もある。

(21) 原文では naß。「ずぶぬれ」と「酒びたり」のふたつの意味がある。

(22) 古代ローマ時代から知られ、多くの人々が訪れていた温泉。ウィーンの南西約二五キロの所にある。かつては十五の源泉があった。温度は最高三六度、特にリューマチに効くとされる。ベートーベンは十五回もこの地に滞在し、一八一三年から三四年まではウィーン宮廷の夏の離宮が置かれていた。

(23) 原文は、der Eisstoß geht。流氷を浮かべて流れるドナウ川が凍ると、氷の固まりが流れをせきとめ、水が逆流して、土地の低い下町地区が洪水になることがあった。これをEisstoßと言う。そのEisstoßが「行ってしまい」、水面が下がるのを人々は安堵の気持ちでながめたという。最も被害の大きかった一八三〇年の洪水では多数の死者が出た(ハダモフスキー)。ライムントは、「冬」の本来の仕事を、川を凍らせることよりも、その氷をとかして人々を安心させることに見ているようである。

(24) ソーセージや肉料理の付け合わせに用いる最もありふれた食品のひとつ。塩漬けしたキャベツの千切りを乳酸菌によって自然発酵させて作る。

(25) オーストリアでは十五世紀以来、グルデンと呼ばれる銀貨が鋳造されてきた(グルデンは本来は金貨)。ナポレオン戦争の最中にさらに紙幣のグルデンが加えられたが、これは裏付けを持っていなかった(金または他の通貨と交換できなかった)ために、猛烈なインフレが発生し、グルデン紙幣は無価値となった(キンベル)。一八一〇年には、グルデン紙幣は同銀貨の約十二分の一の価値しかなく、しだいに銀貨に駆逐されていく。しかし、一八一〇年に十億六一〇〇万グルデンあったうち、一八三五年になってもなお二二〇〇万グルデンの紙幣が流通していた(ハダモフスキー)。

(26) 正確にはアンドロクレス(Androcles)。一世紀頃のローマの奴隷。砂漠へ逃亡した際に出会ったライオンの足からとげを抜いてやり、以後ライオンは彼になついて離れなかった。両者がつかまり、闘技場で闘うことになったが、ライオンが襲いかからず、彼の足下に身を横たえたのを見て、皇帝は両者を自由にしたと言われる。

(27) 原文ではOchs。「牛」と「ばか」のふたつの意味がある。この劇には「ばか」や「阿呆」という語がたびたび登場するが、ウィーン民衆劇は、十七世紀のコンメディア・デッラルテ以来の道化劇ないし阿呆劇の伝統の延長線上にあり、フローリアンもまた、コンメディア・デッラルテの一番の人気者だったアルレッキーノの子孫である。「ばか」や「阿呆」の語は、そのような道化を、見くだしながらも半面で愛した表現と解すべきであろう。

(28) 原文ではHahnで「撃鉄」のこと。Hahnは元来「おんどり」の意であるため、フローリアンは実際には次のように述べている。「じゃあ、お前はこう言えばよかったんだ、その《おんどり》はあたしがつぶしました、めんどり

(Hendel) を切らしてしまいましたので、ってな」。

(29) 女性名アンネマリーの愛称。キンベルはSuzy Lumpkinとしている。ネストロイは、『カンプル』（一八五二年三月二九日初演）の第三幕第三十一場で、「まさか《アナミードゥル》と言うわけにもいかないでしょう」として、この場面を引用している。

(30) Schlaraffenland（ゼバスティアン・ブラントほかに由来する空想の享楽の国。怠惰が最高の美徳、勤勉は最大の悪徳とされる）のよく知られたイメージのひとつがここに引用されている。

(31) ここに挙げられている貨幣の概要は以下の通り。

ドゥカーテン金貨：当初はヴェネチアで一二八四年に鋳造された金貨で、裏面に刻まれていた銘の最後の一語ducatus（この公国）が名前の由来。信用性が高く、各国の通貨とは別に、額面以上の価値を持つHandelsmünzeとしてヨーロッパで最も広く、最も長く流通した。ヴェネチアでは、共和国終焉の一七九七年まで、当初とほとんど変わらない品位で鋳造された。ドイツでは、一五五九年に神聖ローマ帝国の主要金貨に定められて以来、帝国解体の一八〇六年まで鋳造され、オーストリアではそののちも近代にいたるまで鋳造されていた。

ルイ・ドール金貨：当初は、フランスで一六四〇年に、当時すでにヨーロッパ各国に広まっていたスペインのピストールを手本にして鋳造された金貨。表に刻まれた国王ルイの肖像が名前の由来。フランス特有の大幅な公差（法定品位と実質品位の差）のゆえに品位も価値も不安定だったが、アメリカから輸入された金を用いて大量に鋳造され、ヨーロッパに急速に広まった。フランスで最後に鋳造されたのは一七九三年。ドイツの各領邦では、ルイ・ドール金貨を模倣して君主の名を付けたさまざまな金貨が作られた。その中で最もよく知られているのは、プロイセンのフリードリヒス・ドール。

ターラー銀貨：当初は一四八四年にチロルで、グルデン金貨と等価の銀貨として鋳造され、グルディーナーまたはグルデングロッシェンと呼ばれていた。のちに、銀山を持つザクセンその他でこのグルディーナーが鋳造され、一五二〇年にボヘミアのシュリック伯爵家がザンクト・ヨアヒムスタールでグルディーナーの鋳造を始めて以来、ヨアヒムスターラーを略したターラーの名で呼ばれるようになった。金と銀の関係の維持の難しさから、種々の改革が行なわれ、一五六六年のアウグスブルク帝国議会で承認を受けてからは、ライヒス・ターラーと呼ばれるようになる。この態勢は一八〇六年まで、実勢とは無関係に維持された。オーストリアでは一七五〇年に、一ケルン・マルク＝二十グルデン＝十ターラーとする新たな基準が導入され、一七五三年にバイエルンとの間で協定が結ばれて以降、協定ターラー（Konventionstaler）と呼ばれるようになる。少なくともオーストリアの側は、一八五六年までこの態勢の維持を主張し続けた。ターラーは、現在のドル（Dollar）の語源でもある。

スヴラン・ドール金貨：当初は一四八九年にイギリスで鋳造された金貨で、本来の名前はソヴリン。表に刻まれた国王（Sovereign）の肖像がその名の由来。一六一二年に、スペイン統治下のオランダで、ソブリン金貨を模倣した金貨が作られ、スヴラン（Souverain）と呼ばれようになる。オランダ南部がオーストリア・ハプスブルク家の統治下に入るとともに、安定性の高かったスヴランは、一八五六年まで、オーストリアおよび北部イタリアでも鋳造され、ソヴラノ（Sovrano）とも呼ばれて流通していた。

（32）原文ではDummrian。「ばか」を表わすdummまたはDummkopfとFlorianが合成されている。キンベルはFool-rianと訳している。

（33）レーオポルトシュタット（現在の第二区）にあったダンスホールの名。

（34）原文はGugelhupf。Gugelhopf、Napfkuchen、北部のTopfkuchenなどとほぼ同様のケーキのこと。日本では「クグロフ」とも呼ばれる。小麦粉にイーストを入れて発酵させてから、バター、牛乳、レーズンなどとともにこねたものを鉢型の型に入れ、オーブンで焼く。朝食やおやつなどに食べるという。

（35）「とっても弱々しい」や「とっても胸が弱い」という台詞は、非常に神経質で体が弱かったライムント本人を指し、乳清は牛すなわちOchs（注27参照）を連想させ、かぼちゃ（Plutzerbirn）も「ばか」の意を含んで（第一幕第二十三場のコリブリの台詞でも同様）、フローリアンの道化性を示している。ライムントをよく知っていた当時のウィーンの観客は、これらのことを即座に感じ取ったはずである。

（36）本来この語は、たんに、せりふ劇に、その場面を彩る伴奏音楽を付けて上演する方法を指していた。ここでもその意味で用いられている。こうした意味のメロドラマは、一七七〇年に上演されたジャン・ジャック・ルソー作の『ピュグマリオン』ほかによって流行するようになった。これとは別に、音楽が後退し、代わりに、感傷的で通俗的な内容を持つ劇という意味が発生したのは、十九世紀にフランスやイギリス、アメリカでそのような劇が大流行して以来のことである。この意味のメロドラマを代表するのはフランスのギルベール・ド・ピクセレクールや小デュマなどであり、彼らに大きな影響を与えた劇のひとつはシラーの『群盗』であった。

（37）Leopoldsbergのこと。ウィーンの森の北東のはずれ（ウィーンの中心からは北北西にあたる）にあるふたつの丘のうち低い方の丘を指す（高さ四二三m）。一六九三年までは「カーレンベルク」と呼ばれていたが、この山から出発した騎兵隊がトルコの包囲網を突破したのを記念してレーオポルト一世が教会を建て、それ以来呼び名が変わった。

現在では、もうひとつの丘（高さ四八三m）がカーレンベルクと呼ばれている（ハダモフスキー、キンベル）。

(38)　原文は、bezauberte Nagelwurzen。爪に現れる白い小さな斑点のことで、幸運をもたらすとされていた（ハダモフスキー）。戯訳。

(39)　ワルツの前身となる音楽。

(40)　オーバー・エスターライヒ（オーストリアの中部）の中心都市リンツの民族衣装のひとつ。たっぷりと刺繍がほどこされており、既婚婦人がかぶる（ハダモフスキー）。

(41)　たいていは滑稽な絵が描かれているカード。通常は三つの部分が重ね合わされて作られており、真中の部分を動かすと絵が動く（ハダモフスキー、キンベル）。

(42)　この時代のウィーンの管理人は、たんにアパートの管理をするだけでなく、そのアパートの住民たちの素性をくまなく知り、日常生活を監視し、当局に密告もする秘密警察の役割をになっていた（ハダモフスキー）。まれに徒弟が結婚する際にも、その結婚に異議のない旨を記した管理人による居住証明が、提出書類のひとつとして必要であった。

(43)　ワルツに似た民族舞踊。

(44)　北側のカルパチア山脈と南側のドナウ川にはさまれたルーマニア南部の地域を指す。さらに、この地域を南北に流れるオルト川によって、西側の小ワラキア（中心都市クラヨーヴァ）と東側の大ワラキア（中心都市ブカレスト）とに分けられる。この台詞は、この地域への当時の偏見を物語るものでもある。

(45)　ラードとトウモロコシの粉ないし小麦粉を練って作る料理。アルプス地方で特に好まれる（ハダモフスキー）。

(46)　原文の einen blauen Dunst vormachen（青いかすみをまく）は、元来が「煙にまく、だます」という意味の慣用句。それをロンギマーヌスは文字通りの意味に用いている。

(47)　アグネス・ベルナウアーは、アウグスブルクの理髪師兼外科医の美しい娘。彼女は、バイエルンのアルブレヒト公とひそかに結婚する。これを知ったアルブレヒト公の父親エルンスト公は、アグネスを魔女であるとして、一四三五年にドナウ川で彼女を溺死させた。この事件は、オットー・ルートヴィヒやフリードリヒ・ヘッベルによる劇作のほか、多くの叙情詩や叙事詩にも繰り返し取り上げられている。ライムントがここで暗示している劇は、ヨーゼフ・アウグスト・グラーフ・フォン・テリング作の『アグネス・ベルナウアー』（一七八〇年）で、ウィーンでは十年にわたって上演され続けていた（ハダモフスキー）。

(48)　エティエンヌ＝ジャック・ド・モンゴルフィエ（一七四五―九九）とミシェル＝ジョゼフ・ド・モンゴルフィエ（一七四〇―一八一〇）の兄弟。一七八三年六月五日に、木炭を用いた無人の熱気球「モンゴルフィエール」号の初の公開実験を行ない、同年十一月二一日には、パリ近郊で初の有人飛行に成功した。

(49) フリードリヒ・シラー作『ヴァレンシュタインの死』（一七九九）からの引用。第四幕第十二場の最後で、恋人マックス・ピッコロミニの死を知らされたヴァレンシュタインの娘テークラが、運命の非情を嘆いて言う台詞がそのままここに引用されている。

(50) ザルツブルクの南南東約七五キロの風光明媚な山中にある保養地。ラドン鉱泉で知られる。

(51) ウィーンの下町ミヒェルボイエルン（現在の第九区）にあった鉱泉。この鉱泉の記録が最初に現れるのは一三九一年という（ハダモフスキー）。

(52) 原文はNarrenturm。観客はこの語によって、ウィーンに実在した精神病者を収容する塔のイメージをここに重ね合わせることになる。

(53) ウィーンの北西部、現在の第十八区の郊外地域を指す。十九世紀前半の時代には、避暑地としてウィーンの人々に親しまれていた（ハダモフスキー）。

(54) ドナウ川の本流からウィーン中心部（現在の第一区）の北東部を通ってまた本流へ戻るドナウ運河を指すと見られる。あるいは、ウィーンの真南のヴィーナー・ノイシュタットへ通ずる運河を指す可能性もある（ハダモフスキー）。

(55) ウィーンから西へ約一二六キロ、ドナウ川の支流イプス河畔にある町。

(56) ウィーンの北西部、現在の第十七区の郊外地域を指す。十二世紀にヘルン・フォン・アルスがこの地に本拠地を定め、その周囲に村ができた。十八世紀から避暑地としてウィーンの人々に親しまれていた（ハダモフスキー）。

(57) ウィーンの北西部、現在の第二一区にある村。

(58) 「袖」と訳したのは原文ではKörbchen（かご）。次のコーラスの「袖にする」や「もらった袖」も同様。意に染まぬ求婚者を、底が抜けるように作ったかごに乗せ、テラスから自分の部屋へ招き入れると見せて男を下へ落とす。このことから、「かごを与える」は、「拒絶する、ひじ鉄を食らわせる」の意味の慣用句として用いられる。『百万長者』の第二幕第十場にもこの表現が見られる（本書一七五頁）。またここには、ある品物とそれを説明する短い文とでひとつの寓意を示すバロック的なエンブレムの手法を見ることができる。

(59) 現在の第三区にあった広場。たいていはユダヤ人が経営する古物商や質屋、雑貨商などが立ち並んで、「のみの市」の観を呈していた。（ハダモフスキー、キンベル）。

(60) ボヘミア産のガーネット（石榴石《ざくろいし》）。真紅色の準宝石（ハダモフスキー）。

妖精界の娘
あるいは
百万長者になった百姓

歌付きのロマンティックな
オリジナル魔法メルヒェン　三幕

2幕6場。ヴルツェル（ライムント）に別れを告げる青春（女優はテレーゼ・クローネス）。レーオポルトシュタット劇場での上演。
ヨーハン・クリスティアン・シェラーによる水彩画（1826年）。

登場人物

ラクリモーザ　権勢ある妖精、雲の城に蟄居させられている
アンティモーニア　何でも反対の厄介者の妖精
ボーラックス　その息子
ブストリウス　ワラスティン[1]出身の魔法使い
アヤクセル　ラクリモーザのいとこ、ドーナウ＝エッシンゲン[2]出身の魔法使い
ツェノビウス　妖精ラクリモーザの執事にして腹心の部下
ゼリマ　トルコ出身の妖精
ツルマ　同右
リラ　カールスバートのニンフ
トリトン　作曲家兼演奏家
フーリエ（二人）　作曲家兼演奏家
召使　妖精ラクリモーザ付き
御者
召使　ブストリウス付き
精霊　カンテラを持つ少年
朝、晩、夜、愚者、怠惰、その他幾人かのアレゴリーとしての人物たち
魔法使いたち、妖精たち、四人の精霊
満足
青春

高齢
イリ　精霊界の郵便配達人
サテュロス(3)
アモール(4)
ヒューメン(5)
夜の精霊
満足の泉に住む精霊
夜の精霊たち、六人の小姓たちと六人の女中たち
嫉妬／**憎悪**　乳兄弟
トーファン　憎悪に仕える侍従
ニゴヴィッツ　憎悪に仕える精霊
精霊の見張り
鸚鵡
魔法の指輪の見張り役の九人の精霊たち、守護神たち、精霊たち、フーリエたち、憎悪の召使たち
フォルトゥナートゥス・ヴルツェル　かつては山奥の百姓だったが今は百万長者
ロットヒェン　その養女
ロレンツ　ヴルツェルのかつての牛番で今はその第一執事
ハバクク　召使
カール・シルフ　貧しい漁師

ムーゼンゾーン
シュマイヘルフェルト　｝ヴルツェルの飲み仲間
アフターリング
錠前屋
建具屋
ヴルツェルに仕える幾人かの召使たち、徒弟たち、民衆

劇は初日の朝に始まり、二日目の晩に終る。一部は妖精界で、一部は地上界で演じられる。

初演、一八二六年十一月十日、レーオポルトシュタット劇場。ライムントはヴルツェルを演じた。音楽、ヨーゼフ・ドレクスラー。

第一幕

第一場

様々な色の魔法のランプで明るく照らされた大宴会場、ランプは飾り燭台に取り付けられ、書割を飾っている。後部に大きなアーチ門の開口部があり、その門はショール様の、金で縁取られた布で覆われている。

舞台中央で二人のフーリエたちと、トリトン、幼いボーラックスがそれぞれヴァイオリンとヴィオラとチェロで四重奏を演奏している。四重奏の間にソロ演奏が入る。楽器は黄金製で、楽器台はこの場にふさわしいものである。ブストリウス、ツェノビウス、アンティモーニア、ゼリマ、ツルマ、リラ、朝、夜、晩、愚者その他幾人かのアレゴリーの人物たち、魔法使いたちと精霊たちが車座になって座っている。彼らはときどき、羽根の付いたお仕着せを着た四人の守護神たちから銀の皿に載った菓子を供されている。全体は以下の合唱に伴われる。

合唱

何と素晴らしきコンサート、
いと高き芸術ここにあり。
楽人アンフィオン[6]の音も形無し、
このような芸術家の楽の音聞けば、
アポロすらただの素人。
ブラボー！　ブラボー！　おお素敵！
ブラボー！　ブラボー！　（次第にかすかに）ブラボー、
　ブラボー。

（皆の拍手。
全員起立する、奏者たちは楽器を脇に置いて頭を下げる）

ツェノビウス　ブラビッシモ、諸君天晴れだ、よくやった（トリトンに向かって）特に君は。

ブストリウス　（前に進み出て、ハーケンの付いた鞭を手に、ハンガリー訛りで）これはすごい！　素晴らしい四重奏だ、誰の作曲かな？

ツェノビウス　アダージョはデルフィンの一人が作りました。

ブストリウス　で、フリオーソは？

ツェノビウス　復讐の女神。

ブストリウス　フリオーソを作曲するのは復讐の女神が一番

じゃ。

ボーラックス　母さん、誰もぼくのことをほめてくれないよ。

アンティモーニア　静かにしなさい。

ブストリウス　このちびさんはときどき間違えておったぞ。

アンティモーニア　(その間ずっと息子の汗を額からぬぐってやりながら)それは私を侮辱するというもの。この子は妖精界では一番のヴァイオリンの名手よ。一レッスンで二百シリングも取るイギリス人の先生についているのですからね。

ツェノビウス　それは結構。でも息子さんをほめるのは他の人たちにまかせなさい。

アンティモーニア　母親のこの私以上にあの子を公正に判断できる人がいるというの？　(うぬぼれて)もっとも私のこの若さ、魅力を見ればだれだって私がこの子の母親だなんて思わないでしょうけどね。

ブストリウス　思わないね。私はまたあんたはあの子の婆さんかと思っていたよ。

アンティモーニア　まあ、見る目のない魔法使いだこと。(ボーラックス大きな声で泣く)おやまあ！　ボーラックスちゃん、泣くんじゃないの。よくお聞き！　あそこの意地の悪い人たちのことなんか気にしてはいけません。

ボーラックス　(泣きながら)気になんかしてないよ、あの人たち僕とは関係ないもの。みんなぼくより下手なんだから。

アンティモーニア　そうよ、坊や、その通りよ。やっと調子が出てきたわね。

ツェノビウス　(笑いながら)ブラビッシモ！

ブストリウス　(笑いながら)これはご立派な教育だ。餓鬼は甘やかし、先生にはたんまり謝礼とは。

アンティモーニア　これ以上私を侮辱するなら、出ていきます。(出ていこうとする)

ツェノビウス　とどまりなさい。それともラクリモーザが喧嘩するようにとでもあなたに頼んだのですか？　ラクリモーザなら今にも現れます。ドーナウ・エッシングから来るはずのお従兄さんを迎えにいかれたのです。ここの宮殿には誰も泊まれませんので、お従兄さんも皆さんと同様、魔女の旅籠屋に到着されるのです。

アンティモーニア　わかったわよ。礼儀上ここにとどまってやるわ、でも黙っているわけにはいきませんからね、絶対に！

ブストリウス　これはまた素敵な奥方、私も結婚するなら素敵な奥方と結婚したい。でもこの女だけは御免こうむる。

第二場

妖精の召使、前場の人々

召使　妖精ラクリモーザ様です。
ブストリウス　遠くからだとまだ美しい。
ツェノビウス　運命が彼女に永遠の若さを与えたのです、ですから心の痛みも彼女の魅力を損なうことはありません。

第三場

ラクリモーザが悲しげな、しかし優雅な顔つきで登場。アヤクセルレはシュヴァーベン風の縞模様の魔法衣を着ている。彼は仕事熱心で善意にあふれた男。ちょこまかと歩き回り、話すことが楽しくてしかたないといった風情でどんなことにも、嬉しそうに笑いながら、口をはさむ。前場の人々。

全員　ご主人様万歳！
ラクリモーザ　皆さん、私の大切なお客様方、楽しくご歓談いただけたら嬉しく思います。
全員　素晴らしいものでした！
ラクリモーザ　皆さんに私の従兄をご紹介します。シュヴァーベン国の魔術師です。
アヤクセルレ　（シュヴァーベン訛りで）皆々様にお目にかかれて嬉しうござえます。
全員　よろしく！
ブストリウス　これは驚いた、アヤクセルレではないか？
アヤクセルレ　おやおや、なんとまあ、どうしてあなたがこちらに？　いやぁこれは嬉しい！　（抱きつく）
ラクリモーザ　そなたたちは知り合いかい？
アヤクセルレ　その通り。たちまち意気投合したのはどこででしたかね？
ブストリウス　忘れたのかい？　ティミショアラ(7)での精霊たちの最後のディナーのときだったではないか。
アヤクセルレ　そう、その通り！　あなたが私の頭にワインの瓶を投げつけて、それで知り合いになれたのでした。
ラクリモーザ　（二人の間に割って入って）もう結構よ。そういう美しい思い出はまたの機会にしなさい。今度は私の番です。（満足気に皆を見渡してから、感情を込めて語り始める）そうです、誰一人欠けている人はいません、苦しみのあまり皆さんにお願いしたところ、全員がここに参集してくれました。トルコやボヘミアやハンガリーの雲が皆を私のところへ運んでくれました。（一人一人に手を差し延べながら）ワァラスティンのブストリウス、私の友人、カールスバートの妖精さん、そのうえゼリマとツルマの妖精たちもトルコの国境から駆けつけてくれました。まあ、静かな夜も、あなたの胸に何度この悩める頭を憩わせたことでしょう。朝とそれに晩、そして愚者と怠惰、その他その他、全員が集結してくれました。

ブストリウス　嬉しいじゃないか。我々全員がここにいるなんて。

ラクリモーザ　では皆さんどうかお聞き下さい、どうして私が皆さんに、雲のお城を出て、私の苦しい立場を支援してほしいとお願いしたのか、その訳を。

全員　お話し下さい。（全員腰をおろす）

ラクリモーザ　私が七月のある晴れた日に太陽の光に乗って地上におもむき、稲妻のような早さでとある気持ちのいい谷間に降りたってから、まる十八年になります。私の前にブロンドの髪をした一人の青年が立っていました。その高貴な態度、涼やかな目は彼の心の真っ直ぐなことを証していました。私は彼を一目見て、たちまち恋に落ちました。彼はある綱渡り旅芸人の団長でした。団員たちは未払いの二百グルデンのギャラを即刻保証してくれないかぎり、この寂しい場所にとどまり、一歩も動かないと主張していました。私は決心しました、私の夫はこの人しかいないと。私は素早く魔法を使って、彼のポケットにルイ・ドール金貨[8]の詰まった財布を押し込むと、鳩に変身して、クークー鳴きながら自分の国に帰りました。その私を友人のツェノビウスが見ていました。覚えているでしょう？

ツェノビウス　はい、あれは水曜日のことでした。その前の日に私たちは薪を買っておきました。

ラクリモーザ　私はすぐに私の宮殿の鍵をそのあなたに託して、一刻も早く地上に戻るために矢に変身しました。そしてツェノビウスに矢を射ってもらって、旅籠屋の屋根に降り立ったのです。私の恋人がそこに移っていたからです。私は旅芸人の女優に扮して中に入っていきました。とどのつまり、彼は私を見つめ、恋し、私の夫になりました。でも二年の幸せな年月が過ぎたとき、――ああこの辛い思い出に耐える力を貸して下さい――あの人は教会の塔の間に張り渡したザイルから転落してその誇り高い命を落としたのです。（泣く）

（全員もらい泣きする）

アヤクセルレ　そう、綱渡りなら私もしたことがあるけど、請けあってもいい、頭から墜落だね[9]。

ブストリウス　そのことなら私もとうに気が付いていた、ただすぐには言う気になれなかっただけさ。

ラクリモーザ　私は深い悲しみに打ちひしがれ、二歳になった娘を連れて妖精の国に帰りました。そして留守の間にツェノビウスが私の名前でこしらえた借金をすぐに返し、苦しみが少し和らぐと、娘のために壮麗な宮殿を建てて、最高に豊かな教育を施し、娘は妖精界の女王の息子以外には嫁にやらない、と誓ったのです。私がこの運命にかかわる誓いを立てたとたん、宮殿の柱が音を立てて崩れ、目の前に精霊の国の女王が立っていました。女王は言いました。不遜な女よ、お前の厚かましさをつぐなうのだ、お前は人間の男と結婚した、そのうえ子供の心を黄金の力で毒そうというのか？　ならば私の言葉を聞くがいい、お前の地上での妖精の力は、お前の娘の謙虚さがお前の傲慢さを打ち負かし、私をなだめるまで、無効じゃ。お前は娘を金ピカの揺りかごに入れた、だから貧困こそが娘の定め、富の輝きは呪いとなろう。お前は私の息子を娘の夫と定めたが、貧しい百姓の息子こそお前の娘の夫にふさわしい。娘を地上に返すのだ、娘は地上界のものだ。そしてお前は雲の館へ戻るがいい、お前の娘の功徳だけがお前を解放してくれる。もし娘がすべての富を憎み、十八になる前に初恋の貧しい男と結婚するなら、そのときにはお前の呪いは解ける、お前は娘に会ってもよい、そして娘にそこそこの財産を与えてもよい。しかしもし娘が十八の春までにこの定めを満たさなかったら、娘はお前から失われる。謙虚さこそが彼女の幸せなのだ、なぜならお前の娘は地上の娘なのだから。

こう言うと女王は消えてしまいました。

ブストリウス　（しばらく間をおいて）面白い！　なんとも泣かせる話ではないか！

アヤクセルレ　その通り！　こんなに悲しくて、こんなに長くても、それでも泣かせる話だ。

ラクリモーザ　私は娘を連れて地上に降り、薄暗い森に入ると、老婆の姿に身をやつし、みすぼらしい、しかし手入れの行き届いた小屋の戸を叩きました。すると一人でそこに住む、陽気で誠実な農夫が飛び出してきました。名前をフォルトゥナートゥス・ヴルツェルといいます。私は彼の足元に身をかがめて、どうかかわいそうなこの子にご慈悲をお願いします、立派に、信心深く育てて、森から決して出さないように、そして十七歳になったらこの子が好きになった貧しい青年と結婚させてやって下さいましと、必死に懇願しました。あなたがこの約束を果たしてくれれば、結婚の日に私はあなたにお目にかかって、たっぷりお礼をいたします、私が誰であるか、言うわけにはまいりませんが、と懇願したのです。農夫は私の願い通りにしようと誓ってくれて、娘を連れて小屋に入っていきました。私は身を切られるような、後ろ髪を引かれる思いでそこを飛び立ちました。目から涙が溢れ高価な真珠となって農夫の小屋の藁葺き屋根の上に落ちました。（ひとしきりためいきをついたあと）農夫がそれに気付いたかどうかは知りません。

ブルトリウス　（冷淡に）私も知りません。（立ち上がろうとする）

ラクリモーザ　ここからが一番大事なところなのです。

ブストリウス　じゃあ、まだ終わりではないと？　ブラボー！（再び腰をおろす）

ラクリモーザ　十四年間というもの農夫は忠実に約束を守ってくれました。でもこの一年余り私は苦しい不安の中で暮らしています。私に仕えている者の中に私に悪感情を持つ者がいて、その連中が追放の身の私に嫉妬を差し向けてきたのです。そしてこの苦い胆汁、嫉妬の輩はなんと私に恋し、求婚してきたのです。しかし私は昔から嫉妬というものを私の心の内から追放していたものですから、私は彼を軽蔑を込めて拒みました。すると嫉妬はその復讐のため、あろうことか私の娘を使って私を滅ぼそうと誓ったのです。つまりあの農夫にたくさんの富を与えたのです。富を手にした農夫はこの二年というもの人が変わったようになり、都会に住んでこのうえなく豪勢に暮らしています。酒に溺れ、私の娘を虐待し、娘の思いはある貧しい漁師にあるのに金持ちの求婚者を選ぶよう強要する始末です。明日の真夜中で娘は十八の春を迎えます。もしその時までに漁師の花嫁にならなければ、母親の私は娘を失うことになるのです。私は空しくここで手をこまねくばかりで、娘を守ることもかなわないのです。この二年来私は妖精の女王の側近たちの全員に、援助をお願いしてきましたが無駄でした。そういう訳で万事窮して、こうして皆さんに集まってもらったのです。もし皆さんが、私の娘を救うべく全力を尽くしてくれなければ、私はこれまで魔法の杖を振り回した者のうちでもっとも不幸な妖精です。

全員　（飛び上がって）嫉妬を倒せ！　嫉妬を倒せ！

ツェノビウス　ラクリモーザ万歳！

全員　万歳！

ブストリウス　安心して下さい、悲しむことはありません。たしかにあなたはプライドの高い女性ではありました、しかし罰は受けました、それに何と言っても根は善良で、子供を可愛がっています。そこが気に入りました。キスさせて下さい。（顔を押さえてキスをする）やろうではないか、諸君、皆で彼女を助けようではないか？

全員　皆で！　皆で！

ブストリウス　これ以上は望めない、類まれな精霊たちばかりですよ。ハンガリーの魔法使いを信頼しなさい。ハンガリー人は約束したことは守る。ハンガリー人には鉄分豊富なメハディア[10]の温泉のような断固とした血が流れている。俺たちはきっとそのプルツェルとかヴルツェルとかいう輩に大目玉をくらわしてやる。

アヤクセルレ　そうだ、そうしてやる。私がすべてを取り仕切ろう。早速居酒屋に駆けつけて、馬に鞍を乗せ、町まで一走りして、全部探り出してこよう。町はずれにチェッケル山[11]といういわくのある山がある。その頂上にある古い城に二時間後に集合して、作戦を練ろう。それからおまえ、夜よ、（と夜を指しながら）おまえはことが目立たないように我々の前を飛ぶのだ。ラクリモーザよ、あなたは今夜のうちにはもう娘さんを取り戻しているにちがいありません。そして娘さんはブロッケン山で結婚式を挙げることになるでしょう。

全員　そうだ、今日のうちだ、万歳！

ラクリモーザ　それでこそ私の望んでいた皆さんというもの、私の母の心も慰められました。全面的に皆さんを信頼しています。（くだけた口調で）皆さん、ポンチ酒を一杯いかが？

ブストリウス　何、ポンチだと？　ポンチなんてとんでもない。すぐ決行だ。玄関に車を回してくれ。わしの馬車二四三号はどこだ？

ツェノビウス　車をこれへ！　マントだ！　まだ真っ黒な雲がある。上は嵐にちがいない。

（全員旅立つべく、マントを羽織る。中幕が上がり雲の道が見える。遠くに明かりのともった妖精の城の窓が見える。雲の車が先頭を走り、空中にではなく、書割の中に曲がって消える。松明を持った二人の召使が道を照らす。）

妖精の召使　（呼ぶ）二四三号車、こちらへ回ってくれ！

御者　（叫ぶ）はい！　（馬車を寄せる）

（ブストリウス乗り込む）

召使　（後ろに飛び乗って叫ぶ）家へ！

（カンテラを二つ付けたもう一台の馬車が続く。アンティモーニアが乗り込み出発する。最後に一台の細長い馬車が現れ幾人かの魔法使いと妖精が座り、出発する。）

ラクリモーザ　（彼らに向かって叫ぶ）気を付けてお帰り下さい！　私のことを忘れないで！　で従兄のあなたには馬車を都合して宿まで送らせましょう。

アヤクセルレ　いえ、結構！　わしにはカンテラ持ちの小僧がいる、あそこだ。（叫ぶ）おーい、あいつを呼んでくれ！

妖精の召使　おーい、カンテラ持ちの小僧！

小さなゲーニウス　（カンテラを持って飛び出してくる）はい、ご主人様！

アヤクセルレ　進め、いたずら坊主！

ゲーニウス　（彼の真似をして）進め、いたずら坊主！

（別れの喧噪の中で）お気を付けて！　（等々。中幕が降りる）

第四場

場面転換

フォルトゥナートゥス・ヴルツェルの家の上品な部屋、脇にブロンズ色で仕立てた衣装ダンス。右手、ヴルツェルの寝室の横に窓。反対側に入り口。二人の召使を従えたローレンツ。ハバクク。ローレンツは窓辺に駆け寄り外を見る。

下からの声　ローレンツ様、ワインでございます。だれか降りてきて下さい！

ローレンツ　（下へ向かって叫ぶ）すぐ行く、すぐ行く、そんなに大声出さんでくれ、隣はご主人様の寝室だ！　（召使に）下の馬車まで行け、本物のシャンパンの到着だ。瓶を上の広間へ運ぶんだ。明日はパンチの会がある。全部空けてしまわなければならねえ、全部だ、そうしねえと気が抜けちまうからな。なにせ二、三日しかもたねえんだから。（二人の召使出て行く、三人目に向かって）おまえは十瓶ほど持ってきてこの脇へ置いとくんだ、酒好きの貧しい家族用だ。

ハバクク　わかりました、ムッシュー・ローレンツ。（出ていく）

ローレンツ　（ひとりで）侍従長ともなると何でもこなさなくちゃあならねえ！　ご主人様のところで牛飼いをやってたころは、今とは雲泥の差、たいしてやることはなかった。俺たちゃたしかに田舎の出だが、だからといって頭が悪いわけではねえ。召使になりたてのころは、なぜ仕立屋のやつがでかい袋を制服に縫い込むのかわかんなかったが、今じゃちゃんと知っている。つまりご主人様からしこたまくすねさせてもらうというわけさ。（鍵穴をのぞく）もう起きたようだ。ゆうべはまた見物《みもの》だったぞ。ご主人様とそのお友達が、三時まで飲めや歌えの大騒ぎだ、グラスが八十個以上も割られた、それが週に四回だ。これでよくご主人様はもつと思うよ。そのお友達とやらは内心ではご主人様を馬鹿にしているくせに、表向きはマメルキン(12)一の利口者だとか何とかお世辞を言ってる。それでご主人様はひそかに学者になるつもりになっちまった、それどころか哲学者になるんだ、とつぶやいているのを聞いたこともある。百姓なんかまっぴら御免とばかりに猪突猛進、何週間もしないうちにもう読み方を習い、一年で書き方をマスターしてしまった。それはそれで正しいことだ。どんな馬鹿でも少なくとも字さえ書ければ、自分はほとんど何も学ばなかったと、書くことはできるからな。あ、ロッテさんだ、ご主人様に会わせるわけにはいかねえ、ロッテさんが漁師のカールと別れねえとなると、一悶着起こらずにはおかねえぞ。

第五場

ロットヒェン、ローレンツ

ロットヒェン　（簡素な服装で）お早う、ローレンツ！　お父様はもう起きているかしら？
ローレンツ　（もったいぶって）お早うございます、ロッテさん。
ロットヒェン　さんを付けないでロットヒェンと呼んでって、もう何百回もお願いしているでしょ。私は貧しい田舎娘にすぎないのよ。
ローレンツ　あなたが何ですって？　貧しい田舎娘ですと？　樅の木もひっくり返るようなことを。あなたは百万長者のお嬢さんですよ。
ロットヒェン　でも私はそんな者になりたくないの、お父さんが見つけた宝物はこの家に不幸をもたらしただけだわ。ああ、あの素敵な時代はどこにいってしまったのでしょう、お父さんは優しく、カールにも毎日会えて、つばめが軒下に巣を作り、今みたいにみせかけの友達が飢えたカラスみたいに、お父さんの周りにいなかったあの時代、あの幸せだった時代はどこへいってしまったのかしら？
ローレンツ　そうです、蠟でできた月みたいに不健康なこの世界では、何でも昔のままというわけにはいきません。
ロットヒェン　緑の森のナイチンゲール、あげ雲雀《ひばり》、キラキラ輝く甲虫《かぶとむし》、おまえたちはどこにいるの？　ああ、みんなどこかへいってしまった、もうつばめも、雲雀も、甲虫も、そして私のカールも来やしない。
ローレンツ　そのカールこそがあなたのもっとも愛する甲虫でしたのに、私らはその羽根をむしってしまいました。
ロットヒェン　いいえ、私は今日のうちにもお父さんの足元に身を投げ出して、不幸の元のお金を捨てるように頼んでみます。お金を持ってからというもの、お父さんの心は悪い霊に取り憑かれてしまいました、今すぐお父さんのところへ行かなくては。（行こうとする）
ローレンツ　（ドアの前に立ちふさがる）ロッテお嬢様、いけません、お入れするわけにはいきません。
ロットヒェン　どうしていけないの？
ローレンツ　ご主人様はご病気です。
ロットヒェン　（驚いて）病気？　私のお父さんが病気？　まあ大変、で重病なの？
ローレンツ　そうです。
ロットヒェン　本当？
ローレンツ　信用してくれないんですか？

第六場

ハバククが大きな鵞鳥と山盛りの菓子と大きなワイン瓶の載った盆を持って、脇から登場、ドアの前で立ち止まる。中央のもう一方のドアの前にローレンツがいる。一歩退いてロットヒェン。

ハバクク ご主人様に朝食です！

ローレンツ さあ、入って、入って。（寝室を示す。ハバククは朝食を運び入れる。ローレンツ、ロットヒェンに向かって）これでご主人様が療養中であることがお分かりでしょう。（困った様子で前に出る）

ロットヒェン （気を悪くして、また驚いてローレンツの前に立つ）ローレンツ、あれでもお父さん病気だというの？

ローレンツ そのー、もう大変なんです、お父様の場合「食わないんなら、死んでしまえ」(13) とこうなんです。

ロットヒェン まだしらをきるつもり？ ひどい！ あなたがそんな人だとは思わなかったわ。どいて、いやな人ね！ いえそうではないわ、あなたを怒らせるつもりはなかったの、むしろ逆よ、あなたはこの世で最高の、一番素敵なローレンツよ、って言うつもりだったの、たとえ本当じゃなくてもね、だからお父さんのところへ行かせてちょうだい。

ローレンツ それは駄目です。お父様が禁じているのです。お父様は、あなたがお父様の子ではない、あなたのお母様は乞食女だったって、言っています。

ロットヒェン まあ、何ですって？ 自分の子供まで否定するんですか？ 私のお母さんは私を生むとまもなく死んで、私はお父さんのたった一人の子供だ、いつかその私に感謝してもらえるだろうって、いつも話してたのよ。それなのに今では私を勘当しようっていうの？ ああ、神様、私にはもう親戚も、友達も、父もいません。神様に気にかけてもらえなければ、私はおしまいです。（泣きながら退場）

ローレンツ （ひとりで）何、親戚？ 何で親戚が必要なのかな？ 俺にはこの世の親戚全部より、黒い目をした女中のほうがはるかに好ましい。（退場）

第七場

ヴルツェルが部屋から出てくる

ヴルツェル

アリア

そうさ、わしは都会を讃え
都会の喜び満喫す！
田舎では喜びなどに縁はなく、
農夫にあるのは屈辱ばかり。

朝早くから早々に牛を追い立て畑仕事、
農夫のたった一人でも家に残る者はなし。
日がな一日鋤を引き、
素焼きのジョッキでビール飲み、
夜になってやっとこさ、ようやく家に帰り着く、これが
　わしらの一日だ、
八時になると早みんな布団の巣の中もぐりこむ！

だから、わしは都会を讃え、
都会の喜び満喫す！
田舎では喜びなどに縁はなく、
農夫にあるのは屈辱ばかり。

ところが今やこのわしは、あまたの従僕にかしづかれ、
十一時半にお目覚めだ、
コーヒーすすり、いそいそと鳥の丸焼き、
五つ、六つ素早く食す、朝の卓。
つまりわしの今ほどに、素敵な暮らしは
またとなし、
だれでもわしを見る者は、こいつは本当に見物《みもの》だが、
ほとんどみんなひれ伏して、敬意を表す者ばかり。

丈夫な胃を持っているという感覚はなんと素晴らしい感覚だ、わしはわしの胃にすこぶる満足じゃ、勤勉な奴じゃ、敬意を払うぞ。胃袋はひとつの立派な階級だ。動物界と植物界の二つの国を統べるスルタンだ。本物の暴君だ！　雌鳥も雄鳥も胃の奴隷にすぎん。そんなもの、まるで存在しなかった如くに潰してしまう。しかしまたこの胃はお追従を嫌う、誇り高い存在でもある。甘いものをみやげに近づいてはならぬ、それは胃を駄目にする。それにしてもわしはこの世でもっとも陽気な男だ！　ときにわしは無性に嬉しくなって、心臓のまわりがキューンとし、あんまり気持ちがいいんで何でもかんでも叩き潰したくなってしまう。それほどわしは、嬉しくてしかたがない。それとわしには金がある、そいつがまた心配の種だ。この家は買ったが、今度は高級住宅街にちょっとした庭付きの一画を買おう、こいつはたいしたことになりそうだぞ。ローレンツ！

第八場

ローレンツ、ヴルツェル

ローレンツ　何のご用で?
ヴルツェル　わしを探しもせずに、どこに隠れていたんだ?
ローレンツ　たまたま外に出ていましたんで。ロッテお嬢様がさきほど見えて、あなたに話があるようでした。
ヴルツェル　あいつのことを口にするのはまかりならぬ。貧乏漁師に惚れた娘のことなど知りたくないわ。あれがわしの家でする振舞いか、赤い服に身を包んで、父親と散歩する代わりに、一年中家に閉じこもって、草色の上っ張りでうろつくだけだぞ。
ローレンツ　お嬢さんは田舎が性に合っているのです。低い身分で構わないのです。
ヴルツェル　そのくせあいつは標準語をしゃべりおるぞ、誰も教えたわけではないのにな。今日は何曜日だ?
ローレンツ　金曜日で。
ヴルツェル　そいつはまた嬉しいこった。魚の市の立つ日だな、あの若造が田舎から出てくる日だぞ。奴は魚を売ってしまっても満足しねえで、あそこの石の上に座って、口を猿みてえにぽかんと開けて、娘の窓を見上げよるぞ。見張りに奴を追っ払わせよう。
ローレンツ　座るのを禁ずることはできません。
ヴルツェル　なら座らせておけ、いくら座ったたってこっちの意見が変わるわけじゃねえからな。それにしても娘には頭にきたぞ。線画や刺繍を習わせたが何の役にもたたねえ。きれいな花とか、花瓶とかを描く代わりに、何を描いたと思う?　何を刺繍したと思う?　魚のオンパレードだ。わしの命名日のために枕に刺繍をしてくれたのはいいが、何を刺繍したと思う?　巨大な川魚だ、しかも頭がねえときた、つまりわしが頭を乗っけると魚ができあがるという寸法だ。あいつは絶対金持ちの宝石商と結婚させてやる。
ローレンツ　しかしなぜまた宝石商なんですか?　宝石ならあなただってたくさん持ってるじゃありませんか?
ヴルツェル　まさにその為なんだ。わしが金持ちでいるためにも、あいつをあの若造と一緒にさすわけにはいかん。
ローレンツ　私は呑み込みのいい方だと思いますが、もう一つ分からんのです。あなたはあの時急に大金を手に入れて、いや詳しいことは知りませんが、その翌日にはもう小屋を放り出し、家畜は処分して、おおあわてで町に引っ越してしまいましたね。
ヴルツェル　ではこれから全部話してやる、長年わしに仕えてくれて、お前の誠実さ、忠義なところは分かっているからな。（上機嫌で）なあそうだろう、ローレンツ。

ローレンツ　（猫かぶりで）やめて下さい、旦那様、涙が浮かんできます。

ヴルツェル　つまりこうだったのだ。二年前の暗くなりかけた八時か九時頃だった。わしは畑仕事から疲れ切って帰る途中だった。突然シー、シーという声がした、あたりを見回すと畑を斜めに横切って、やせた男が一人わしの方に近づいてくるのが見えた。金モールの付いた黄緑色の服を着ていたから、はじめお上の軽騎兵かと思った、しかし彼はどうか他言は無用にしてくれ、と断ったうえで自分は精霊であると名乗り、金モールを見せながら、お前さんのためにしこたま黄金を用意した、ついては相談に乗らないかともちかけてきた、つまりその精霊は嫉妬の精霊で、わしを幸福にしてやると言ったのだ。

ローレンツ　それは結構な人と知り合いになったもので。

ヴルツェル　まあ、黙って聞け。精霊はこう言ったのだ、自分には昔の宝物があるが、それを手放したい、でそれをお前に贈ろうと思う、ただしその代わりお前はすぐに町へ引っ越して、ありったけの散財をしなければならぬ、特に娘をこてこてに飾り立てて、漁師との結婚を許してはならぬ、しかし万一お前がお前の幸運を呪うような言葉を吐いたが最後、すべては消え失せお前は乞食をして歩くことになる、今はすぐに家に帰るがいい、もう宝物はお前の家にあるだろう、とな。そう言うと精霊は野菜の葉蔭に消えてしまって二度と姿をみせなかったのだ。

ローレンツ　でその宝はどこにあったのです？

ヴルツェル　わしは家に帰ると家中を探した、しかし見つからない、だがひらめいた、屋根裏部屋を探せ、と。案の定、床中がいっぱいなんだ、何でかって？　没食子ともいうにがりんごってやつでさ。でわしも気を落ち着けて考えた、嫉妬のくれるものといえば、苦い怒りに不機嫌と相場は決まってる、そう考えると頭にきて一つにがぶりとかみついてやった、すると中に何が入っていたと思う？　ドゥカーテン金貨さ！　もう一つ、もう一つと次々にかぶりついてみた、全部ドゥカーテンだ！　ローレンツよ、お前にわしのかぶりつき具合を見せたかったぜ。つまりわしは苦い思いをしてわしの財産を得たんだよ。二週間というものそのにがりんごをかじり続けた、ほんとにハードな仕事だった。えい、くそいまいましい！

ローレンツ　いえいえ、それは楽しかったことでしょう。さてそういうことなら、今度あの漁師が姿を見せたら、私が追い払ってやりましょう。

ヴルツェル　娘を見張ってろ、何か見えたらすぐ報告しろ！

（瓶から飲む）

ローレンツ　それにしても旦那様はいつもおいしいものばかりお飲みですな？

ヴルツェル　黙れ！　利口になるために飲んでるんだ。

ローレンツ　そのための処方箋でもあるんで？

ヴルツェル　もちろんさ、ドクターを長いこと煩わせて、ついにわしを賢くしてくれる薬を作らせたのさ。毎週一瓶まるまる飲んで四十ドゥカーテンだ。これが頭を活性化するらしいが、ドクターが言うには、これを何年か続けて服用しないといけねえらしい、で何千ドゥカーテン投資したあかつきに、突然光明がひらめいて、お前は何という馬鹿だったのかということが分かる仕組みらしい。

ローレンツ　そうなってほしいものです。そろそろ効果が出てくる頃でしょう。旦那様、私にも飲ませて下さい、私だって頭をスカッとさせたいですからね。

ヴルツェル　高くつくぞ。だがいつかお前の頭がスカッとするように殴ってやろう、それでしばらくスカッとしすぎてスカスカ、後になってどんなにがんがんやられたか、分かるって寸法だ。わしはこれから外出する、拍車(14)を買うのでな。お前は下町の古本屋へ行って、わしが昨日買い付けておいた本を運んでおいといてくれ、それからわしが投書室に決めた部屋を開けて、本にはたきをかけて、きちんと積んでおくのだ、支払いも忘れるな。

ローレンツ　古本屋にだまされないよう、きちんと重さを量るんだぞ。わしは樽単位で買ったのだ、一樽二十五グルデンでな、一クロイツァーもよけいにやっちゃあいけねえ。

ヴルツェル　承知しました。

それから下へ行ったら料理長に、今日は庭園の間で二十人の午餐があるから、食卓に抜かりがないよう言っといてくれ、最後に、パンチの小樽を振る舞うことも忘れないようにとな。行け！　（ローレンツ去る）わしの話は何を話していてもいつも最後は食い物に戻ってきてしまう。森にいた頃でも、雪が降ると、たとえば畑に出ているとすると、この大地の全部が白いテーブルクロスのかかった食卓のように見え、そして世界中の人が食事に招待されたみたいに思えたものだ。

アリア

地上の人間みんなが集まり、
安いお代で食卓囲む、
生まれることで最初の食事にありつける、
店の名前は自然亭。
小さな子供は人形のように、

はじめのうちはスープだけ、
ビーフ・ア・ラ・モードをうまく食おうと、
若者たちはパンを求めて大騒ぎ。
給仕飛びはねラム酒を運ぶ、
幸せ気分もいや増して、
飲んで歌ってご酩酊、
料理つまんでエールの交換。
すると突然幸せ気分一気に消えて、
料理の代わりにかたつむり、
友には最後に裏切られ、
匂う、匂うぞ遠くから、焦げた肉の嫌な匂い、
デザートの菓子が出る頃は、もう何の味もせぬ、
よくあることよ、そんなこと。
墓掘人が、たまげたな、ブラック・コーヒー持ってきて、
参加者全部を追い払う、
人生の楽しみはこんなもの、これでおしまい饗宴は。

第九場

ロットヒェン入ってくる

ロットヒェン　お早うって声を掛けたのに、お父さんがみがみ言いながら行ってしまった。幸せな目しか見たくないのだわ。あ、出掛けていく。（窓辺に行き驚く）あら、そこにカールが！　もう魚は売ってしまったのね。横にいる人はだれかしら？　まさか上がってくるんじゃないでしょうね。大変、お父さんに見られたら！　なんて不用心なの？　もうここへやってくる。

第十場

カール、アヤクセルレ、ロットヒェン

カール　（農夫の身なりで、ロットヒェンに駆け寄る）ロットヒェン、愛する、いとしいロットヒェン！　やっと話ができる！
ロットヒェン　（喜びを押さえながら）カール、私の愛する、愛するカール！
カール　何ということだ？　あんなに長く会えずにいたのに、君は僕をこんなに冷たく、こんなに心なく扱うのか？
ロットヒェン　でもカール、この方が――
カール　あっ、この人なら心配しなくていいんだ、いい人のようだからね、ねえ、そうでしょう、そう言っても悪く取らないでしょう？
アヤクセルレ　（シュヴァーベンの商人に扮している。錫のボタンの

付いたフード付きの長コートを着て、三角形の帽子をかぶっている）

あー、もちろん心配はご無用、私たちはそのためにここに来たのですから。

カール　そうなんだよ、僕はロットヒェンに会うと他のことは全部忘れてしまう。（彼女を抱きしめる）ああ、ロットヒェン、僕たちはどうなるんだろう？　もし君がこの人を使いに出して僕を呼んでくれなかったら、僕はここへ上がってくる勇気はなかったよ。

ロットヒェン　この人を使いに出して？

カール　そうだよ、この人が今日市場にいる僕のところへやってきて、お父さんが留守の間に、僕を君のところへ連れてくるよう、君に頼まれたって言ってきたんだ。

ロットヒェン　でもカール、これはどういうこと？　私この人全然知らないのよ。

カール　何だって？

アヤクセルレ　そうなんですよ、なぜあなたが私を知らないか、それはあなたが私にまだ会ったことがないからですよ。

カール　あなた、いったい何の権限があって、僕たちをからかうのですか？

アヤクセルレ　ちょっと楽しもうと思ってね。あなたたちを幸せにしてやろうというのですよ。ああ、いらいらさせる人たちだ！　手を打ちなさい、私を信頼するのです、私は誠実な男です。まだ何者かは言えませんが、ここだけの話、私は何者かですよ。第一に私はシュヴァーベン人で、次に私はひとかどの者です。二日以内にあなたたち二人の結婚式が行われないと、私は相応の仕置きを受けるのです。安心して私を信頼しなさい、あの農夫はきっと説得してみせます、駄目と言ったって、今夜のうちに一件落着さ。（カールに向かって）安心して家に帰って、自分の小屋で私を待ちなさい。

ロットヒェン　（喜びのあまり飛び上がって）こんなことがあって？　カール、この人を信頼しましょうよ。

ヴルツェル　（内側から）食事の支度だ！

ロットヒェン　まあ大変！　お父さんが帰ってきたわ！　あなたを見ようものなら、すべてはおしまいよ。

カール　さようなら、僕は消えるよ。（立ち去ろうとする）

ロットヒェン　お父さんと鉢合わせになるわ。お父さんが庭に行くかどうか、見るわね。その隙にさっと降りてね。さもないと私たち破滅よ。（急いで離れる）

アヤクセルレ　（彼女のほうに向かって呼びかけながら）心配いりませんよ！　動かないで！

カール　ひどいことになったぞ！　あのじいさん上がってくる。

アヤクセルレ　大丈夫、噛みつきやしません。でも事をうまく運びたいので、あなたはその間この箱の中に隠れていてくれませんか？
カール　（箱を試してみる）鍵が掛かっている。
アヤクセルレ　お待ちなさい、すぐ開きます！　ちゃんと道具を持ってますから。（ポケットから魔法の輪と小さな本と短い棒を取り出すと、輪の中に入って呪文を唱える）ピチリ、プチリ、フリジリ！　開け小箱よ！　小箱よ開け！　（棒で本を叩く、箱ははじけて、芝生の座席の付いた桟敷が透けて見える。カールは驚いてその中に入る、扉が閉まると箱は再び元の状態に戻る。アヤクセルレは魔法の小箱をしまう。）
ロットヒェン　（駆け込んでくる）駄目だったわ、お父さん私の後を追いかけてくる！　カールはどこ？
アヤクセルレ　（箱を指して）あの人はお預かりしましたよ、この箱の中に。
ロットヒェン　古い下着の下に？
アヤクセルレ　その通り、古い靴下の横にね、新しい靴下もしまえるようにって。
ロットヒェン　静かに、お父さんよ。

第十一場

ヴルツェル、前場の人々

ヴルツェル　はてさて、二階のこの騒ぎはいったい何じゃ？（アヤクセルレを見て）何という格好だ？　こんな顔の持ち主を部屋に入れたのはいったい誰じゃ？　おい、何事だ？　何か用か？　この三角面《づら》がわしの家に何の用だ？
アヤクセルレ　畏れながらお話ししたいのですが？
ヴルツェル　畏れは持っとるわけか、じゃあもったいぶらずにさっさと用件を言え。
アヤクセルレ　おそらくもう私をご存知では？
ヴルツェル　わしが？　いったいどこから？
アヤクセルレ　私はマルティン・ハウゲルレです、帝国出身のかたつむり売りですよ。
ヴルツェル　かたつむり売りだからわしがお前を、知っているはずだというのか？　それともお前がかたつむりみたいに、だらしがねえからか？　出て行け、さもないとわしの力を思い知らせてやるぞ。
アヤクセルレ　おお、あなたが虎みたいだってことはもう聞いてます、私の従兄の、かわいそうな漁師のカールが手紙をくれましたからね。あなたはカールに冷酷無比な仕打ちをしているそうじゃありませんか。その件で私はやってきたのです。

ヴルツェル　かたつむりの郵便馬車でか？

アヤクセルレ　従兄の代理でお嬢さんに求婚したいと思いまして。あなたは三年前に彼に約束しました。約束は守らなければいけません。

ヴルツェル　何という厚かましさだ？　気が変になりそうだ。第一にあの怠け者のあわれな従兄だと？　第二にあのやわな魚屋に代わって、わしの娘に図々しくも求婚するだと？

アヤクセルレ　悪口はやめて下さい、彼は誠実な男です、優しい真面目な青年です。

ロットヒェン　そうよ、お父さん、水も濁さないわ。

ヴルツェル　漁師なのに水も濁さぬだと？　一日中水をぱちゃぱちゃやってるくせに。（ロットヒェンに向かって厳しく）お前は黙っていなさい！　もしお前がわしの意志に従わず、憂鬱症の野鴨みていに、いつまでも森のことばかり考えて、こっそりもう一度、包みに隠していた野良着を着て、頭はもう魚と水のことでいっぱい、という体たらくだったら、覚悟するがいい、お前を水びたしにしてやる、お前の背中に水をいっぱいぶっかけてやる、もしあの老百万長者と結婚しなかったらな。

ロットヒェン　ああ、私はなんてかわいそうなお馬鹿さんでしょう。

ヴルツェル　したり、かわいそうな馬鹿娘ならばこそ、百万長者夫人になろうとしなければならぬ、そうすれば娘の馬鹿さかげんも容易に許されるというものだ。魚取りと結婚してえだと？　不安定な仕事じゃねえか、魚を一匹捕めえるまでに、百匹は逃げちまう。そのくれえならそこのかたつむり野郎の一人と結婚したほうがまだましだ、いっぱしの家を手に入れることになるからな。

ロットヒェン　お父さん、これ以上我慢ができないところまで私を追い込まないで。私の誓いを聞いて下さい。私はあなたの町の金持ちたちをみんな軽蔑しています、そして私は決して、決して私のかわいそうなカールから離れません。

（非常に強く雷が鳴る）

アヤクセルレ　聞きましたか、あの雷の音を。

ヴルツェル　あれは雷だったか？　そいつはますます結構だ、雷はあいつの頭の上に落ちるかもしれぬ、そうすれば手間が省けるってもんだ。（ロットヒェンに向かって）それじゃあお前はあの魚野郎と離れねえっていうんだな？

アヤクセルレ　離れませんよ、そしてそれが正しいのです！

わかりますか？　もしあなたが娘さんにあの青年を与えなければ、あなたは後悔することになりますよ。あなたのもじゃもじゃ頭には毛がふさふさしていますが、そのとんかち頭に賭けてね。

ヴルツェル　そいつは結構、今度はわしの誓いを聞くのだ、権威あるかたつむり組合の組合長さんよ。（この瞬間ヴルツェルの背後から、馬の足をしたサテュロスが、折れた柱に座って、せりから現れる。彼は黒板を持っていてヴルツェルの誓いを書き留める）この婚姻は、溶けた鉄のようにたぎるこのわしの血がいちごアイスになるまで、この逞しい双子の兄弟、すなわちわしのこの両のこぶしが、すっかり力を無くして、鶏の肉をナイフとフォークで切り分ける事ができなくなるまで、油煙のように黒いこのわしの頭が氷河のように白く変わるまで、要するに、灰かき人のようになるまで執り行われてはならぬ！　その後なら、わがかたつむりの仲介屋さんよ、その後ならわしはお前さんの魚屋に約束してあげてもいい。

アヤクセルレ　（素早く）手を打ちましょう、それで誓約です！（片手を上げる）

ヴルツェル　（相手の手を打つ）世間に賭けてわしは嘘は言わぬ。さあ、これで（強く）決まりじゃ！

サテュロス　（強くいい気味だという調子で）十分だ！（彼はヴルツェルの「世間に賭けてわしは嘘は言わぬ」という言葉を書き終え、「十分だ」という言葉とともに、手の平で黒板を叩き、ヴルツェルの背後で脅すような仕草を素早くしつつ、再び沈む）

アヤクセルレ　ではこれで失礼します、ご機嫌よう、ヴルツェルさん。あなたの誓いをお忘れになりませんよう、かわいそうな娘をいじめ、百姓の身分を蔑み、酒飲み仲間にしがみついているがいいでしょう。ですがあなたが帝国出身のかたつむり売りと再び顔を合わせたあかつきには、あなたに災いあらんことを、あなたに災いあらんことを、ですよ。よく覚えておいて下さい、臆病者のあなた。（走り去る）

ヴルツェル　（怒って椅子をつかみ、彼の後を追う）待て、このシュヴァーベンの唐変木め！（退場）

第十二場

ロットヒェン、カール（箱の中）

ロットヒェン　（両手をもみながら）ああ、なんてことを経験しなければならないんでしょう！

カール　（激しく箱を叩く）開けてくれ、ロットヒェン、開けてくれ！

ロットヒェン　静かにして、お願い、ごしょうだから！

カール　（力づくで箱を開ける）いやだ、これ以上我慢できない、僕の中では我らが一族の血が早鐘のように鳴っている。名誉ある漁師の名があのようにおとしめられるのを、あの怠け者の口から聞かされて、まだ静かにしていろだなんて。お別れだ、ロットヒェン、僕を二度と見ることはないだろう。（行こうとする）

ロットヒェン　カール、私を愛しているのなら、このドアからは行かないで。

カール　それなら窓から飛び降りる。

ロットヒェン　この昼日中に？

カール　これ以上ここにはいられない、何度も逢うか、二度と逢わぬかのどちらかだ！（窓に昇って出ようとする）

ロットヒェン　カール、落ちたらどうするの、格子につかまって。

（突然メリメリという音と叫び声、直後にドスンという墜落音。大勢の叫び声）

ロットヒェン　（大きな悲鳴をあげながら）まあ大変！　どうしたの？（大急ぎでドアから出て行く）

第十三場

町の美しい大広場への非常に早い場面転換。左手に格子のついたヴルツェルの広壮な館、その格子の一つはカールが墜落した際もがれ、カールが踏み抜いた、一かけらの壁の飾り縁の横に、カールと並んで落ちている。そのかけらを一人の見物人が拾い上げ、後から来る人たちに見せる。カールは地面に横たわり、ヴルツェルが彼の胸を摑む。見物人たちが取り囲んでタブローが完成する。場面転換の際すでに聞こえていた喧噪音は、場面転換後もなおしばらく続く。

ヴルツェル　警備の者を探せ！　この若いのは強盗だ。（二人の召使走り去る）わしの家に押し入ったのだ。どやしつけたら、あやつ頭から落っこちおった。

カール　（勢いよく起き上がってヴルツェルをぐいと摑む）ごろつきめ！　僕の名前の名誉を返さないか？

ロットヒェン　（館から駆けつけてきて叫ぶ）まあ大変！　カール何をしているの——お父さん。

カール　（ひどく怒って）待て、悪党！　お前が百姓だということを思い知らせてやる。（急ぎ去る）

全員　（叫ぶ）あいつを捕まえろ！（数人が彼の後を追う）

ロットヒェン　（絶望してヴルツェルの足にしがみつく）お父さん！　何をなさったの？

ヴルツェル　（彼女を門から投げ飛ばす）あっちへ行け！　サタンめ。（急いで館に入り、後ろで門をピシャリと閉める）

ロットヒェン　（急いで彼の後を追い、中へ入ろうとする）門を閉めてしまった。これから先どうなるのかしら？　お父さん！　お父さん！　許して！　聞いて下さい！

ヴルツェル　（中にロットヒェンの野良着の入った、外に麦藁帽が結び付けてある袋を持って現れる）お前はわしの子ではない。お前は捨て子だったのだ。森に帰れ、遊び仲間のところ、野生の鵞鳥のところへ帰れ、わしはお前を森で見つけたのだ、森のシギめ！（野良着を投げる）もうわしの家に二度と来るな！（窓をピシャリと閉める）

ロットヒェン　（泣く）ああ私不幸な子！（一人の錠前屋に）あの、おじさん、私の面倒を見てくれませんか。

錠前屋　（ひどくぶっきらぼうに）人の情けで生きようってんなら、善行を積み重ねなきゃいけねえよ、娘さん。自分でも苦労を抜け出せねえ俺たちに何を言わせようってのかい？　真面目に働くに限る！（同じ調子で、通りすがりの指物師の徒弟に）フランツ、どこへ行く？

建具屋　（すでに書割のところにいる）居酒屋だ！（入っていく）

錠前屋　（彼に呼びかける）待て、俺も行く、二グルデン貸してくれ。（彼の後を追う、見物人たちは皆笑い、姿を消す）

ロットヒェン　（ひとりで）私はここまで追いつめられたってことね。私を憐れに思ってくれる人はいないのね？　夜のとばりが降りてきて、私と私の屈辱を覆い隠そうとしている。

（にぶい雷鳴。音楽。灰色の雲のヴェールがゆっくり舞台全体に降りてくる。夜が擬人化されて降りてくる。舞台中央の大部分を占めるほどの幅を持つ、巨大な絵柄。絵柄は灰色のひだのある衣装をまとい、腕を広げ、黒いコートを羽織っている。青白い顔と閉じた目。頭に黒い王冠、右手にその頭部をけしの実にかたどった、鉄の杓。左手で沈黙を命じている。絵柄は生真面目に厳かに漂い降りてきて、開いた台座の中に沈む。霧が晴れて、月明かりに先ほどの通りが出現する。空は澄み、透き通った星が振りまかれている。三日月もまた透き通り、後幕の上に見える。その間、夜の精霊たちは次のコーラスを書割の内側で歌う）

コーラス

輝きを嘲るごとく穿たれた、
山峡の国、闇の帝国、
そを支配する墓所の女王、

彼女こそ光を拒否する花嫁。
無実の叫びに動かされ、
彼女の暗き胸が高揚するとき、
そのときこそ夜の女王現れる、
昼間の階梯乗り越えて、
自ら娘を救うため。

（舞台前方で飛行のために輝くダイヤの星を頭につけたゲーニウスが漂い出て来る、彼はロットヒェンの手を取ってコーラスの間に飛び去る、その直後に次のコーラスが始まる）

コーラス

だから女王の星々に従うがいい、
星々はお前だけを照らし、
遙かな彼方へ連れていく、
憩いの谷間奥深く。

（ゲーニウスはロットヒェンをさらに導く。嵐が吠え、恐ろしい雨風が始まる。星は消え、月は赤くなる。次のコーラスの間に十二人の夜の精霊たちが灰色の紗をまとって、頭にヴェールを巻き、青ざめた顔をして、透き通った星を頭に乗せ、舞台上を入り乱れて歩く、そして最後に舞台いっぱいに、ヴルツェルの館の前に威嚇するような形で群れる。彼らの上に舞台いっぱいに、混沌とした雲が落ちてきて、灰色に塗られた精霊たちが夜の精霊たちと同じように漂い、組み合って、彼らの上の星々は文字を浮き上がらせる。「虚飾を避けよ、夜がお前に復讐する」。その間次のコーラス）

コーラス

しかし夜はヴルツェルを滅し、
彼の欲望を断ち切ろうと、
自らに誓う、
喜びを捕えよ、
喜びを犠牲として、
奈落の底に突き落とせと。

（文字が現れると、コーラスは以下の言葉を歌い、恐ろしげに徐々に消えていく）

虚飾を避けよ、
夜がお前に復讐する。

（ヴルツェルの窓に光る目をした梟が一羽飛んできて、翼で窓ガラスを叩く。中間幕が素早く降りる）

第二幕

第一場

舞台装置は書割二つ分の奥行きで、深く気持ちのいい谷を示す。そこでは自然が簡潔に力強く表現されている。左手に実物の小屋があり、その屋根に鳩が巣を作っている。小屋の周りを小さな庭が囲んでいる、庭には数本の百合が植わっているが、花は付けていない。中間幕は高山を示している。その中間幕の半分を、前方に開ける大きな花畑が占め、花畑には曲がりくねった幾筋かの道がついている。蛇行する道のそこここに庭によくある銀の彫像やバラのアーチが散見される。中間幕のもう半分には遙かにアルプスの山が二つ描かれ、低いほうは銀色に輝き、麓は金色の灌木で覆われている。その頂に黄金色の豊穣の角を持った富の彫像が見える。高い方のアルプスは険峻で、月桂樹が植わり、その頂には、黄金の名声の神殿が建ち、その神殿の向こうに太陽が輝き、山の頂の周りの地平線全体を赤く染めている。これらの山と谷の間に鬱蒼とした森があり、この森の中を険しい一本の道が谷に向かって蛇行しながら下っている。この情景にふさわしい音楽とともに精霊のイリが飛脚の服装をして、鳴子でやかましく音を立てながら、大きなあ**と**り**に乗って飛んでくる。あとりは嘴に一包みの手紙をくわえている。精霊のイリはあとりから降り、包みから手紙を取り出すと小屋の前で鳴子をカタカタと鳴らす。

イリ　へーい、飛脚だよ、開けとくれ！（小屋の窓が開く、イリは窓の中へ話しかける）チェッケル山の雲の杜からの配達証明付きの手紙だよ。すぐに署名を願います。（手紙を中に渡す。しばらくの間、その間イリは何度かいらいらしながらせかせか歩き回る）ちょいと急いで下さい、先へ行かなきゃならないんでね！（一本の手が配達証明書を返す）はいはい、何？　無料じゃありませんぜ、八クロイツァーいただきます。（手が彼に金を渡す）はいはい。（金を見る）八クロイツァー以上はびた一文もなければ、新年のお年玉もないってわけか。こんなで手紙を配達しろって言うんだったら、俺は本当に怒るぜ。（乗りながら）全くきたねえよ！（あとりを打ちながら）それ、進め、飛ぶのか飛ばないのか？（あとりは音楽なしに飛び立つ、飛行中もイリは悪態をつき続ける）何てこった、あれで精霊のつもりかね、ありゃ乞食だぜ、回れ右だ！（退場）

第二場

静かな音楽、ロットヒェン麦藁帽子をかぶって登場。

ロットヒェン　私どこにいるのかしら？　何て気持ちのいい谷なんでしょう。私ももう精霊たちの仲間なのかしら？　この森の入口で私の親切な道案内人は、ここでお別れです、これ以上はご案内できません、この先はあなたの心のままに進みなさい、そうすれば私がいなくても大丈夫です、と言って去っていった。私は歩いて、歩いていつの間にかここまで来てしまった。このきれいな庭、この小屋、こんな佇まいを見ていると何だか特別な気持ちになるわ！　どうして私の胸の内がこんなに静かに、こんなに落ち着いたのかしら？　ここに住んでいるのはだれかしら？（ドアの上部にさっと「満足」の文字が現れる。その瞬間甘美なアダージョの音が何拍子か響く）満足？　お父さん、満足が住むのは町だけだって、言ってなかった？　どうしてこんなところに住んでいるのかしら？　わかった、町で病気になって田舎の空気が必要になったのよ。ノックして助けをお願いしてみよう、もしかしたら召使に使ってくれるかもしれない、きっと身分の高い人ね。（ノックする）御免下さい、私はあわれな娘ですがお願いがありまして……

第三場

満足、ロットヒェン

満足　（内面の落ち着きと明るい気分、衣装はギリシャ風、シンプルなグレイのトーガ、頭には何もかぶっていない。手に手紙を携えてドアから出てくる）何のご用？　娘さん？

ロットヒェン　（驚いて）この方はいったい誰？

満足　さあ、もっとこちらへ、私はあなたが探しているレディーですよ。

ロットヒェン　本当ですか？　あなたはとても素敵な方ですが、まさかレディーだとは思っていませんでした。

満足　思っていなかった？　私はそれ以上の者ですよ、この谷の女王です、私の額から明るい王冠の光が輝いているでしょう。

ロットヒェン　（不安気にひざまずく）あらお許し下さい、でもこんなこと今までになかったものですから。

満足　お立ちなさい！　あなたのことは、つい今し方受け取った有力な精霊たちからの、この手紙に書いてありました。あなたを召使に取りたてましょう。仕事は少ししかありません。私は石の上で寝ますからベッドを作る必要はありません。台所や地下室での仕事も苦労の種にはなりません。何しろ私は意識という果実を養分とし、謙虚という泉を飲み水にしているのですから。

ロットヒェン　ああ、私はすべてに満足です！

満足　私の小屋はすぐに見つかりましたか？

ロットヒェン　ええ、難しくはありませんでした。

満足　本当に？　何千という人たちが私を求めてやってきますが、道が見つからないのです、というのもあの人たちには、この干からびた小道が私のところへ通じている正しい道だとはどうしても思えないからです。あそこの上の方に、幸福の花が彩り豊かに咲いている牧場が見えるでしょう。（牧場を指さす）皆はあそこに私がいると思うのね、それに道もいかにも上の方へ誘うような、魅力に満ちているものですから、私のこの小さな小屋などは、錯覚を起こしている彼らの目にはますます入らないのです。なぜといって私を不安に駆られて探す者は、それだけでもう私を見失うことになるからです。

ロットヒェン　でもあそこの高い山からの眺めは素晴らしいでしょうね？

満足　あなたにとってはそうでもありません。あなたはこの谷の人間なのです。あそこに高く輝く山が見えるでしょう？　あれは富のアルプスです。それに負けじともっと輝いているのが、名声のグロースグロックナー山[15]です。どちらも美しい山ですがあなたの望みを託してはいけません。あの山の上には風が強く上に舞っています、そして嫉妬《しっと》の突風が頂上付近に渦巻いていて、あなたの幸福の炎は消せないまでも、あなたの胸の内の信頼の美しい火花なら永遠に吹き消してしまいます。

ロットヒェン　おっしゃることが分かりません。

満足　分からないところにこそあなたの幸福はあるのです。私のいうことが分からないがゆえに、あなたは私の親戚なのです。

ロットヒェン　親戚？　それなのに私のことは全然気にかけてくれなかったのですか？

満足　そんなふうに考えてはいけません。私はあなたを育ててきたし、これからはあなたの友達になろうと思っているのです。今日あなたを勘当した男はあなたの父親ではないのです、そうでなければあんなことはしません。でもあなたにはまだあなたを心から愛している母親がいます、まもなく抱きしめられますよ。それまではあなたの手を私に預け、わたしを姉と呼びなさい。

ロットヒェン　もう喜んで！　ああ、お姉さんがいるって何て素敵なことでしょう。でもそうなると私もあなたのことをもっと親しく呼ばなければならないのでしょうか、そして私もあなたと同じ身分と考えても？

満足　もちろんです！　あなたは私と並んで苔で覆われた玉座に座るのです、そして私たちの上にはこのうえなく美しい天蓋、晴れわたる空が広がります。

ロットヒェン　ああ、お姉さま、何と感謝したらいいのでしょう？

満足　あるがままでいなさい、それだけで感謝に報いたことになります。

ロットヒェン　（喜んで）まあそうですか、あるがままですか、でも、いや、そうよ、あるがままでいいのですよね？

満足　その通りよ。

ロットヒェン　では私は独身でいなければならないの？

満足　（ほほえみながら）ああ、その件ね！　そんなに結婚したいの？

ロットヒェン　もちろんよ。でも怒らないでね、お姉さん、お姉さんのところへ来てからというもの、私もうほとんど何も望まないわ、でもカールのことを思うとどうしてもまだきちんとはふっきれないの。

満足　ふっきれなくても大丈夫、ロットヒェン！　安心おし、あなたをカールと一緒にしてあげるから。あの子はあなたにお似合いよ、よく知っているの。

ロットヒェン　彼を知ってる？　彼もあなたの親戚なの？

満足　親戚でした。私はいつも彼の周りにいたのよ、元気な鹿がまだ彼の強い喜びの象徴であった頃はね、でもあなたが私たちを引き裂いたの、彼を私から奪ったの。

ロットヒェン　分からないわ。

満足　いらっしゃい！　あなたのカールは今日のうちにあなたのものになるわ。カールは私たち二人に会えるの、あなたのおかげで私とあなたにね。あなたたちを結婚させたら、私は私でわが心を祝うわ、世界を楽しく遍歴なさいって。そして病に伏して喜びを無くしているかわいそうな人がいたら、素早く手を差しのべて喜びを私の心からその人の心に流してあげるの！　もしかしたら私、私がこんなにも心から愛しているのに、こんなにもひどくはねつける世界と同盟を結ぶのに成功するかもしれないわ。（ロットヒェンとともに小屋を去る）

第四場

場面転換

シャンデリアと壁灯りのある広間。パンチ酒を描いた背景図。中間幕が上がるとき、すべての楽器による陶酔するような演奏。右手に高いガラスのドア、その向かいに入り口のドア。

ヴルツェル、アフターリング、ムーゼンゾーン、シュマイヘルフェルト

全員　(おおはしゃぎで声高に) 館の主、万歳、万歳！ (何人かはグラスを壁に叩きつける)

ヴルツェル　そんなに沢山グラスを割らないでくれ。わしはガラス会社の社長じゃないんだ。

シュマイヘルフェルト　(少々ほろ酔い加減で) 何だあれは、あんな時計の音聞いたことないぞ、一度にグラスが飛んだって、いくつ打ったかぐらいは分かるのに。

ムーゼンゾーン　だがそろそろだおしまいにしよう、諸君、五時だ、今夜はまだ悲劇の最終幕を書き上げなければならんのでね。

シュマイヘルフェルト　何、悲劇だって？　町一番の好ましい旦那のヴルツェルさんとのお別れは楽しくやりたいものよ。歌おうじゃないか、あんたは詩人というのなら、我々のために詩を作ってくれ。

ムーゼンゾーン　いいね！　それでは友情を歌おう。

アフターリング　(ひどく酔っている) そうだ、歌おう、見事に歌おう、歌い終わったらまっすぐご帰還だ。(よろける)

(皆笑う)

ヴルツェル　奴は今日は酔っぱらってるな。

アフターリング　笑うか？　お前らならず者めが！　お前らは役立たずだ、全員何の役にも立たん。ヴルツェルさん、全員だよ、あいつも含めてね (と詩人を指さしながら)、あいつも役立たずだ、しかしヴルツェルの旦那、あんたは大物だよ。しかしあんたは誠実かな、ヴルツェルさん。(誓いつつ) ヴルツェルさん、誠実であってほしい！　もうパンチ酒はないですかな？

ヴルツェル　この調子でもう一杯飲ませたら、ひっくりかえってテーブルの下でのびてしまうぞ。

アフターリング　ヴルツェルさん、(ヴルツェルの首に倒れかかる) あんたは我らが父親だ、今日あっしを頼りにしてくれても構あねえのと同じで、わしたち皆を頼りにしていいんだぜ。パンチ酒を持ってこい、パンチ酒だ！　ヴルツェルさん、万歳！ (ドアに向かってよろめき、酔って椅子に倒れ込む)

ヴルツェル　はてさて、一丁上がり、ハバクク！ (ハバクク登場) この人を向うの酔っぱらい部屋に連れていって寝かせるんだ、わしが気分の悪くなった友のために用意させたベッドにな。

ハバクク　はい、ですがあそこにはもう三人寝ています、それにドアの前にのびてる人がいまして、中に入れません。

ヴルツェル　そんなら大きな鏡と壺のある青の間に連れていけ。だが、こいつは縛っておくんだ、そうしないとみんな

こわしちまうぞ。

ハバクク　（二人の召使とアフターリングを運び去る）やれやれ、こいつは結構な旦那さま方で！

ムーゼンゾーン　（テーブルで鉛筆なめなめ詩を書き上げると、飛び上がって）詩が出来上ったぞ。さあ諸君合わせてくれ。

全員　ブラボー！　ブラボー！

ムーゼンゾーン　霊感が鼓舞してくれた。ヴルツェルさん！

（ヴルツェルの肩を叩く）霊感の声を聞きたいですか？

ヴルツェル　歌わせるがいい！

酒の歌

ムーゼンゾーン（先唱）

友たちよ、賢き教えを聞け、
体験が君たちに語るその教えを、
喜びがその軍勢を送り込んでも、
すべての門を開けてはならぬと。
長く喜びの大将でありたければ、
一人また一人と入れるのだ。

コーラス

長く喜びの大将でありたければ、
一人また一人と入れるのだ。

ムーゼンゾーン

もし人生の舞姫が、
黄金の車を止めて、
幸せの空手形を切って、
諸君の平和と交換しようとしたら、
そんな舞姫は追い払え、
幸運の女神は約束を守らない。

コーラス

そんな舞姫は追い払え、
幸運の女神は約束を守らない。

ムーゼンゾーン

だがなみなみと注がれた杯が輝き、
バッカスの精が広間の人々を陶酔させ、
友情を結ぼうと諸君にウインクし、
諸君との気持ちを共にするのなら、
彼らを胸に抱きしめよ、
彼らは神々の喜びを授けてくれる。

コーラス

彼らを胸に抱きしめよ、
彼らは神々の喜びを授けてくれる。

第五場

ヴルツェル、ローレンツ、ハバクク。召使たちテーブルを運び出してかたづける。

ヴルツェル　今日は凄い午餐だった。きわめていい気分じゃ。今夜も眠らないぞ。ハバクク、シャンパンを持ってこい。（ハバクク去る）ローレンツ、改めて飲み直そう。

ローレンツ　では！　これぞ人生！　ヤッホー！

ヴルツェル　乾杯だ、ローレンツ！　すべての飲んべえ、万歳。

ローレンツ　万歳！（雷鳴、静寂、鐘が十二時を打つ）

ヴルツェル　これはいったいどうしたことか？　十二時？　時計も酔っぱらったか？　六時になったばかりの晩の一番いい時なのに。時計をよく見ろ。（全員時計を見る、ヴルツェルも見る）

ローレンツ　これはいったいどうしたことか？　どれも動いてない。

ヴルツェル　わしの時計は十二時じゃ。

全員　私のもです。

ヴルツェル　お前たちわしをからかっているんじゃないだろうな？　言ってみろ！（ドアが強くノックされる）何だ、あれは？　見てこい！（もっと強くノックされる）誰か知らんが無礼という者を先に送って、そいつにノックさせているのか[16]。（ローレンツ出ていく）わけがわからん、ここは阿呆の塔か、それともわしの家か？

ローレンツ　（戻ってくる）旦那様！　若いお方が、花に飾られた金の馬車に乗ってやって来ました、前を引く二頭の青毛をなかなか制御できないでいます、馬車の後ろから小姓やら、バラの色をした侍女やらが踊りながらついてきます。お若い方はあなた様とお話ししたいそうです。

ヴルツェル　で名前は？

ローレンツ　わかりません、青春だとか言っていますが。

ヴルツェル　はあて、青春時代の友だと言いたかったんだな。すぐに案内しろ。こいつは結構な客だぞ。シャンパンを下から持ってこい、このろくでなしどもめが！　それにしてもわしは幸せな男じゃ、このうえなく素晴らしい連中がわしのところに来たんだからな。

第六場

白のシャツにバラ色のスペンサー、帽子に咲き誇るバラを飾った六人の小姓と六人の乙女が、踊りながら入ってきてドアの両側に群れ集う。その後に、白いカシミアの短ズボンと、銀のボタンのついた白い繻子のヴェスト、襟にバラの縁取りをした青春が跳ねるように入ってくる。バラ色のフロックコート、バラの帯の付いた白い繻子の丸い帽子、膝の部分に銀のボタンが付き、バラ色のリボンが結んである靴下。青春はプロイセン訛りのドイツ語を話す。

青春　こんにちは、兄さん、ちょっと挨拶にと思って立ち寄ったんだけど、気を悪くしないよね？

ヴルツェル　これはまたなんときらびやかな奴だ！　めっぽう若くて妙になれなれしい。一度も会ったこともないのに、兄さんときた。

青春　そうだよ、兄さん、特別な用件で来たんだ。

ヴルツェル　そうかい、弟よ、で何の用かな？（独白）おおかた金でも欲しいんだろう。

青春　悪く思わないでね、兄さん、僕たちの間はお終いなんだ、僕の友情もこれまでって、知らせに来たんだ。

ヴルツェル　おい、冗談だろう、弟よ、今知り合ったばかりだというのに、もう喧嘩別れかい、嘘だろう。

青春　ははは、何を考えているんだい、兄さん？　違うよ、僕たちの友情がお終いになったのは、僕たちが長く知り合い過ぎたからさ。僕たち一緒にこの世に生まれて来たんだよ、もう覚えてないの？

ヴルツェル　いやいや、覚えているよ、あれは午後のことだった、それに雨も降っていた。

青春　一緒に学校へも行ったよね。それも覚えてない？　椅子に座ったじゃあないか。

ヴルツェル　その通り！　屈辱の椅子に座ったものだ。（独白）こいつのことは全然知らんぞ。

青春　もちろんです、そうやって僕たち無理矢理勉強させられたんです。

ヴルツェル　まあそうだが、何を学んだんだっけ、いやいやそんなことしなかったぞ。おう、我々は絶妙のコンビだった！（独白）こいつには生まれてこのかた一度も会ってないぞ。

青春　そして僕たちが二人とも二十歳になったとき、仲間を全員叩きのめしたんだ、あれは本当にすごかった、そうだよねえ、兄さん。

ヴルツェル　おう、あれはおもしろかった！（独白）そんなこと何も知らんぞ。

青春　それに僕たちよく飲んだね、兄さん、滅茶苦茶だった。

ヴルツェル　おお、あれは最悪だったよ、弟よ！

青春　僕たちが飲んだ量といったら！

ヴルツェル　うむ、確か一度ワインを樽ごと一本飲んでしまったな、あれは犯罪ものだった！

青春　そう、でどんなワインでしたっけ？

ヴルツェル　ルッテンベルガー[17]さ！

青春　そしてグリンツィンガー[18]も！

ヴルツェル　（独白）何もかも本当のことではない。

青春　兄さんは僕を居酒屋という居酒屋に引っ張っていった、僕たちは来る日も来る日もしこたま飲んだ。つまり僕たちは正真正銘の飲んだくれコンビだった。

ヴルツェル　（傍白）奴はわしの尻尾を掴んでいるにちがいない、わしのことを知っているのだ。（声をあげて）弟よ、これからもコンビでいこう！　手を打とう、兄弟の心で！

青春　兄さん、駄目！　これでお終いです。これからは堅気にならなければいけません。七時にはベッドに入り、もう一滴も飲んではいけません、で兄さんがすべきことは、或る別の人が言ってくれます、その人が適宜説明してくれます。

ヴルツェル　弟よ、これはいったいどういうことだ？　一滴も駄目だと？　酔っているわしこそ一番高貴だというのに。わしはこれこの通り健康そのものじゃ、軍隊とだってわたりあえる。

青春　そうだね、兄さん、僕がそばにいる今ならね。（強く）でも僕がこの部屋を一歩後にした途端、兄さんにはもう運命をそんなに不名誉なやり方で試そうとする気力も出て来ないよ。

ヴルツェル　なんだかひどく恐ろしくなってきたぞ。こいつは最後のところで魔法を使うのか！　なんとも厳しい兄弟愛だ。

青春　では、さようなら、兄さん！　辛い思いをさせたこと許して下さい、大好きな兄さん！　僕は元々陽気な若者で、兄さんのことはずいぶん我慢してきたんだ、兄さんは僕の一番親しい友だったからね、でも兄さんはひどくだらしがなかった、だからご機嫌よう、兄さん！　僕のことを悪く思わないで、悪口を言わないでほしい。

デュエット

青春

兄さん、兄さん、
僕のことを怒らないで！
あんなにきれいに輝いている太陽も、
いつかは沈まなければならない。
兄さん、兄さん、
僕のことを怒らないで。

ヴルツェル
弟よ、弟よ、
そんなに馬鹿げたことをしないでくれ！
一万ターラーあげるから、
わしのそばにいておくれ、いつまでも。

青春
駄目、駄目、駄目、駄目、駄目！
兄さん、兄さん、
何てことを言い出すんだ、
世の中多くは金次第、
でも青春は金を出しても買えません。
だから、兄さん、兄さん、
お別れしなければなりません。
（二人で）

青春
兄さん、すぐに、今すぐに、兄さん
あなたともお別れだ。

ヴルツェル
弟よ、待て、弟よ、待て、
どうか行かないでくれ。

（次のリトルネルの間、青春とそのお付きの者たちは踊る）

青春
兄さん、兄さん、僕のこと今ではひどく怒っているでしょう？
僕が兄さんのところからいなくなれば、
兄さんは僕のことなど忘れてしまう、
兄さん、兄さん、
僕のことを怒らないで！

ヴルツェル
弟よ、弟よ、
今までのように悪友でいてほしい！
わしと一緒にいる気がないのなら、
それなら悪魔のところへ行くがいい！

青春
駄目、駄目、駄目、駄目、駄目、
兄さん、兄さん、
優しく別れるのでなければいけません。
ときには僕のことも思い出して、
青春の幸せをののしらないで！
だから、兄さん、兄さん、
お別れの握手をしよう！

両人

兄さん、弟よ、
お別れの握手をしよう！
（抱き合う、青春は踊りながら退場、お付きの者たちもそれに従う）

第七場

ヴルツェル、ワインのところに行き、飲もうとするが、不審げに瓶を戻し、椅子に腰をおろす。ローレンツ登場。

ローレンツ （ゆっくりヴルツェルに近づく）旦那様、いかがなされました？
ヴルツェル 全くよくない、ひどく気分が悪い。
ローレンツ それは見ればわかります、完全に参っているようですね。
ヴルツェル それにここのこの寒さは何だ、わしは熱があるのか？
ローレンツ （窓から外を見て）そうですね、雪が降り始めたようです。あれ、こいつは面白い！ 庭を見て下さい、すべて真っ白です、そして木や木の葉はみな黄色になっています。
ヴルツェル これはまた何という魔法か？（ハバクク、シャンパンを持ってくる）
ハバクク シャンパンをお持ちしました。
ヴルツェル あっちへ行け！ カミツレ茶を作ってこい、そして部屋を暖めろ、凍えそうだ。（暖炉に火が入れられる。塔の時計が十一時を打つ）十一時が鳴ったぞ、さっきは十二時だったのに今度は十一時だ。時がザリガニを呑み込んで時間が後ろ向きに進んでいるのか？ もう真っ暗だ、灯りを持ってこい！（夜になる。外で猫の鳴き声、ニャー、ニャー）ほう、今度は四本足のナイチンゲールが歌ってる、こいつは時間の間違いだ。（外から激しいノックの音）また誰か来たか？ くそいまいましい！ 静かにならんのか！ 見てみろ。（再びノックの音）またノックだ！ わしの家をどしん、どしんと製粉機にするつもりか？（召使たちが灯りを持ってくる）
ローレンツ （ガラス戸越しに頭を出す）こりゃあびっくり！ 干し草車に乗った年寄りだ、あなたと話がしたいそうです。
ヴルツェル いったい誰だ？
ローレンツ （呼びかける）いったいどこから来た？
高齢 （外から）氷の墓から。[19]
ヴルツェル 氷の墓から？ いや、何という訪問客だ、そんな人間誰も知らんぞ。
高齢 いいから開けとくれ。わたしは高齢だ、中へ入りたい。

ヴルツェル　高齢だと？　ドアに鍵をかけろ、そいつを入らせるな。

高齢　（外から）ドアを開けるのか、開けないのか？

ヴルツェル　開けない、断じて！

高齢　（外から）そうか、ならば力づくで入るまでだ。（ガラス戸が風で吹き飛ばされ、ガラスの破片が飛ぶ。高齢が雲の干し草車に乗って飛んでくる。年取った二頭の白馬の農耕馬が引いている。車は黄色い木の枝で覆われている。高齢は膝まで届く、古い部屋着を着て、頭に毛皮のナイトキャップをかぶり、両足をクッションに巻いて包み、膝に眠っているマルチーズ犬を、肩にフクロウを乗せて座っている。御者台にきわめて高齢な御者。車はうっすらと雪をかぶっている）

高齢　（病的なほどの親切さと嘲弄に近い好意をみせて、杖をつきながら車から降りる）勝手に表敬訪問させてもらったが、お許しあれ。私は見ての通りの病気の高齢でな、わかるかな、悲惨なことにあんたに仕えるためにやってきた。これがあんたのところでの宿泊証明書じゃ。

ヴルツェル　わしのところでの？　あんたはわしのところが病院だと思っているのか？

高齢　私がしばらくいれば、きっと病院になる。思いもかけず私がやってきたと悪く取らんでいただきたい、普通なら前もって手紙のやりとりをするのだが、なにしろあんたはあんたのことをいつも気にかけてくれる誠実な子供を追い払ってしまった、そこで私が派遣されたというわけでな、だから私を子供の代わりに受け入れるのだ。

ヴルツェル　それもいいだろう、だが家におくわけにはいかぬ。イプスにある士官用養老院へ送ってやる[20]。

高齢　とんでもない！　私たち、きっとうまく折り合っていけるよ、私は面白いたちでね。食事やパーティーに呼ばれれば踊りに加わるし、エコセーズ[21]の激しいリズムにもついていける、もっとも足が痛くなればさっさとへたりこんでしまうがね。

ヴルツェル　そ、そう、その方が身の為だ！

高齢　私たちが知り合いにさえなれば、さっそく親戚の者が表敬訪問にやって来る。さしずめ私の従兄などは、胃を壊しているんだが、いの一番にあなたに敬意を表するだろうよ。そして従姉の方は痛風持ちだが、請け合ってくれたよ、あなたを情の詰ったわが胸に抱きしめないうちは何事も始まらないとね。彼女は話していてとても楽しい人だ、もうあなたが正式に彼女とピスチャンの温泉[22]に旅するところが目に見えるようだ、それに彼女は操が堅くてねー

ヴルツェル　痛風という奴は万人に取り付くらしいな。誰もが、お前も痛風持ちになったか、と言っているからな。おれはそいつは好かん。

高齢　で、ヴルツェルさん、あなたはこれからどうしようというんで？　そんなに薄着で、何をうろうろしているのです、すぐに夜着に着替えなさいよ。おいみんな、入ってこい！　お前たちの主人を見よ！　なにしろご老体だから、ちゃんと世話をしてやらなくてはな。死んでしまったら、お前らは飯の食い上げだ。すぐに夜着を持ってこい。（召使たちは去ろうとする）

ヴルツェル　そんなことするな、それとも横っ面を張られたいか！

高齢　何、横っ面を張る？　さっさと座るのです！（ヴルツェルの手を取って椅子に座らせる）

ヴルツェル　神様、わしはどうなるのだ？

高齢　暴れたり、殴ったりは駄目だ、馬は蹴るけど、人は蹴らん。でもあなたが二度と蹴らないように（ヴルツェルの頭に触れる、するとヴルツェルの髪は真っ白になる）、そう、これで栗毛から白馬になった。それ！　はいしい！　はてさて、動かんか？

ヴルツェル　（泣きながら）ローレンツ、夜着を。

（夜着をヴルツェルに着せる、それが同時に野良着を着せることとなる、つまり夜着の袖下に野良着の袖が重なっている。ヴルツェルの喉に瘤が付けられる）

高齢　さて、ヴルツェルさん、末長く一緒にいられるように、私には良くすることだ。私とはうまくつきあわなければならん。

ヴルツェル　しかしこれは一体どういうことだ？

高齢　これは冬ということだ。

ヴルツェル　え？　夏の盛りだと思っていたぞ！

高齢　そう思いたければ勝手にどうぞ。だが今はこれでお暇しよう。伝言は伝えましたぞ。これからは私の姿を見なくても、老いを体で感じるだろう。請け合ってもいいが、あなたは百三十歳だって自称できる。さようなら！（彼を抱く）ではしっかり覚えておくことだ。朝はスープ一杯、ゼンメルパン一個、十一時にお日様のもとで少し散歩、でも体を冷やさないように、いつも腹に湯たんぽをあてがっておきなさい。昼は腸を抜いて香料を詰めた若鶏とグラス半分のワイン、夜はビスケット類を半分、そしてさっさと寝ること。そうそれで(23)パッ、パッ！　年取ったパパ、私の助言を聞くのです。紅茶は御法度、もうたっぷり飲んだでしょう。（車に乗り込む）ハンゼル！　ゆっくりやってくれ、事故が起きないようにな、なにしろ悪魔みたいな馬で行くんだから。（車からさよならの身振りをする）おやすみ！　ヴルツェルさん！　お休み！

第八場

ヴルツェル、ローレンツ

ヴルツェル　はいはい、お休み。わしも落ちぶれたものだ！　ローレンツ、わしに鏡をよこせ！（ローレンツは鏡を渡す、ヴルツェルは鏡をのぞきこむ）ああ、なんという風体《ふうてい》だ！　醜さについての講習会が開けるくらいだ。真っ平だ、我慢できん、逃げるしかない！（去ろうとする）駄目だ、わしは痛風持ちだった！（絶望して笑う）はははは、もう、はいしいどころではない。

ローレンツ　その通りです、早くベッドへ行かれたほうがいいでしょう。

ヴルツェル　この袋みたいにぶらさがっているのは何だ、瘤ができたのか？

ローレンツ　はて何でしょう、まるでスープ鍋を呑み込んだみたいですよ。いやはや、首に瘤ですね。（笑う）

ヴルツェル　こやつわしのことを笑いおったな？

ローレンツ　違いますよ、そいつに嫉妬したくなったのです。

ヴルツェル　（かっとして）嫉妬？　そいつはたいした悪党だ。そう、嫉妬こそわしの不幸の原因だ、で今や嫉妬がわしに席を譲ったというわけか。さてあのいまいましい金はどうしてくれよう？　もう使う楽しみはない。窓から放り投げよう、もしかしたらすべて昔のようになるぞ。

ローレンツ　どうか気を鎮めて下さい。富を呪えば富は逃げていく、そうあなたご自身が言ってたではありませんか。

ヴルツェル　うん、富は逃げていく運命にあったのだ、もう二度と持つつもりはない、美を失ってしまったのなら、もう二度と金持ちにはなるまい、むしろ貧乏で健康のほうがい。聞け、いまいましい嫉妬め、お前の金を持っていけ、わしは金は嫌いじゃ。ああ、わし本来の場所、昔なじみのいるところへ行きたいものじゃ。

（稲光が上から下へ走る。薄暗い谷の情景へ早い転換、片側に半分朽ちたヴルツェルの小屋の一部。舞台前方は暗く、秋の黄色い葉が散っている。中央部、二つの黒っぽい山が交わるところに氷河が高くせり出している。ののしりの言葉を吐いたヴルツェルがどっかと腰を下ろしていたビロードの座席は木の幹に変わる。ヴルツェルと彼の召使は貧しい農夫に変わる。二つのサイドボードがつがいの牛に変わり、ヴルツェルの隣に横たわっている。他の牛たちは山で草をはみ、遠景に森が連なり、全体として草をはむ家畜の群といった景観を呈している。音楽が牛の啼き声を表現する。）

ローレンツ　ほら、お望みの通りになりました、わがままな旦那さん！　昔なじみのところに戻って来ましたよ。

ヴルツェル　この連中、わしを見て喜んでいる。そうだろう、わしの子供たちよ？（牛の啼き声。雄山羊が岩の上で啼く）この感動すべき忠誠心。どの牛もみんなわしのために啼いている。

ローレンツ　私は泣きはしませんがね。

ヴルツェル　お前には感情というものがないのか？　牛に対して恥ずかしいと思わんのか？　牛たちだってお前のことは、好意的に考えているのだぞ、この恩知らずめが！

ローレンツ　それが何ですか？　金もないのに鷹揚にしろというのですか？　これからは別の弦を張らなきゃなりません。どう思います、鷹揚な旦那？　あなたは一文無しなんですよ、ご覧なさい、この朽ち果てた小屋。これがあなたの館なんですよ。中ではねずみたちが「叔母さん、もぐらを貸して」[24]遊びをしています。あんまりいい目を見たものだから、調子に乗りすぎたんだ、で今は全部パー、全部が、この人のものも、私のものも。（泣きそうになる）わたしはあわれな召使、私のものはこの人に奪われた。いったいこれが主人のすることですか？　私はこの三年本心を偽ってまでこの人に仕えてきた、それなのにその見返りももらえないなんて。

ヴルツェル　神様がお前を罰したからさ。

ローレンツ　もしあんたがもう一度私の視界に入ってくるようなことがあれば、柳の木を引っこ抜いて、あんたを殴り倒してやる、私のことを忘れないようにな、わかったか、この破産した偽百万長者の森のハンスめが！（去る）

ヴルツェル　これでわしに悪態をつく者もいなくなったか？

第九場

雲が湧いてくる。嫉妬が緑の雲に乗り、書割から転がり出てくる、みどりの雲に赤の雲が連なり、その上に憎悪が立っている。この現象はきわめて迅速に行われなければならない。ヴルツェル。

嫉妬はローマ風の衣装であるが、色は全部黄色。その衣装には刺繍した蛇の縁取りがあり、毒蛇がとぐろを巻くターバンもついている。憎悪は、黄金の刺繍のあるローマ風の赤の衣装に身を包み、甲冑をつけ、赤い二つ折版の兜をかぶっている。兜の上でアルコールの炎が燃えている。

嫉妬　（ヴルツェルの問いに素早く答える）私がいる！　お前は何ということをしたのか？　馬鹿者、なぜ私の命令どおりに、もっと早く娘を嫁にやらなかったのか？　私の視界から失せよ不格好者、さもないとお前の空っぽの頭に毒蛇を放って狂気がお前の穴という穴から吹き出すようにしてやるぞ。

ヴルツェル　（怒りのあまりほとんど我を忘れ、すっかり消耗して）いいだろう、今度は黄色の化け物がわしに気軽に話しかけてくる。今度は卵の油の兄弟みてえのが近づいてくる、おいお前！（嫉妬と憎悪は笑う。ヴルツェル絶望的になって）よし、笑うがいい、お前たちには笑う必要があるからな！　一人は黄熱、もう一人は丹毒持ちの鳥のうそみたいだ。だがわしはお前に仕返しをしてやる、お前、にがりんごの運び屋め。わしは世界中を這いずり回って、わしの運命を語ってやる。（激しく泣く）わしの不幸を印刷物にして、自らセールスして回るんだ、わしがはじめて物したこの美しい書き物が一クロイツァー[25]だ、哀れな不幸な男の話だ、と叫びながらな。（しゃくりあげる）愚かな若者から一気に年取ってしまった男の話よ。（泣きながら退場）

第十場

嫉妬と憎悪

嫉妬　友よ、頼む、この馬鹿をやつの生きてるかぎりつけ回してくれ。

憎悪　心配するな、嫉妬を敵に回す奴は憎悪をも敵に回すことになる。

嫉妬　さてこれから何をしたもんかな？　俺にひじ鉄を食らわせたラクリモーザが勝つなんて我慢できぬ。目的にここまで近づきながら、今度はこの陰謀だ。

憎悪　もう少し早くわかってさえいたら。

嫉妬　策を講じようにも、何もできねえんだ。もう今夜と明日しか残っていないのに、明日はイギリスへ行かねばならぬ、五百人は下らぬ芸術家が覇を競う、大展覧会があって、嫉妬が顔を出さないわけにはいかなくてな。それにもう部屋を十一借りてしまった、事業を少しでも拡大するためさ。

憎悪　嫉妬、君は気の毒な人だ、その点憎悪は違う。俺はここに残る、奴らの計画をぶち壊しにしてやる。

嫉妬　兄弟、もし君がそれをやり遂げてくれたら。

憎悪　待て、俺のスパイ犬が来た。

第十一場

トーファン、前場の人々

憎悪　何か嗅ぎ出したか？

トーファン　（秘密っぽく）すべてをです！　精霊たちは今日の昼、精霊たちのチェッケル山の頂で次のような決定を下しました。すなわち彼らは農夫が立てた大胆な誓い、つまり白髪よぼよぼの爺さんになったら、願いをきいてやる、という誓いを実現させることで、奴に復讐することにしました。農夫は娘を勘当しましたが、娘は夜に保護され、さらに満足の手にゆだねられました。漁師の方は魔法使いのアヤクセルレが引き受け、今夜のために翼のついた馬車を予約しました。漁師と二人の女、つまりロットヒェンと満足を迎えに行って、四人揃ってチェッケルの山に飛んで行こうという算段です。チェッケルでは精霊たちが四人を待ちわびており、婚姻の神ヒューメンが深夜二人の式を挙げる手筈になっています。以上のすべてを私は妖精アンチモーニアの侍女である、わが恋人から聞きました。

嫉妬　俺の嫉妬という名前と男の面目にかけて言うが、何という破廉恥な計画。

トーファン　ですがアヤクセルレはまだ漁師に何もうち明けていなかったに違いありません。今日という日も間もなく終わるというのに、奴はまだ小屋の前に座ったまま絶望していますから。

憎悪　はー！　これで勝ったぞ。急げ、待ち伏せして魔法使いの邪魔をしろ。

嫉妬　待て！　お前はたっぷりの褒美にふさわしい働きをした、その情報代に二匹の毒蛇を進呈しよう。

トーファン　お礼にしわくちゃの手にキスいたします。（彼の手にキスをする、そして行きがけに独白）これで嫉妬を毒殺できるぞ。（去る）

憎悪　（しばらく沈思した後、立ち上がって）勝ったぞ！　計画完了だ。カールの愛は激し過ぎる、奸計を弄して必ず俺の手に落してやる、それ以外奴には手が出ぬ。（松明を振る）現れよ、魔法の家よ！（雷鳴、憎悪が舞台奥に注意を促す）あそこに何が見える？

嫉妬　湖の真ん中に、園亭と九柱戯場を備えた壮麗な庭園が見える。

憎悪　あれを俺はよくこの世に出現させるのさ、園亭こそは我々二人が仕える、邪悪な悪魔の贈り物だ。この庭園の園亭では、はかりしれない富をもたらすダイヤモンドの指輪が、九人の邪悪な精霊たちによって守られている。しかし精霊たちの像は九柱戯の働きをしている。つまりこの九本の九柱戯を命中させたものは、九人の精霊を倒したことになり、指輪を手に入れることができるのだ、するともうどんな魔力も指輪を取り返すことはできない、だが九本のうち一本でも欠けると、そいつは地面に叩きつけられて死んでしまう。しかし勝ってこの指輪を九日間持ち続ければ、精霊たちは彼に人間に対するこの上ない憎しみを吹き込み、そのため彼は自分自身と幾千の人間を滅ぼすまで、心安らぐことはないのだ。彼が救われるのは、この九日以前に指輪を自らの意志で投げ捨てたときだけだ、だがその場合には力と富は霧となって流れ去る。では俺の計画を聞け。ラクリモーザの娘は明日の深夜までにこの貧しい漁師と結婚しなければならない、さもないと母親は永遠に追放されたままになるからな。そこでこの漁師を九柱戯場へ誘い出す。もし奴が九本倒すのに失敗すれば、奴はおしまい、ラクリモーザも共々おしまい。九本倒せばその瞬間から、つまり俺の指輪を指にはめた瞬間から、奴は金持ちとなり、もう貧乏になることはない。精霊たちも奴には手出しができなくなる、後は奴が金持ちのまま娘と結婚するか、結婚そのものをやめるか、どちらかに仕向けるだけだ。どちらの場合もラクリモーザは破滅する。

嫉妬　（彼の首に抱きついて）兄弟、お前のこの計画に嫉妬するぞ、これは俺がお前に与え得る唯一の感謝の印じゃ。

憎悪　では行こう、お前無力な兄弟よ、俺はお前を復讐と結婚させたい！　お前は珍しい花婿だ、この憎悪がお前を花嫁の部屋に案内いたそう。（両人腕を組んで退場）

第十二場

場面転換

魔法の庭園。中間幕の上に大きな園亭が描かれている。金ピカの、この場にふさわしい九柱戯場が舞台後方に向かってしつらえられている。ピンの代わりに九つの精霊の小さな胸像が柱像の上に見える。胸像の頭を兜が飾り、兜の上には精霊たちの場合と同じように、比較的小さなアルコールの炎が燃えている。中央のピンは兜の上に王冠を載せている。黄金のピン。球を載せるスタンドもそれにふさわしく派手やかで、バラの葉様になっている。舞台の両袖に白い石碑が立っていて、そこに黒々と次の文字が書かれている。「アントン・プライ三本のみ」「ゴットフリート・プラハト、全部で八本」「フィリップ・ティーア四本のみ」「ミヒァエル・コッホ、ガーター」ニゴヴィッツ

ニゴヴィッツ　九柱戯場の帳簿係りに雇われた精霊ほどわりの合わない者はいない。いくら待っても客は来ない。馬鹿みたいに宝くじに命を賭けても、たいていは十グルデンの損でおしまい。どんなに球を転がしても、当たった人はまだいない。この間はひどかった。指物師の弟子だったが、

奴は有り金の最後の二グルデンを俺の手に握らせて、列に加わると、ガーターを出しおった、ガタガタ、ドスン、はい終わりだ。「ミヒァエル・コッホ、ガーター!」とあそこの墓石にも書いてある。いやはや、おやあそこに誰か来る、パーペァルが先頭だ、おびき出したんだな。いったい誰だあいつは?（退く）

第十三場

ニゴヴィッツ、カール、鸚鵡

鸚鵡　（カールの前を飛び、叫ぶ）ほらもう着いた、もう着いた!（飛び去る）

カール　待て、こら、小さないたずら者!　行ってしまった、不思議な動物だった、僕の小屋に飛んでくると、ロットヒェンと結婚させてやると請け合って、僕をここまで誘い出し、と思ったらもう鼻先かすめて飛んでいってしまった。ここはいったいどこだ?　宝物でも埋まっているのかな?

ニゴヴィッツ　（前に進み出る）さあて、好奇心にかられましたな。ピンを九本全部倒した者は、極めつけの百万長者になれるのです。

カール　百万長者?　そいつは凄い。それならロットヒェンと結婚できるぞ、球を貸したまえ!

ニゴヴィッツ　落ち着いて、そんなにあわてないで!　前金で九グルデンいただきます。

カール　九柱戯倒しをしてからだ、君!

ニゴヴィッツ　だめです!　そうなればお客さんはきっとお終いです、すると私は一銭ももらえません。

カール　何だと?

ニゴヴィッツ　本当です、そんなにむきになってはいけません。まずこれをお読みなさい。（大きな本を持ってくる）

カール　（読む）

大当たりして
九本当てた者は、
魔法の指輪を手に入れて、
富の広間に歩みいる。
だが幸運を九倍に仕上げることに
失敗した向こう見ずな者は、
輪に巻かれ、死に命をからめ取られる。

ニゴヴィッツ　ということはつまり、お客さんはお終い、ということです。で、やりますか、やめますか?

カール　ロットヒェンを得られないなら、命なんか惜しくない。これまでだって教会の大市の度にストライクを連発してきたんだ、球をくれ!

ニゴヴィッツ　お客さん、名前を書いて下さい。

カール　（帳面に素早く書き込む）そら！　さっさとダイヤモンド球をよこせ、彼女の結婚指輪にしてやる。

（カールは投げる体勢を取る。ニゴヴィッツはピンのところへ行く。中間幕が上がり、雲の広間が見える。九人の赤い精霊たちが四つの幅広の段の上に立っている。精霊たちは矢で武装している。そして頭にアルコールの炎の燃える兜をかぶっている。台座の上には「魔法の指輪」という文字が書いてある。精霊たちは指輪を守って、上からカールを威嚇する。精霊たちは両側に四人ずつ立ち、九柱戯の王が中央に立つ。）

コーラス
転がれ、転がれ！

球は転がり墓の中！

転がれ！

カール　花嫁の名前はロットヒェン、彼女は僕のものだ！

（彼は球を転がす、全部が倒れる）

ニゴヴィッツ　（ありったけの声で叫ぶ）九本全部当たり！

（激しい雷鳴。九柱戯場もピンも消える。二本の稲光りが精霊たちの上に走り、精霊たちは段から転げ落ち、痛いと叫んで、そのままグループを作る。石碑は花の入った黄金の花瓶に変わる。玉座の後ろに、黄金で縁取った羽根を持つ恐ろしい、青い鷲が昇ってくる。鷲は嘴に指輪をくわえ、玉座につくところである。）

カール　（段に昇っていき、指輪を鷲の嘴から受け取り、叫ぶ）指輪は僕のものだ！

（鷲は舞台の半分ほどもある翼を広げ、カールの上を飛び、玉座を爪で摑む、玉座の大きさは段の幅に合わせてある。カールの座っていた台座は今や玉座に変わる。そのカールの衣装もキラキラ輝くものに変わる。そのカールを鷲の翼が覆う。精霊たちはタブローになって、鷲に敬意を表する。精霊たちは群れてグループを作る。幕がゆっくり降りる。）

第三幕

第一場

黄金の装飾を施した柱と、明るい大理石でできた豪華な館の外観。左手に正面玄関に通ずる階段、両側にスフィンクスの像。舞台は中庭を表していて、花で飾られている庭は格子戸で囲まれているように見える。そのために壮麗な格子垣の門が書割に描かれ、入り口を示している。憎悪の精霊たちが、一部は赤の制服を着て待機し、一部はフーリエとして館の建設を終えたところであるように見える。音楽は中間幕が上がるまで、働く人々の槌音を表現している。幕が上がる前から聞こえていたコーラスが最終部分にさしかかると幕が上がる。

コーラス　万歳、憎悪の精霊たち！
喜べ、高貴なるマイスター！
(中間幕が上がった後で)
館の完成だ！
(憎悪はモダンな黒の装い。羽根飾りのついた帽子、赤い髪と頬髭。彼は急いで登場する。トーファン。)

憎悪　ブラボー！　そう憎悪を性《さが》とする俺が言うのだ！　一夜にして俺の精霊たちはこの仕事をやり遂げた、より鮮烈な赤さを競って、夕日がこの大理石の赤い縞に差し込む前に、あの泥棒が、ネプチューンの国からやってきては、鰭《ひれ》の生えた住民をさらっていくというあの泥棒が、この輝く館に押し入るとも限らん。他に何か起こらなかったか？　お前たちは魔法使いを見なかったか？

トーファン　いいえ、あの憎たらしい野郎を見た者はいません。

憎悪　よく覚えておけ、俺は奴の執事に扮しているのだ。どう思う、トーファン、俺たちのこの企みはうまくいくかな？

トーファン　ばっちりでさあ！　あいつどんな態度を取るでしょうか？

憎悪　おかしいぞ。あいつは夕べ指輪を手に入れるとフーリエたちに命じて、早速この館を建てさせ、今日のうちに勝利の中で花嫁を迎えようとしていた。俺たち他の精霊たちは朝一番に奴と一緒に町へ行って、昼までに六頭立ての輝く艤装馬車を仕立てて、プライドばかり高いあの農夫のところへ行って、娘を嫁にと申し込む手筈になっていた。ところが奴は農夫の家族が家もろとも消えてしまったと聞くと、長いことじっと一点を見つめておったが、突然雷に打たれたみたいに、それも嬉しそうに立ち上がって、俺たちに急いで戻れと命令したのだ。その道の半ばまで来ると奴は俺を先に行かせて、結婚の準備万端を整えるようにと言いつけた、そこで俺はこの指輪の力を使って奴の命令を実行に移したのだ。奴は錯乱してるらしい、だが指輪を指から抜こうが抜くまいが、九人の精霊たちが奴の従者として奴を守っている。で、ここでは俺が夜になってこの企てが成功するまで、奴を守ってやる。さあ仕事にかかれ。お前たち、愛の敵対者たちよ、奴の言うことを聞くのだ、なぜなら確実に相手を滅ぼすためには、憎悪とて言うことを聞くふりをするのが一番だからな。（全員退場）

第二場

アモール、満足、ロットヒェン。満足とロットヒェンの二人は農夫の娘として、控えめな服に身を包んでいる。アモールは若い農夫のいでたち。三人全員すり足で入ってくる。

アモール　目的地に着いたぞ。さあ気を付けていこう、アモールとその精霊たちを信頼してくれ。

満足　ここにも魔法使いはいないようね。

アモール　いや、ここにいるに違いない。探してみよう。空《から》勇気のために生け垣の後ろに隠れているかもしれない。（立ち去る）

ロットヒェン　これからいったいどうなるの？　昨日の晩にあなたは請け合ってくれたではありませんか、私のカールがシュヴァーベンの商人の手引きで、私と結婚するために私を迎えに来るって。で一晩中長い夜を徹して待っていたのに、来なかったわ。今日のお昼になってようやく小さな男の子が飛んできて、物も言わずにあなたに手紙を手渡したきり。するとあなたは服を着替えると、男の子に手を引かせて私をここまで連れてきました。私このあたりを知っていますが、ここには漁師の家があったきりで、館などはありませんでした。あの人はどうなってしまったのでしょう？　どこにいるのかしら？

満足　焦らないで！　落ち着きなさい。精霊たちがアモールを介して私に届けた手紙を読んであげます。（読む）「拝啓！　羨むべき満足殿！　急ぎお伝えします。魔法使いのアヤクセルレは不注意から私たちの計画をふいにしてしまいました、あなたと漁師を迎えに行く時間に間に合わなかったのです。そこで新しい作戦に入りました。漁師は目下憎悪の支配下にあります、憎悪は小屋を館に変えました。

ですからあなたは急いで着替えて、アモールの助けを借り、カールの新しい住まいに急行して下さい。アヤクセルレがあなたを家の前で待ち受け、すべてを説明してくれるはずです。漁師がすぐ帰宅するよう取り計らいます。私たち精霊は憎悪には近づけないのです。近づくと真っ二つにされてしまいます、そうなれば私たちの目的は達成されません、ですから私たちは身を隠しているのです。そしてあなたの聡明さを信頼しています。なぜといって憎悪と渡り合えるのは満足をおいてないからです。事は真夜中までに終わっていなければなりません。心からの敬意と名状しがたい混乱をもって、あなたの精霊協会より。敬具。」本当に混乱している！　知恵自慢があれだけいながら、この知恵のない計画。なんてあてにならないのかしら。魔法使いはまたここにいない。哀れなラクリモーザ、なぜ私に魔法の力を授けてくれなかったの？　あなたはまた何というあてにならない精霊たちに、あなたの幸運を託したもの！　しっ、静かに、召使がやってくる。カールとさえ話ができたら、解決の糸口は見つかるのに。（トーファンが舞台を横切っていく）ちょっと、あなた様、この家の旦那様とお話できますか？

トーファン　（反抗的に）駄目だ！　旦那様は今夜でなければ戻られぬ。

満足　いったいどこに行かれたのです？

トーファン　未来の花嫁を迎えにさ、もう結婚の準備は万端整った。

ロットヒェン　まあ、大変！

満足　でしたらこの家の管理責任者のところへ案内してくれませんか？

ロットヒェン　そうよ、もしあなたがあなたの旦那様を愛しているのなら……

トーファン　（荒々しく）黙れ！　俺はだれも愛していない、俺は自分にも我慢がならないのだ、俺の生業は憎むことだ。

満足　そう、それならその憎むゆえに私たちのことを伝えて下さい。

トーファン　それならしてやろう、愛からなら駄目だが、悪意からなら伝えてやる。（怒って）この世に女さえいなければ。（退場）

ロットヒェン　あの人私のことなど忘れてこれからどこかの王女様と結婚するのだわ。

満足　落ち着いて、私たちと悟られては駄目よ。（憎悪が館から出てくる。トーファン、召使）

憎悪　女どもはどこだ？

トーファン　こちらです！　どうも怪しいのです。

憎悪　何の用だ？

ロットヒェン　ああ、（満足に向かって心配そうに）どうしたらいいの？

満足　失礼をお許し下さい、私たちはこの家のご主人様の貧しい親戚なのですが、こんなに金持ちになっているとも知らずに訪ねてやってきた者です。私たちの兄は遅れていてまだ隣村にいますが、おっつけ到着いたします。

憎悪　嘘だ！　こいつらを早く捕まえろ！

ロットヒェン　ああ神様！　誰か助けて、今すぐこの私たちを！

アモール　（花園から飛び出してきて、矢を素早く憎悪の胸に射る。いたずらっぽく）静かに、静かに。もう矢で傷つけてやりましたよ。（走り去る）

憎悪　（召使に向かって）待て！　俺は急ぎすぎた！　フム可愛い娘だ。（満足の頬をつねる）自分が憎悪であることをほとんど忘れそうだ。さて、何のご用ですかな？

満足　ご主人様がお帰りになるまでほんの少しでも待つ場所をお恵みいただけたらと。

ロットヒェン　どうぞお願いします。

憎悪　いかん、追い払うにはあまりにきれいすぎ、丸め込むにはあまりに無垢じゃ。（召使に向かって）二人を使用人棟へ案内しろ、あそこなら待たせてもよかろう。ご両人はどこから来たのかな？

満足　ザルツブルクの方からです。

憎悪　本当に？　幸せなザルツブルクの男たちよ、第二のザクセンよ、可愛い娘が生まれ育つところよ。（独白）これはふるいつきたくなるような娘だ。もし俺が憎悪でさえなかったら、因果なものよ、この子に俺は幸福にしてもらえるのに。この子の美しい目で毎日百回見つめてもらえたら、一週間で七百回も幸福な瞬間を味わえるのに。（思いにふけりながら）それにしても俺が憎悪だとは因果なもの、ザルツブルクの男だったらはるかにいいのに。さようなら、美しいザルツブルクの娘さん。（去る、去りながら投げキスをする）

満足　（膝を曲げて挨拶する）さようなら、美しいザルツブルクの男よ！　どうやらあなたのスープにうまく塩が入ったようね。（ロットヒェンに向かって）いらっしゃい！（ロットヒェンと一緒に隣の建物に去る。舞台は無人になる）

第三場

魔法衣を着たアヤクセルレが格子越しに中を覗き、おそるおそる登場してきてあたりを慎重に見回す、それから抜き足、差し足で館の階段まで忍び込む。突然「止まれ、誰だ」という声が聞こえる。アヤクセルレは書割の中を覗き込んでびっくりして「味方だ」と叫ぶ、そして階段を一度に数段駆け上がり、館に入る。アヤクセルレが館に消えると、彼に気付いたフーリエたちが棍棒を持って大急ぎで後を追い、アヤクセルレ同様に階段を駆け上がってドアの中に消える。書割の中からヴルツェルの「灰掻き！　灰掻き！」という声が聞こえる。ヴルツェルが灰掻き職人のいでたちで、背中に籠を背負い、手に灰掻き棒を持って登場。

ヴルツェル　灰掻き！　おお痛い！（杖で身を支える）わしはなんというみじめな人間だろう！　灰掻きとは！　わしの過去は何だったんだ、そして現在は？　わしの声、わしの声は聞こえんのか？　料理女のところには男が来ているな、わしの声が聞こえんのだから。（喉を限りに叫ぶ）灰掻き！

第四場

満足、ヴルツェル

満足　そんなに大声で騒ぎ立てているのはだれ？

ヴルツェル　灰掻きですよ料理番のお姉さん。どうかこれを機会にお見知りおき願いたい。わしは新入りじゃ、前の灰掻きが死んで、今日その仕事を引き継いだばかりでな、それでまだ名刺も配っておらぬわけだが、お許し下され。わしはフォルトゥナートゥス・ヴルツェルと申す。

満足　あなたがあんなにも陽気だったあの農夫なの？　言われなければ分からなかった。

ヴルツェル　こんな姿になれば女の人には分からないのは承知してます。

満足　（独白）まあ、精霊たちときたら、結構な仕上げ振りだわ。（大きな声で）かわいそうなお馬鹿さん！

ヴルツェル　その通り、わしはかわいそうだ、それに馬鹿でもあった。そうなんだよ料理番のお姉さん、わしはきれいに煮上がった、一巻の終わりさ。

満足　あなたはいったいいくつなの？

ヴルツェル　百日咳の分だけ加えるところを時が間違えおって、百年を加算してしまった、十の子供でも我慢がならんところだ。時間こそは真の分隊長、一年、一年確実に増えていく。時も始めはたとえてみれば、スズランの小枝みたいなものさ、それに毎年軽く斑点がつき、そいつを喜ぶやからが、若駒みたいに跳ね回る、その後バラの箒になると、そいつに茨がはえ、やがて枝がぶつかって花が散り、はしばみの鞭となる。最後に時は干し草用の固定棒と共にやってきて、後は朽ちるにまかせっきり、はいそれまでよだ。

だがこのわしの場合は当然でな、なぜ農夫のままでいなかったのかって？　そこの漁師も寸分たがわすそうなるさ。

満足　漁師を知ってるの？

ヴルツェル　もちろんさ。わしの義理の息子になるはずだった。あいつに娘をやってさえいたら！　もう何千回となく後悔してるよ。

満足　（独白）かわいそうに。（声をあげて）その言葉本心なの？

ヴルツェル　おお、わしの可愛い料理番のお姉さん、もしあんたがわしの破滅的な身の上を知っていたら、そんな愚かな問はしないものだよ。

満足　私あなたの身の上を知ってるわ、運命の本で読んだもの。

ヴルツェル　そうかい？　するとあんたも料理をする代わりに、本を読む料理人っていうわけかい？

満足　自分のしたこと悔いているの？

ヴルツェル　心の底から。

満足　漁師の幸せを妬んでいるの？

ヴルツェル　全然。彼のほうこそ後悔するだろう。村中がその噂でもちきりだ。わしは人間にこのような館を贈る霊たちを知っている。ダイヤモンドと赤かぶでできた館を、夕べのうちに建ててやったんだろう。どうやって漁師を捕まえたかは知らんがね。

満足　今ならその青年に育ての娘をやりますか？

ヴルツェル　絶対やらぬ。第一にわしには育ての娘などおらぬ、第二にあの子は金持ちと一緒になったら、不幸になるだけだからだ。

満足　でももし彼が昔に戻っていたら？

ヴルツェル　そうなっていればくれてやる、だがそれにはまず娘を捜し出す必要がある、なにしろあの子は中国のスイスにでも行ってしまったかもしれんからな。

満足　彼は捜し出しますよ。でももし彼が彼女の愛にふさわしいと分かれば、あなたたちは皆救われるのです、あなたも幸せになれるのです。

ヴルツェル　それが本当なら！　わしはもういやというほど辛酸をなめてきたんだ。だがなぜあんたには分かるのかね？　それよりもっと現実的な話をしようじゃないか。あんたのところには灰はないのかい？

満足　そうしようと思えば、この館の灰を全部あなたの桶にぶちまけることも出来るわ。

ヴルツェル　おお、わしの可愛い料理番のお姉さん、このあたりは本当に美しいところだったんだよ。わしはここの草木の一本、一本を知っている、あそこの一本だけあった木は健在だ。見えるかね？　あそこに漁師の小屋が建っておった、今は魔法のバラの山に覆われてしまっている。バラのてっぺんが小屋の屋根と同じ高さだ。

満足　分かったわ、ではこの丘の上に座って、私の合図を待つのです。太陽の沈むのが見えてもまだ私があなたを呼ばなかったら、そのときはそれを、あなたと他の人の幸せが太陽と一緒に沈んだ印だと考えて下さい。しかしもし太陽が私たちの真ん中に現れたら、それはあなたに新しい太陽が昇ったことを意味します、ここに誓って保証します。

ヴルツェル　おお、わしの天使よ、何という素敵な言葉、まるで大学の先生が宣告しているみたいだ。あんたは料理人なんかではないだろう？

満足　（微笑みながら）そうよ、料理女ではないわ。

ヴルツェル　ではいったい何者？

満足　それはいずれ分かるでしょう。さあ言われた通りにしなさい。

ヴルツェル　よし、喜んでそうしよう、だがもしあんたがわしを呼ぶまで、例えば数か月も上に座っていなければならないとしたら、わしは飢え死にしてしまうよ。あんたはわしのこの灰色の胃の腑のために何かお持ちでないかな？

満足　（微笑みながら）ではちょっと待っててね。（ドアから去る）

ヴルツェル　いい人だ、腕のいい料理人より、ああいう気だての料理番の女を持ちたいものだ。

満足　（戻ってきて彼にリンツ風ケーキと、ワインを一瓶持ってくる）さあ、これで元気をつけてちょうだい。（彼にケーキを差し出す）

ヴルツェル　ケーキは桶に投げ入れておくれ。

満足　灰だらけになってしまうわ。

ヴルツェル　構いやしない、肺のためにはその方がいいんだ、ワインは口に直接注ごう。いや、ありがとう。

満足　ではご機嫌よう。安心して希望を持ち続けなさい。（隣の建物でなく、館に入っていく）

ヴルツェル　またお目にかかりたいもの。後はただ、一年たってもまだ上に座っていなくていいように、わしのことを忘れないでほしいだけだ。わしのほうはともかく、上に座って皆を見ていよう、そして何か怪しげなことが見えたらそのときは「灰掻き！」と叫ぼう。

アリア

出世して羽振り良くても、
高慢に葬りさられる人多し、
きれいな衣服を纏えども、
中身はステッキでくの棒、
鼻高々でご宣託、

なあ君友よ、そいつはどうもいただけぬ！
この先どれだけ続くやら、
そういうお前も灰掻き男！
灰、灰、灰だ、白い灰！

一人の娘やってくる、
ブリュッセル産のレースも重く、
私は尋ねる、君は誰？
女料理番、由緒ある！
美しさなど荷物にまとめ、
入った、入った調理場へ、
いったいこの世はあべこべか？
女料理番に竈はつきもの。
灰、灰、灰だ、白い灰！

しかし多くのこの世のものは、
金のことではなくとても、
努力に値するものがある、
皆が高く敬するものが。
すべての誠実な人々に、
愛と感謝を忘れぬ人に、
純な乙女の恋の炎に、
敬意を表す、帽子を脱いで
（帽子を取る）
灰ではない、もう灰ではない！
（去る）

第五場

場面転換

館内のけばけばしく赤い壁布の部屋、ドアの上部の扉飾りに憎悪のシンボル。角に白く、美しい陶器の暖炉、その上に花瓶。手前の書割に窓。脇ドアと中央のドアにはカーテン。反対側にカーテンのかかった大きなアルコーブ。満足が脇から入ってきて窓のところへ行く。

満足　無駄だった、晩になるのに彼は来ない。自分が満足自身でなければ、私はもう、満足になんか属するものですか。あの罰当たりの魔法使いの奴、いったいどこをうろついてるんでしょう？

アヤクセルレ　（暖炉の小扉を開けて頭をのぞかせて見る）シッ！失礼ですが、あなたは満足さんですか？

満足　はい、そうですが。

アヤクセルレ　お待ち下さい、すぐに参ります。装飾帯よ、外れろ、暖炉よ、早く開け！（雷鳴。暖炉が真ん中で二分し、煤けた内部全体が見える。しかし中央の煉瓦を積み上げた竈はそのまあり、その上にアヤクセルレが鉄製の三脚に乗り、小さな魔法の本と、杓を手にしている）私たちがこうして会えたことを神に感謝します！　もう半時間もここの暖炉に座ってあなたをお待ちしていました。

満足　ようやく会えました！　あなたは確か……

アヤクセルレ　もちろんです！　そう、私が魔法使いのアヤクセルレです、報告しなければならないことがあります。

満足　早く言って下さい。

アヤクセルレ　精霊たちが呉々もよろしくとのことです。漁師のカールは悪党の憎悪から指輪をもらって金持ちになりました。ですからあなたはカールが指輪を投げ捨てるように全力を尽くさなければなりません。その後すぐに二人を結婚させるのです。さもないとすべてはお終いです。彼の富は指輪をしているときしか続きません。で、つまり精霊たちの助けが必要になりましたら、この糸でつないだ真珠をばらばらにして下さい、真珠は十二人の精霊たちで、彼らがすべてやってくれます。他の精霊たちもすでに峠で待機しています。（彼女に一束の真珠を渡す）

満足　でもなぜあなたは私たちを迎えに来なかったのですか？

アヤクセルレ　寝坊してしまったのです。農夫のことですっかり頭にきて、ひどく気分が悪いまま、精霊たちのいるチェッケル山の頂に登って、まず彼らと計画を練りました、それからまた出発して、途中でソーセージなどを注文し、そのうち疲れて二、三分横になったのですが、そのまま寝込んでしまいまして、目が覚めたら朝になっていたという次第です。その間に憎悪が漁師を襲ってさらっていったので、追っかけてここへ来てみますと、館が出来ていて、漁師は憎悪と一緒に町へ出かけた後でした。私はすぐにまた精霊たちのもとへ駆け上がり、すべてを説明したのです。すると精霊たちは親身になって相談に乗ってくれ、アモールをあなたのところへ派遣することにし、私のほうは大小連なるチェッケルの山並を下まで降ろしてくれたのです。でこうしてここであなたを待っていたのです。精霊たちははじめ全くの別人を派遣しようとしたのですが、私が断固拒否したのです、私は従姉妹のラクリモーザを救わなければならないからです。

満足　でもどうやってそんなところにもぐり込んだのですか？（暖炉の上を指す）

アヤクセルレ　私が階段を上っていくと、鞭を持った男が追って来ました、そこでとっさに暖炉の中にするりと入り込んで、出られなくなったのです。もうそろそろあなたがやってくる頃だとは思っていました。

満足　で、もし私が来なかったら？

アヤクセルレ　そのときは暖炉の中に閉じこもったままだったでしょう、あなたのことで殴られたくはありませんから。

満足　それで漁師は見つからないの？　一刻の猶予もできないのよ。

アヤクセルレ　すぐにも来るはずです。ブストリウスが彼を追って町へ行きました、今にも引っ立ててくるでしょう。

声　（外から）あの方だ！　旦那様万歳！

満足　彼が来ます、あなたもそこから降りてらっしゃい、それから精霊たちを近くに呼び出すのです。

アヤクセルレ　はい、でもどうやって降りていくのです、私は見張られています。

満足　ならば自分を見えなくしなさい。

アヤクセルレ　そんなことできません、私は一介の魔法使いでして、精霊とはわけがちがいます。何かに変身するしかありません。

満足　それでは変身なさい、でも早く。

アヤクセルレ　ええ、でもそんなに早くとはいかないんで、まだ魔法を習い始めて三年でして免許皆伝ではないんです。まず本を開かなくては、いいですか？　私はもう一度この中に入ります（と暖炉を指さす）、そして煤に変身します。半時間後に煙突掃除人が来て私を掻き出してくれるでしょう。ではご機嫌よう。（暖炉の中に入り、暖炉は閉じられる）

満足　やっと行ってくれた。

（外から祝砲の音が聞こえる、万歳の声。ロットヒェンが中央に駆け込んでくる）

ロットヒェン　あの人が来る！　あの人が来る！（彼女は急いで窓を開ける）彼だわ！　一人だわ！（腕を彼の方に伸ばす）ああ、カール！

満足　（ロットヒェンを素早く窓から引き戻す）すべてが台無しになるじゃない。私について来なさい。（ロットヒェンをさっとアルコーブに引き入れカーテンを引く）

第六場

前場の人々、美しい旅装束のカール、憎悪が中央から入ってくる

憎悪　万端整っています。

カール　黙れというのに！　この窓に立っていたあの女たちはだれだ？　なぜ彼女たちは逃げた？　話せ！

憎悪　旦那様、お許し下さい、親戚の者と言っておりまし

た。

カール　嘘だ！　彼女たちを呼んでこい、会いたい。（独白）僕の心が言っている、彼女だと。

憎悪　（独白）女たちが俺を騙したのだろうか？（声を挙げて）召使を呼んできます。

カール　駄目だ、お前が行け、早く。

憎悪　わかりました、でもその前に失礼ながらもう一度警告させていただきます。もしあなたが恋人と富を永久に失いたくないなら、その指輪を外さないよう呉々も注意して下さい。

カール　心配するな、指輪は僕を賢くしてくれる。だがまずあの子だ、連れずして戻ってくるな、言っておくぞ。

憎悪　連れてきます。待っていろ、いまいましい女たちめ！

（脇ドアから去る）

カール　（ひとりで）いやいや、あの姿に間違いはない。昨日まではまだヴルツェルの家が建っていた、あの空き地を僕が絶望して見つめていたら、突然あたりがもやで包まれ、安煙草のような煙の雲から、ひとりのハンガリー人の精霊が現れて、急いで自分の家に帰るように命じた、家には僕のロットヒェンが待っている、今日のうちに僕の花嫁になるはずだからと。召使たちには精霊は見えなかったようだが、あの精霊の言ったことは本当だった。僕にはわかったぞ、あれは僕のロットヒェンだ。（ロットヒェン、満足がアルコーブから出てくる）

満足　そう、彼女です。

カール　ロットヒェン！（彼女の腕の中に倒れ込もうとする）

ロットヒェン　カール！（同様）

満足　（二人の間に割って入る）待ちなさい！

カール　これはどうしたことだ？

満足　カール、あなたはこの私の手からしかあなたのロットヒェンをもらい受けることは出来ません。ヴルツェルはこの子を育てただけなのです。私はこの子の母親から全権を授かっています、あなたはあなたの富を放棄しない限り、この子をもらい受けることは出来ません。

カール　何だって？　これで彼女を幸福に出来るというのに、また昔の貧乏漁師に戻れだと？

満足　この子はあなたの富によっては幸せにはなれません、なぜならこの富には悪い霊が取り付いているからです。

カール　嘘だ！　僕は命の危険をおかしてこの富を手に入れたんだ。お前こそ僕の幸せを奪おうとする悪い霊だ！　失せろ！　お前なんか知らぬ！

ロットヒェン　カール、あなたのことを思って言ってくれてるのよ。

カール　信じてはいけない。君をたぶらかしているだけだ。

ロットヒェン、僕を愛しているのなら、婚姻の式に急いでおくれ。準備はすべて整っている。君の足元にひれ伏す僕を見てくれ、僕は君のことで何年も苦しんできた。君は僕を捨てることができるかい？

ロットヒェン　いいえ、いいえ、出来ないわ！　ご免なさい、かけがえのないお姉さん、でも私には私のカールがこの世でもっともかけがえのない人なのです。彼についていきます。

満足　あなたはあなたの不幸に向かって行こうとしているのよ。

ロットヒェン　たとえそうであれ、彼のためにそうなるのです。（カールに抱きつこうとする）

満足　（相変わらず中央に立っている）それではこれまで！　精霊たちよ、お前たちの力を送れ。

（彼女は糸に通した真珠をばらけさせる。太鼓の連打のうちにブストリウスがせりから上がってくる）

ブストリウス　（空気銃を持って）援軍が来たぞ！　このわしの持っている空気銃には十二人の精霊が入っておる、引き金を引けば次々に飛び出してくる。どうだお前、従うか、従わぬか？　金か娘かどちらがいい？

カール　両方だ。

ブストリウス　よくわかる！　お前のような愚か者は一杯いるからな。だが駄目だ、どちらかしか選べないのだ。

満足　（優しく）カール、指にしている指輪をお寄越し、そうすればお前の幸せを保証しよう。

カール　はー、嘘つきめ！　正体を現したな。僕は指輪とロットヒェンがほしいのだ。僕を捕まえることはできない。

ブルトリウス　これはまた頑固な男だ！

カール　彼女を離せ、さもないと僕の精霊たちを呼ぶぞ！

満足　あなたは彼女のために指輪を犠牲にしないのね？

カール　そうだ！

満足　（突然ある考えに捕らえられ、ブストリウスから魔法の杖を奪うとそれをロットヒェンの胸に当てる）さあ、この子を受け取りなさい！

カール　おいで、ロットヒェン！

ロットヒェン　（喜んでカールのところへ行こうとするが、突然立ち止まって、カールを真剣に見つめる）あなたにはついていけない。私から離れて、私はあなたを愛していない、憎んでいる！

カール　何だって、気が狂って言っているのか？　僕を、君のカールを？（彼は指輪をしている右手で胸を叩く。ロットヒェンは指輪を見ると悲鳴をあげて失神する。満足が彼女を抱える）どうしたんだ？　助けてくれ！　助けてくれ！　魔法だ！（召使たちがやってくる）この子をあの女から奪い返せ、そして僕をこの魔法の力から守ってくれ！

ブストリウス　一人でも前に出ると、そいつの頭に二、三発精霊をぶっ放すぞ。

カール　ロットヒェン、君の身に何が起こったんだ？（彼女に近づく）

ロットヒェン　向こうへ行って！　指輪を見たくない。（指輪が目に入ると悲鳴をあげて失神する）

ブストリウス　お前が何をしようと役には立たん、また倒れてしまったではないか。

カール　ああ、辛い！（ロットヒェンのところへ行こうとする）魔法をかけられているんだ。

満足　私が魔法をかけたんです！　この子は生きているかぎり、たとえ一個でも宝石を持っている男は愛せないのです。宝石の輝きを見た瞬間、気を失って床に倒れるのです。もし彼女を得たいなら指輪を外しなさい、さもないと彼女を永遠にお前の目から遠ざけます！

第七場

憎悪、前場の人々

憎悪　何の騒ぎだ？　この男から離れよ、さもないとお前を亡き者にしてやるぞ！　憎悪を知らぬか？（自分の胸を叩く）

満足（断固として）知らないわね、なにしろ私は満足ですからね。

憎悪（びっくりして）シツレイシマシタ、オ嬢サマ、コウサンデス。（憎悪の一味は全員うやうやしく後ろへ下がる）

満足　カール、私たちの力を見たでしょう、これが最後です、もう一度だけ言います、指輪を捨てなさい、さもないと永久に彼女と会うことはないでしょう……ためらっているのね？　いいでしょう、さようなら！

（満足はロットヒェンと一緒に脇せりに立つ。この脇せりから一条の細い雲が上がり、およそ四フィートの高さまで達する、そのためロットヒェンは気を失い、満足が彼女を抱える。雲が二フィートせりから上がると二つの脇雲、もしくはそれに準じたものが飛び出し、雲は幅広の形を取って全体がタブローになる）

カール（激しく）待て……たとえ世界がこの指で輝いたって、彼女がいなければ僕には無だ！　指輪なんかなくなってしまえ！（彼は指輪を放り投げる。稲光り。フーリエたち逃れていく）

憎悪　いまわしい女ども！（沈む）

（漁師の小屋のある一帯へ場面転換）

（カールの衣装が落ち、漁師のカールがいる。ヴルツェルはバラの丘が変化した、漁師の小屋の屋根の上に座っている。ロットヒェンと満足が出てくると雲は消える）

ロットヒェン　（目を覚まして）カール、ありがとう！
カール　ロットヒェン、君は僕のものだ！
ヴルツェル　（眠っていたが雷鳴で目を覚まし、叫ぶ）灰掻き！
カール
ロットヒェン　（見回す）あれは誰？
満足　罰せられたフォルトゥナートゥスよ。
ヴルツェル　わしはお前たちを祝福する！
満足　そしてヒューメンがお前たちを結び付けます。（合図する）
ヒーメン　（小さな祭壇を持ってせりで登場、中央に歩み出て話す）永遠に！
ヴルツェル　灰掻き！
ブストリウス　撃て！
（彼は銃を撃つ。雷鳴。序幕での精霊たちが全員脇雲に乗って素早く登場。ラクリモーザ雲の車の中で膝まずく、雲の車の上に一人の妖精が「救済」と書かれた文字とともに漂う）
ラクリモーザ　ありがとう、愛する皆さん、私は幸福です！
ブストリウス　どういたしまして！　なんなりとまたご用命下さい。
満足　こちらがあなたのお母様よ。（ロットヒェン、ラクリモーザの足元に身をかがめる）
ラクリモーザ　（ロットヒェンを起こす）私のこの胸においで！
ヴルツェル　灰掻き！
ラクリモーザ　（ヴルツェルを見る）あんたは償いをしたわ。いつまでもあるべきお前でおあり。（合図する）
ヴルツェル　（屋根の上で農夫の姿に変身する、飛び降りる）ヤッホー！　これでわしも本来のわしに戻った！　わしの美しさは質屋に預けてあったのだが、それを彼らが請け出してくれた。
（アヤクセルレ、彼と一緒に黒板を持った小さなサテュロス、黒板にはヴルツェルの誓いが書かれている。アヤクセルレは黒板をサテュロスの手から受け取るとそれをヴルツェルの前に掲げる）
アヤクセルレ　かたつむりの商人ですよ、あなたが誓ったことが実現しました。これで我々もまたいい友達に戻れたわけだ。ピリオド！（黒板の誓いを消す）
ラクリモーザ　ダイヤを花嫁の宝としてお前にあげるわけにはいきませんが、でも漁師の最大の宝、大漁は永遠にお前のものです。（合図する）
（魅惑的な湖のロマンティックな漁場に場面転換。妖精たちが漁師のいでたちで釣り船に乗り、投げ網をしてタブローを作り上げている）
ラクリモーザ　お前たちの母の愛が永遠にお前たちのもとに

あるように。

満足　そして満足との友情も。

ヴルツェル　あなたが満足でしたか？　それでは今日は放っておきませんよ。

満足　これは私からの花嫁への贈り物です。（合図する、小さな滝が出現し、「悪を忘却する泉」という文字がその上に浮かぶ。一人のゲーニウスが泉に座り皆に杯を手渡す）

ヴルツェル　ではあなたの健康を祈念して最高の満足の酒を飲みましょう。

フィナーレの歌

忘れることは素晴らしい、また難しいことでもない、
忘れたことはだれにも分からないから。
金を貸してくれた人は、見事に丸め込むにかぎる、
じゃんじゃん酒を飲ませれば、もう何も覚えていない。

コーラス
金を貸してくれた人は、見事に丸め込むにかぎる、
じゃんじゃん酒を飲ませれば、もう何も覚えていない。

ヴルツェル
忘却は憎悪も嫉妬も飲み込んでしまう、
わしらの人生を愛と喜びで満たすために。
忘却の恵みに感謝の気持を表そう、
そうすれば杯を飲み干しても、心は一杯。

コーラス
忘却の恵みに感謝の気持を表そう、
そうすれば杯を飲み干しても、心は一杯。
（全員杯を干す）

ヴルツェル
ここにあるは満足の最高の真珠、
わしの真珠はこの皺にあり、果報者。
だがこの幸せはわし一人の手柄ではない、
満足をこそ真ん中にして、しっかり抱きしめよう。
（彼は満足を中央に立たせ、両側から全員で手をつないで、彼女を包み込むように半円を形成する）

コーラス
だがこの幸せはわし一人の手柄ではない、
満足をこそ真ん中にして、しっかり抱きしめよう。

ヴルツェル
満足、あなたは決してこの場を離れてはいけません、
わしたちは満足を簡単に去らせはしません！
わしは今日のうちに心を込めてお願いします、
どうか満足、敬意を込めてお客様を家まで届けるように！

コーラス
彼は今日のうちに心を込めてお願いします、
どうか満足、敬意を込めてお客様を家まで届けるように！

アンコール

ヴルツェル
わしらはほんに素晴らしい時代に生きている、
満足が四方、八方からやってくる。
ここにはわしらの満足がいる、彼女はわしらを裏切らない、
（観客に向かって）
で皆さんはわしらに皆さんの満足を贈ってくれる、これでわしらは満足が二つ。

コーラス
ここにはわしらの満足がいる、彼女はわしらを裏切らない、
で皆さんはわしらに皆さんの満足を贈ってくれる、これでわしらは満足が二つ。

ヴルツェル
さあこれからお客さんとわしらで手を取り合って行こう
わしらの満足はお客さんあってのもの。
そしてこの資本は永遠の買い、
なぜなら皆さん慈悲深く、決して見捨てることはなし。

コーラス
そしてこの資本は永遠の買い、
なぜなら皆さん慈悲深く、決して見捨てることはなし。

（幕）

訳注

（1）　クロアチアの首都。
（2）　ドイツ南西部バーデン＝ヴュルテンブルク州にある都市、ここでブレーク川とブリガッハ川が合流しドーナウ川となる。
（3）　快楽を好む、馬の足を持つ森の精霊。ディオニソスの供でもある（ギリシャ神話）。
（4）　愛を司る女神（ローマ神話）、ギリシャ神話ではエロース。
（5）　婚姻を司る神（ギリシャ神話）。
（6）　ギリシャ神話に出てくる楽人、ゼウスとアンチオーペの息子。
（7）　ルーマニア西部のハンガリーに近い都市。
（8）　『精霊王』の訳注（31）を参照。

（9） 原文 auf den Kopf gefallen sein には「馬鹿である」という意味もある。
（10） ハンガリーの有名な温泉場。ローマ時代から使われていたへラクレス温泉で知られる。
（11） オーストリア、シュタイアーマルク州の州都グラーツ近郊にある、沢山の伝説が伝えられている山。
（12） 架空の国名。
（13） 原文の Friss, Vogel, oder stirb！（食え、鳥よ、さもなくば死ね）は「君にはそうするよりほかに道はない」の意味の格言である。
（14） ライムントの趣味は乗馬や馬車を操ることであった。
（15） オーストリアでもっとも高い山、３７９７メートル。
（16） 一七八四年ウィーンの第九区に開設された精神病患者用の病院。
（17） 現クロアチア領、一九一八年までシュタイアーマルク州のルッテンベルク特産の高級ワイン。
（18） ウィーンの森の西斜面に位置するグリンツィンガー村産のワイン。
（19） メーレン地方にある地名である。地名であるから原語をそのまま用いてアイスグループと訳してもよいのだが、それでは面白味、言葉遊びの要素が出ないので、普通名詞のように訳出した。
（20） ニーダーエスターライヒのドーナウ川沿岸にある小都市、ウィーン市立の養老院がある。
（21） スコットランドのダンス（フランス語）。
（22） 現スロバキア領カルパチア山麓のリューマチによく効くとされる有名な泥温泉場。
（23） ドイツ語の「紅茶を人に出す」という表現には「人をひどく叱る」という意味がある、そのことに掛けた言葉遊び。
（24） 鬼ごっこに似た子供たちの遊び。
（25） 十九世紀後半まで、ウィーンでは特別の出来事、特に死刑判決を受けた罪人などの犯罪記録が一枚の紙に印刷され、それが当時の最小貨幣単位の一クロイツァーで売られていた。

モイザズァの魔法の呪い

オリジナル魔法劇　二幕

１幕７場。中央に立っているのがアルツィンデ（女優はツォイナー）。右側にアルツィンデが流したダイヤモンドの涙に驚いているハンスとミルツェル（俳優はシュミットとクナイゼル）。左側の戸口で盗み聞きしているのはカール・カールが演じるグルートハーン。アン・デァ・ウィーン劇場での上演。
ヨーハン・クリスティアン・シェラーによる水彩画（1827年）。

登場人物

善徳の守護神
アーリエル　善徳の霊
モイザズァ　害悪の魔神
モイザズァの第一の霊
無常の守護神
無常の国の二つの影
或る声
夢の神

ホアンフー　ダイヤモンド国の王
アルツィンデ　その妃
マンゾール
オマール　ホアンフー軍の伝令
ハッサル　ムーア人
カランブーコ　戦士
オッサ　その妻
ホアンフー軍の隊長
グルートハーン　裕福な農民

トラウテル　その妻
ハンス　貧しい石工
ミルツェル　その妻
アルペンマルクトの町長
裁判所書記
フィリップ　町長の召使
ロッシー　宝石商、アルペンマルクトにある別荘の所有者
ヘンフリング　ロッシーの別荘の管理人
ロッシーの召使
炭鉱夫
牢番
四人の廷吏

インドの民衆。太陽の司祭たち。アルツィンデの廷臣たち。ホアンフーの戦士たち。ロッシーの召使たち。モイザズァの霊たち。善徳の霊たち。夢の中の人物たち。守護霊たち。無常の国の影たち。

初演は、一八二七年九月二十五日、アン・デァ・ウィーン劇場。ライムントは俳優としてこれに登場せず、劇場支配人カール・カールがグルートハーン役を演じた。音楽、リオッテ。

第一幕

第一場

インドの風景。遠方にダイヤモンド国の首都。遠く離れた丘陵の上に、モイザズァを祭った寺院の破壊された跡が見える。舞台中央にインド趣味溢れる堂々たる寺院が建っている。そこに金文字で「善徳に身を委ねる者は、ゆめゆめ悪の力を恐れるなかれ」という銘文が掛かっている。善徳の彫像がひとつ、寺院の中央の台座の上に立っている。これは百合の花を持ちヴェールを懸けた女性像である。柱には百合の花が飾りつけられている。民衆が小躍りしながらホアンフー軍の伝令オマールを舞台に連れてくる、そしてもの問いたげにかれを取り囲む。マンゾール。ムーア人のハッサル。

コーラス

勇敢な伝令どの、ようこそ！
君の眼に勝利の輝きが見えるね？
わが軍は凱旋したのかい、
わが戦闘は終わったんだね？
そうだ、君の晴れやかな心が語っているんだな――
君が女王様に吉報を持ってきたことを。

オマール　勝利をこそ、わたしは君たちにもたらすのだ。太陽がこのインドを照らすのが真実である如く！　そのかわり椰子の酒をわたしにくれ。（かれは側にいる者からビンを取る）戦争は血を飲み、平和は酒を飲む。

民衆　止めて、止めて、まずわれらに物語を！（かれが飲んでいるのを止めさせる）

オマール　救われたぞ、われらの国は。われらの国境から敵は駆逐された。終わったぞ、激烈な戦闘は。

民衆　太陽よ、褒め讃えられよ。

（一同、頭を地につけて平伏し、しばらくの間その姿勢のまま）

オマール　こうして民衆はひれ伏す、その間にわたしは喉を潤す。（飲む）王はわたしを先に遣わされた、王が凱旋なさるその日を女王に報告せしめんがために。

ハッサル　それで、お尋ねしてよろしければ、その輝かしい日はいつです。

オマール　（かれの真似をして）黒ん坊の密偵め！　その日を聞いて何をしようというのだ。太陽が夜をお前の顔の上へ焼き付けたのだな。つまりだ、お前は暗闇のなかをさまよっていればいいのだ。

ハッサル　あなたはわたしを憎んでおられるのか？

マンゾール　黙れ！（オマールに）女王のおでましがあり次第、われらが貴君を引きあわせましょう。憧れの心でアルツィンデ様はすでに勇ましい夫君の凱旋を待ちこがれておられる。

オマール　だが、何だ、あれは？　モイザズァ神の宮居は突き崩され、しかも日輪が輝くとは？　この寺院を建てたのは誰なのか、あれは何を祭ろうというのだ？

マンゾール　あとで壮大な見せ物が君の眼前に現れるぞ。

オマール　このムーア人が、ひょっとしてあのなかで火炙りにされるのかね。（独白）そうなりゃ、この世でおれが一番好きな見せ物になるってもんだ。

ハッサル　あなた用にわたしは一本の矢に毒を塗っておくぞ。

マンゾール　悪口を止めろ、善徳の宮居なのだぞ、あれは。

オマール　あのなかで悪徳が葬られるというのだな。

マンゾール　そうなったのだ。悪の霊モイザズァに、われらの国ではもはや犠牲は捧げられない。

オマール　それならこのダイヤモンド国に呪いあれだ！　すでに何百年もの間、あの残忍な虎を数知れぬ犠牲によって手なづけてきたのだ。あの虎の、つねに貪欲な牙がお前たちを嚙みくだくことを望まないなら、やつの前に獲物を投げてやるがよい。

マンゾール　女王は、王が戦闘にいで立たれてから、この国に支配権をふるっておられるが、われらが神々に捧げたあまたの生贄にもかかわらず、戦いはあまりはかばかしく推移しなかったが故に、女王は賢明な司祭たちと相談なされた。そこで善良な神々ならびに権勢ある太陽と並んで、モイザズァの悪しき霊が崇められるゆえに、神々は怒りたもうたと、思われたのだ。女王はモイザズァの神殿を打ち壊さしめられたが、その時あるまいことか、恐ろしい雷鳴捲き起こり大地は震えた、まるで転倒する列柱の重みが全王国の骨髄までもゆり動かす如くであった。

オマール　獅子をその洞穴から追い立てれば、吼えるものだ。

マンゾール　だがいかに大地が震えようとも、女王の心は不動のままだ。あれに代えて女王はこの善徳の谷に寺院を建てられ、その上に「善徳に身を委ねる者は、ゆめゆめ悪の力を恐れるなかれ」と書かれたのだ。ちょうど今、この宮の献堂式が行われる、あそこに、もう司祭の群が近づいてくるぞ。

ハッサル　善徳がわれらをモイザズァの復讐から守りたまわ

んことを！　朝方はずっと天は雷雲に覆われていた。あの雲は呪文をつぶやくが如く不満げにうなっている。そして稲妻の火炎の舌はあの宮居の丸屋根を舐めている。

第二場

華やかな行進曲。インドの踊り手たちが先頭をきって舞い出てくる。それから太陽の司祭たち、美しく着飾った乙女たちは手に手に百合の花を持ち、頭には白バラを飾って、寺院の階段の周りにグループをつくる。司祭たちは寺院の内部で仕事をしている。そのあとアルツィンデとその廷臣たちが現れる。かの女は脇にある玉座につき、その側に王国の主だった人々。民衆は寺院の周りと玉座の向かい側に別れて立つ。前場の人々。

コーラス

歌えや、麗しき花の褒め歌を、
インドの野に花咲き
神々の栄誉に叶い
善徳の幸《さきわ》いに映える花よ。
なんじの栄光を贈りたまえ、おお太陽よ、
女王のいと賢き頭《こうべ》の上に、
なぜとならば、女王の心は敬虔なる至福に満ち、
神々の全能を信じたもうがゆえに。

アルツィンデ　勝利の冠を頂いた、わたしの国の皆さん、皆に集まってもらいましたのは感謝の念が歌い出す、大合唱に唱和してもらうためです。なぜなら神々はわれらに明らかに示したもうたのです。われらがモイザズァを倒して、太陽の怒りを宥めたこの瞬間から戦いは好転し、われらの軍勢の矢は敵の胸に向けられたのです。ここでわれらが神神を賛美している間に、きっとわが夫、戦士である王は、戦いに倦んだ敵の僅かな残党をこの国の境から追い払っていることでしょう。

マンゾール　そのとおりでございます。力強き太陽の高貴なる娘よ！　太陽はあなたの予言者のごとき予感を愛でられたのです。そのお言葉が真実であることを、ここにひかえた伝令が保証いたします。

オマール　おおいなる女王よ、ここに跪いてあなたの玉座の塵に口づけいたします者は、半ば畏敬の念から半ばは疲労から、と申しますのはわたくしは全速力で王の陣営からこの心地よき重荷を背負って参りましたので、とてつもない重みのある報告を申しあげます！　平和、この黄金の言葉

はすべての棕櫚《シュロ》の葉に刻まれましょう、それが誠に誠に、平和の棕櫚とよばれるようにです。勝利されましたぞ、あなたの高貴なる夫君は。昨晩のうちに最後の戦闘は勝利をもって終わり、夜中、平和が締結されました。これにより敵国の一部があなたの国に帰属します。今日は軍を休息させますが、明日は出発し、シンバルの響きと歓呼の歌とともに祖国へ凱旋いたします。
　このことを報告いたしますため、私は派遣されました。私の任務は完遂され、伝令の役は終わります。
（立ち上がり後ろへ下がる）
アルツィンデ　（跪いて）太陽よ、褒め讃えられよ。
一同　神々に栄光を、ホアンフー王に栄光を！
アルツィンデ　おおわが夫よ、なにゆえにわたしはあなたの雄々しき胸に飛びこむことができないのですか？　名付け難き神々の高貴な息子である、あなた、あなたの愛をわたしは　アジアの全ての王冠と交換したいとは思いませぬ。民衆よ、歓呼の声を挙げ思い切り喜びをぶつけなさい。司祭たちよ、寺院を祓い清めておくれ、善徳の威力は証しされました。そのため、永遠の記念碑がここに建てられるがよい！　誰がわたしに言うでしょうか、なぜわたしの幸福がわたしをこのような喜ばしい狂気に駆り立てるのかと？　またこの喜びが分かち難く、皆のものであるのですから、わたしはその一部分もお前たちの心に委ねることができないのはなぜでしょう。おお、語っておくれ、誰がこの溢れる喜びの気高い重荷の一部なりとも、わたしから取り去ってくれるのか、黄金の太陽がわたしの心に贈ってくれた喜びの重荷を？　いったい、わたしはこんなに幸福であっていいのでしょうか？
（恐ろしい雷鳴。
舞台は黒雲に覆われる、そのなかから赤い稲妻が蛇のように曲がりくねって現れる。迫《せり》から火炎が吹き昇ってそのあとモイザズァが龍の翼をつけた妖怪の姿で現れる。頭上に蛇が巻きついた赤い箔の冠を頂く。身体は鱗で覆われている。一同は背景の方へ逃げようとする。数人が樹上に逃れる。アルツィンデは先の台詞のうちに玉座から下りていたが舞台前方に立つ。玉座は消える）
モイザズァ　（恐ろしい声で）アルツィンデ、なんじは幸福に値しないのだ！
アルツィンデ　（ぎょっとして身をすくめて）はあ、お前は誰、いやらしい妖怪め、お前を一目見るとわたしの魂は消えいるばかり。なんとお前は毒々しく、突如大地の懐から生え出た毒草のごとき姿をしていることか。
モイザズァ　モイザズァこそ、わが名だ、この名前をなんじは知らぬのか？　炎の筆をもって大いなる霊がわが名をかって地獄の暗黒の門に書きつけたのだ。しかしてわが眼から地獄の指令が光り出るのだ。

アルツィンデ　地獄がわたくしに何を指令することがあるのか？　わたしはお前を地獄とともにわたしの国から追放した。善徳はわが誉れ、お前など決して崇めはしなかった。わが国土がお前にやった犠牲など呪われてしまえばよい。

モイザズァ　それでは呪いに対して呪いを受けるがよい。わが宮居を転覆した呪われた女め。そこでわが憎しみはなんじの裏切り者の国を取り囲み妖魔の円を描くのだ。しかしてわれは生命あるものを、この魔圏の境から追放し、豊穣なこの土地といえども麻痺させてやるのだ。木々も果実も流れも渇き枯れよ。草木と、なんじの国に生命を誇るものすべて干涸らびるのだ。なんじの国民もこの宮廷の召使どももだ！　血がなおも血管を巡るとしても、人間も動物も立ったまま硬直し石に姿を変えるがよい！　この土地に大胆にも足を踏み入れるいかなる生き物もこの石と化す魔法に取りつかれ、ここにわが復讐の石の記念碑として立つがよい！

アルツィンデ　おお、わたしの夫！

モイザズァ　見ろ、この甘美なる情景を見ておのれを慰めるがいい。

（雲が昇ってゆく、人の群れが恐ろしげに立ちつくすのが見える。色とりどりの大理石に変って立ち、幾人かは棕櫚の木にぶらさがっているのが見える。しかし善徳の寺院は明るい陽光のなかに輝いている）

これはしたり、わしがあの寺院をわが誉れに抗うものと見なければならぬとは！

アルツィンデ　途方もない妖怪め、大地から吐き出された者よ。なぜならお前は大地の内部を毒そうと脅しているのだから、お前は太陽がその愛し子と名付けたこの国をどうして破壊できるのか？

（雲がふたたび下りてくる）

モイザズァ　呪いには呪いを！　破壊には破壊を！　いまやなんじの順番が来た。われこそ、なんじの願いに従って喜びの快い重荷を、なんじの細首から取り払ってやる者だわ。なんじの愛、魅力、望み、名誉、評判、なんじの王位を、毛玉のごとく一つに丸め潰して、それを地獄の泥沼に放りこんでやるわい。姿を現せ、青ざめた夜の霊たちよ！

（四人の黒衣の霊たちが現れ、女王に掴みかかる）

なんじら、わが呪いの証人となり、また実行者となれ。この女の魅力を打ち壊せ、王冠をこの頭からはぎ取れ、この捲き毛の輝きは萎んだ白髪に変わるがよい、膚は干からびそしてこの女の肉のない骨に、半ば腐ったぼろ切れがぶら下がるがよいのだ。だが、この女の腐った身体から若い魂だけは逃げ出さぬようにしてやろう。魂が幾度も苦痛を受け、この女の幸福な思い出がそのたびにその魂を悩ますがよいのだ。だが待てよ、人間の貪欲が死ぬまでこの女を苛むように、この女はダイヤモンドの涙を、そのインドの女王であった悲哀の印として流すがいい。さて、この女を引きずって行け、この姿を変え、しかして北風の凍てつく腕に投げ与えよ。北風はこの女を拉致して地の果てに飛び去り、そこで年老いたアリアドネ[1]よ、剝き出しの岩の上に留まるがよい。わが命ずることに従え！

（女王は失神して倒れる）

第一の霊　まだでございます。あなたは復讐に熱中するあまり忘れておいでです、この女に或る条件を課すことを。あなたが永遠の魂により呪縛されているようには、永遠に呪詛することはなりません。それゆえ、その呪文がこの女の幸福を拘束している期間を、そして何時、いかなる方法でこの恐ろしき呪縛が解けるかを話してください。

モイザズァ　いまいましい霊め。お前がわが義務についてわしを諌めるならば、わが宣告を聞くがよい。――さてこの女が死の腕のなかで喜びの涙を流すときにのみ、わが呪いが奪い取ったものがこの女に戻って来るがよい。さて、鈍重なる龍の手足よ、動くのだぞ、急いで去れ、期待がわが感情を鞭打つからな。世界最高の山にわれは登るであろう。しかして地獄の拡大鏡を通してこの女の惨めな人生を、心楽しく覗き見てやろうか。（退場）

（霊たちはアルツィンデを連れて、迫にて沈む）

第三場

場面転換。

アルプスの山の背の、遠く氷河を見はるかす風景。中央に渓流が流れている、地平線は　雲で暗く覆われている。右側に、グルートハーンの所有になる、丈の高い農家、左手に見すぼらしい小屋、そのそばの噴水の水が天然の水盤に湧きこぼれている。グルートハーンが怒りに熱くなって登場。偽善者じみた悪意のある、嘲笑ずきの野卑な老人。

グルートハーン

歌

この下の鼠谷にいる奴ら
ほんと、下賤な奴らだわ、
どん百姓、ミヒァエル・シュティーアめ
一年前わしのとこへ来たはいいが、

老いぼれ婆よろしく泣き出して
わしにつきまとって、言うことにゃ――
「なあ、愛するグルート兄弟よ、
おねげえだ、おらの家をかたによ、
五百ターラー貸してくんろ
おねげえ申しますだ」ときた。
（偽善者ぶって）
でわしはな、馬鹿がつくほどお人好しだからな、
わしの心はそりゃもう真実一路、
ほかじゃどこにも見つからない、
わしゃ馬鹿正直だで、貸してやるとも、
わしはあいつを机のとこへ連れていき
反古みてえなものを書きつける、いわく――
「五百ターラー、現生《げんなま》で、
貴殿に貸そう、期限は一年、
貴殿に負担かけぬよう、利息は八分、
返済しなされや」
この一年間はどこさ行ったただ、
わしが走り廻ろうが、
何と叫び、罵ろうが、
わしの金はいっかな戻ってこやしねぇ。
しばらくあいつは病気にかかり、
悪魔め、あいつに恩義を感じてやがる。
今やあいつは元気取り戻したが、
わしの金は払ってくれねえ、犬め。
あいつにゃ、きちっと談判してやる、
どっちが主人かを教えてやるぞ、
だがよ、あいつの嬶《かかあ》が家にいる、この
女ときたら、わしを豪気にあざ笑う。

ちぇっ――恩知らずな奴らめ、差押えられるとはこれっぱかりも頭にねえ奴らだ。グルートハーンよ、さて、どうしたらあの金を取り戻せるかだ。わしは他人を騙そうと思えば騙せるわ、けど、わしはそんなことできやせん、わしは善人すぎるのだ。だが、誰かまたわしのとこへ来て、金の無心をするかも知れん。そうなったら、グロッシェン銀貨一枚を五十歩離れたとこから人に見せてやるより、わしの財産を七千クラフター(2)も地下深く埋めて、わしの家の四隅に火をつけるほうがましだ。わしは犬一匹飼ってそいつを躾けて、奴らを家からおっぱらってやるぞ。わしはまったくお人好しだからな、なんとか性格を変えなきゃならんわい。――ところでと、うちの嬶はまたどこさ行ったただか。トラウテル、聞こえんのか？

第四場

グルートハーン。トラウテルが来る。かの女は何時も病弱で弱々しくしゃべる。

トラウテル　なに、あんた、そんなおっきな声出してさ？

グルートハーン　どこ行ってた、この碌でなしめ、一声呼んだらすぐ来るんだ。

トラウテル　あたしゃ空気に触れるのはいけないて言われてんのよ。

グルートハーン　なら、墓場へ入ればいいのだ[3]。

トラウテル　で、なんの用さ。

グルートハーン　帽子を家から取ってこい、そいからパイプだ。この上着は持っていけ。（上着を脱ぐ）

トラウテル　すぐやる。（退場）

グルートハーン　まあ、いい女房だわ。あいつが年を取りすぎてる分だけ若ければ、わしはあの女をもう一度好きになっただろうがね。あいつが味気ない分だけ、いい女だったらなあ。（誰かに心の中を打ち明けるように、小声で）三十年前だが、あいつ、わしの金を五グルデン騙し取ったことがあった。これはわしも未だに忘れとらん。わしは善人だ、わしの思いやりは特別だ、が、わしは何も忘れやせんぞ。（耳の後ろを指さして）わしはここに小さな本を持っておる、ここに書き込むのだ。ここんとこだわ。（トラウテルが帽子とパイプを持って来る）なんとまあ、夫婦てえものは片方がもう一方のいうことを聞くとすりゃ、お互い幸福に暮らせるてぇもんだな。（女房を手ひどくどなりつける）お前はいつもベタベタと這い廻っているのか？　何が欲しいんだ？

トラウテル　さあ、パイプ持って来たさ、そいから帽子。

グルートハーン　そんなら、そう言え。

トラウテル　そんなに邪険にしないでさ、あたし今日具合よくないのさ。

グルートハーン　リューマチにでもかかったんだろ、そんなこと頭から叩き出しちまえ。

トラウテル　そんなことできないさ。

グルートハーン　なら、わしが叩き出してやる、わしならできる。

トラウテル　あたし心臓の具合悪いのよ、どこか弱いとこあるんだわ。

グルートハーン　誰でも心臓の具合悪きゃ弱いのは当たり前だ。

トラウテル　あんた医者をよんでくれなきゃ、あたしはもう死ぬよ。

グルートハーン　心臓が打ってるかぎり死にゃしねえ、お前はリューマチだ。ほかは何もねえ。蛭に吸わせるんだな、そうすりゃ万事良くなる、わしはさっき下の小川で一匹踏みつけた、あれで治るからな。
トラウテル　あたしリューマチじゃないさ。
グルートハーン　リューマチの末期症状だ、わしがお前を見ただけで、わしの体がちくちくしてくるからな。
トラウテル　あんた、一銭もお金をうちへ入れないじゃないさ。あんたがみんなにひどく嫌われてるからさ。
グルートハーン　わしに意見するのか。
トラウテル　（傍白）ちょっとこの人におべっか使ってやるわ、この悪党、さもないとこの人から何も貰えやしないからさ。（へつらうように）ねえ、あたしの人生の楽しみはねぇ――
グルートハーン　（猿真似して）おまえ、楽しみのシミだらけか。(4) また亭主から何をくすねようってんだ。ずる賢く、楽しみはねえ、などとぬかしおって。
トラウテル　あたし医者に来てもらうわ。
グルートハーン　わしにぶどう酒を二升持ってこい。
トラウテル　ねえ、医者を呼んでいいんだね。
グルートハーン　だが、ましな奴だぞ。これだけは言っとくぞ。
トラウテル　あんたありがとう、下の村にいいのが一人いるっていうよ。
グルートハーン　そいつが硫黄臭くなきゃいいんだがな。
トラウテル　それ何のことさ。
グルートハーン　ぶどう酒だ。
トラウテル　あたしは医者のことかと思ったさ。
グルートハーン　誰が医者のこと言ってるのだ。
トラウテル　あたし。
グルートハーン　わしはぶどう酒のこと言っとるんだ。
トラウテル　あたしにぶどう酒関係あるの？
グルートハーン　わしに医者が関係あるか？
トラウテル　あたしがぶどう酒とってくるわよ、でも医者のお金払ってよ、でないとあたし死んじゃうわよ。
グルートハーン　じゃ、医者呼んでこい、けど、お前が明日までに丈夫にならなかったらお前の生きてる限り二度と病気になっちゃならねえぞ。
トラウテル　（独白）さあ、やっとだわ。（声をあげて）ありがとよ、あんた。（去ろうとする）
グルートハーン　こっち来い。（トラウテル戻って来る）今こそ判っただろうが、わしがどんな亭主かってことがな。
トラウテル　そりゃ、そう思うわ。
グルートハーン　それはそうと、お前わしを好いとるか。
トラウテル　そりゃ、あんたを好かない人が誰かいるのかえ。

グルートハーン　わしの手に接吻しろよ。

トラウテル　（そうする）あああ、シヤワセだわよ。（家のなかへ退場）

グルートハーン　こんな風に女房を仕込んでやらなきゃならん、そうすりゃ、一家の主が誰か判るってもんだわい。わしは甘い顔をしなかったほうがよかったかも知れん。だがああ、わしはまったくお人好しだわ。（トラウテルが空の瓶を持ってくる）来たか、金をやるから行ってこい。

トラウテル　（傍白）ああ、神様、あたしの悩みからあたしを解放してくだされ、もう死んでしまいたいわ、そうすりゃぁ、うちのひとを一生見なくてすむんだからさ。（村の方へ去る）

グルートハーン　（ひとりで）女が病気だのなんのかのと、ぶつくさ言うのを許していたら、女は無駄金を使うにきまっとるわい。そんな金を間に合わせることなどできやしねえんだ。（自分の額を叩く）金を出してやらなきゃよかったかな。（突風が巻き起こる）うへえ、吹け吹け、馬鹿な風め！　灰色にこびりついた雲を吹きとばせ、空はもう二週間ものあいだ灰掻き女みてぇにまっ黒だわ。（突風）へい、へい、へい、へい、へい、馬鹿な真似するんじゃねえ。風の冷たいことときたら。（突風）おや、この風ときたら樹の頭に吹きつけてものすごくゆり動かしているぞ、まるで親方が丁稚小僧の頭を小突いているみてえだ。親方に頭がねえんだから、他人の頭があるのに我慢できねえってわけだわ。（突風）煙草も吸わしてくれねえのか、忌ま忌ましい、お前なんかに邪魔されやせんぞ。この空気野郎！　どれ、なかへ入るとするか、今だ、吹き飛ばされないぞ。（かれは戸の後ろに隠れて、頭だけ覗かせる）そら、吹くなら吹いてみろ、やれるもんならな。（嘲って）じぁな、あばよ、愚かもんの風野郎！

（戸をバタンと閉める）

第五場

嵐を告げる音楽。老婆の姿に変り、乞食の身なりをしたアルツィンデの姿が、北風の両の翼の間に乗って、舞台裏の上方をざわめく音をたてて行き過ぎる。風に頬を膨らませ飛行する姿態が、巻き毛に氷柱を垂れて、薄絹のなかから現れる。このような空気の流れを表現するのは舞台画家の想像力に任される。

音楽が嘆きの調子に移行する。かなりの間があったあとで、アルツィンデが舞台に現れる。頭髪は灰色だが、その姿には威厳がある、衣服は着古したものだが、ぼろぼろではない。

アルツィンデ　わたしはどこに居るの？　猛々しい嵐はわたしをどこへ運んで来たの？　――わたしが今いる不幸な国は何という名なのか？　ここはわたしの国ではない、わたしの眼に語るのは未だかつて見たことのない物、見知らぬ小屋、見知らぬ山々、太陽の無い見慣れぬ空、月も星も青空も見当たらぬ。わたしはすっかり疲れた、座りたい。どの泉の水でもいい、わたしを元気づけて！（かの女は水盤の端近くに腰をかけ、水の吹上げを見る、跳び上がって）なんと醜い顔形がこの噴水の鏡から覗き見している。でもこれはわたし自身の姿ではないでしょうね。そんなことないわ。（手を伸ばしそれを見て驚く）この皺だらけの手は誰のものかしら、このぼろぼろの衣服は、誰のためにわたしはこの代役をしなければいけないの？　わたしではない、取消しておくれ、噴水よ（もう一度自分の姿に眼をやり、硬直して）またしても写し出すわたしの姿、わたしだわ、わたしだわ。（絶望のあまり芝生にくずおれる）不幸な女！（身を起こし絶望的に笑う）これがアルツィンデ、インドの花と歌われた美女、萎びたアザミに姿を変えられた。おお、わたしの誇り高い心よ。豊穣な宮殿から追い払われて、いまお前は、なんという屈辱の家に住まわなければならないことか。わたしには我慢できない、望みを絶たれた心よ、この腐った監獄の門が吹き飛んでくれればいいのに！（不安げに）急ぎわたしを助けに来ておくれ、わが祖国の偉大な人々よ、どこにいるの、わたしの召使たち。（強い声で叫ぶ）奴隷たち、（こだまが反響する――「奴隷たち」）甲斐もないこと、こだまがわたしの叫びに答えてくれるただ一人の奴隷なの。わたしは独《ひと》り、わたしの国民からも追放された、わが神々からも。おや、なんの音かしら、はあこの世の生き物だわ、おお、なんと醜い恰好なの！

第六場

グルートハーン。アルツィンデ。

グルートハーン　誰だ、そこで叫んでいるのは、いったいお前はどうしてこの山の上まで来たんだ？　家の周りを這い廻りやがって。

アルツィンデ　お前が人間ならば、どうやら言葉から察して人間と思われるが、お前が生きている世は何という名なのか、言っておくれ！

グルートハーン　行っちまえ！

アルツィンデ　お前が人間ならば、わたしをお前の小屋にかくまっておくれ、太陽はお前に報いて下されよう。

グルートハーン　ははは、太陽が感謝の心からわしの背中を照らしてくれようと言うのか。お前、わしの知らない太陽なんかでわしを追い出す気だな。

アルツィンデ　この男は太陽を知らない！　嘆かわしい！　同情しておくれ、飢え渇きのあまりお前の小屋に辿りついたのです。わたしにいくらか米を食べさせておくれ。

グルートハーン　（驚いて）何がほしいって、米だって？　乞食女が米を。この女は食べたいものはすぐにでも手に入ると思っているらしい。

アルツィンデ　おお、ほんの一かけ砂糖をわたしにおくれ！

グルートハーン　（笑って）砂糖が欲しいときた、この甘っちょろいおちょぼ口め。ええと、わしはあれをどこへやったかな、この女に一発、骨身にこたえる奴[5]を与えてやる。それにせいぜいしゃぶりついていればいいのだ。

アルツィンデ　同情しておくれ、わたしは飢え渇き苦しんでいる、元気の出る香辛料をあたえておくれ。

グルートハーン　こうなっちゃあ、わしはもう我慢するこっちゃない。この女はいまピリピリ辛いものを欲しがっとる。わしはこの女もろとも阿呆の塔に行くぞ。わしが生まれてこのかた、まだピリカラものなど見たこともない。この女はそんなピリカラものを探して歩き廻っているのだな。

アルツィンデ　人でなしめ、わたしがお前の家の戸口で死ねばいいと言うのですか？

グルートハーン　何を言いおるのか、わしの家の敷居で死にたいなどと大それたことを。わしにお前の埋葬をさせようなどと、面倒なことを！　この山を下りていけ、そしてどこか、お前がくたばる場所を探し廻るがいいのだ。

アルツィンデ　お前は人間なのか、お前の胸には心が無いのか。

グルートハーン　無いんだな。笞《むち》一本以外、わしの家には何もないのだ。

アルツィンデ　太陽よ、なんという憂き目を見ることか！

グルートハーン　出て行かなきゃ、すぐに笞の効き目が判るってもんだ。

アルツィンデ　（誇り高く、力強く）わたしはお前に命じる、わたしをもてなしなさい。わたしはインドの女王である。

グルートハーン　今度はこの女が気違いだと判ったてぇわけだ。あんたがインドの女王だとよ。わしは腹を抱えて笑ってしまうわ、この女よりもでかい腹でな。今すぐお前がわしの戸口から立ち去らなければ、お前を山から突き落とすぞ、行け！（かれは戸口からかの女を突き出す、かの女は膝を折る）このインド産の砂糖漬け乞食女め！（扉を強く閉める）

アルツィンデ　（ひとりで、激しい絶望のうちに）嘆かわしい、こうしてわたしが見知らぬ星に降り立ち、太陽の輝く国から追いはらわれているとは。ここに住むのは人間ではあるまい、化け物ども、わたしを呪ってここに送った、あの竜の息子の傭兵どもだわ。この地では乳香も薫ることは許されぬ、棕櫚は花咲くことなく、荒れ果てた墓はあの地獄の川原。見よ、見よ、なんと小さなフーリエ(6)たちが角の出た頭を振ってあの禿げた岩の上に飛び跳ねていることか。もう二度とわたしはわが国民、わが夫を見ることはないのか。わが身も破滅、わが魂も破滅。(膝からくずおれて、強く叫ぶ)おお、太陽よ、わたしを救いたまえ！(わたしを救いたまえ、と谺する)儚いこと、太陽はわが願いを聞かれぬ、谺がわたしをあざ笑う。あの輝きはこの呪われた国には届かない。何という不安がわが心を締めつけるのか、すべてのものからわたしは見捨てられてしまった。そして太陽をさえ祈り祭ることができない。恐ろしい運命よ！ いと高き存在への望みを奪われた人間など、なんであろう？ わが眼は眩み、あの山と峰が光と色を失ったように思われる、そして空の身の毛よだつ灰色に溶けこんでいるようだわ。世界はわが眼の前で千々に消えうせる、あの流れ以外なにも眼に入らない、あの流れは全身を痙攣させ、この混沌を通してのた打ち、わたしに向けて湿った腕を差し延べている。わたしから離れるがいい、恐ろしき思念よ、わたしを捕らえてあの流れのなかへ引きずりこむ。お前にはついて行かない、——是非もない、でもやはり——絶望よ、勝利を喜ぶがいい、わたしは行かなければ。(かの女は流れに向かって急ぐ、突然、陰気な雲を破って光が輝かしく現れる、あたり一帯を照らし流れのなかに反射する。アルツィンデは初め川に写る太陽を眼にしてあとずさる)ああ、太陽が見える！(空を仰ぐ、かの女の全身は震えるほどの喜びのなかに溶け込む)太陽だわ。(感情をこめて)太陽よ、あの——(震える声で)太陽、わたしの太陽、わが魂のいと高き慰めよ！(跪き、それから喜ばしく跳ね起きる)喜びよ、喜びよ、太陽はここにいます、森よ、崖よ、木々よ泉たちよ。わが眼に新しく生まれたもの、わが望みのごと、緑の衣装をまとうもの、聞くがよい、わたしは捨てられていない、永遠の太陽はわたしを見捨てなかった！ おお、またわたしは身が軽くなった、太陽の光はわたしの心のなかまで、照らしてくださる！ さあ、今わたしは耐える勇気、耐え忍ぶ勇気が湧いてきたわ。

人生のあらゆる喜びを遠く離れて、わたしは
悲嘆と苦悩を抱きつつ、闘うのです、
それでも太陽に嘆き訴えることができる、
心にしかときめて、太陽に言いましょう——
わたしはわが青春の喜びすべてを
善徳の誉れのために捧げました
そしてわたしへの報酬を

いつの日か、あなたの天の玉座で頂きたいのです。
（かの女は芝の上に座り、深い物思いに沈む）

第七場

楽しげな歌の前奏が始まる。
ハンスが嬉しそうに登場。アルツィンデ。

ハンス

歌

素敵だな、森はよぉ、
楽しいなあ、谺はよぉ
森じゃ歌うよ、アトリや夜鳴き鳥だよ。
だからおいらはすぐに出かけたよぉ
森のなかへよぉ
可愛い小鳥にすぐさま罠を仕掛けたよ。
おいらが仕込んだ途端によぉ、
おいらの網にすぐ跳び込んだよぉ
まったく愉快な小鳥がさぁ。
待つ間もあらず、素早いこと
おいらはさっと考えたってこと、
さてなにを仕留めたか、知りてえと思ってさ。
おいらがなかを覗き込むとよぉ、
ぎょっとして立ちすくんだよぉ、
ひっ捕らえたは、小鳥にあらず、一人のあまっ子さ。
だからよ、おいらは歌うよ、歌っこ、
素敵だな、森はよぉ、
抜け目ないこんな小鳥が捕まえられるとこ。

（ミルツェルの歌の前奏、かの女が嬉しげに跳びはねて入ってくる）

ミルツェル

歌

あたいに言ってよ、ねえあんた、なんでそんなに先に行くの？
そんな壊れた瓶みたいに歌ってさ？
ひょっとしてあたいにくれる愛がもうお終いっていうの、
あんたの女房に飽き飽きしたっていうの？

男って、なんてどうしようもない馬鹿なんでしょ！
アルプスの牧場にこんな美人の女房がいてさ、
あたいの顔にはこんな可愛い眼があるじゃないさ、
あたい、こんなに細っそり、新芽をふいた麦の茎よ！
それにお祭りの日、踊りではなんと幸せなんでしょ、
あたいは一度も息を切らしたりしないからね。
あたいの足は、そりゃすこし大きいわよ、
だけどそんなこと構やしないわ、
だからあたいの誠実さってのも、しっかり立っているのよ、
一歩だってそこを動いちゃだめよ。
あたいのいい男、あんたがあたいのたった一つの楽しみよ、
ああ、ハンス、あたいにキスしておくれよ。

（ハンスはかの女にキスして、喜びのあまり空中に跳びあがる）

ハンス
森よ、万歳、
森よ、万歳、
おいらが小鳥を捕まえたとこだもの！

二人で

ハンス
森よ、万歳、おいらが小鳥を捕まえたとこ！

ミルツェル
森よ、万歳、あたいがいいひと捕まえたとこよ！

ミルツェル　やめて、やめて、あたい、あんたのことでほんとに腹を立てちゃうわよ。あんたはひどい男よ、前を走って、あたいのこと全然振り向いてくれないじゃないさ。あたいがまだ独りだった頃、あんたあたいの後ろを追っ掛けまわしてさ、何処へ行くにも、でも今は——隣の小母さんが前にあたいに言ってたわ。これが、二人が結婚してる何より確かな印だと。今日二人が結婚するという日にゃ、女が前を歩くけど、つぎの日にゃ男が女を後ろから歩かせるってわけね。

ハンス　だがな、可愛いミルツェル——

ミルツェル　しらを切るつもりなの？　まず最初にあんたが行く、そいからあんたのスピッツ、その後にあたい、あたいと犬、いっつも一緒に並んでんの。あべこべよ、この人はスピッツにはときどき口笛を吹く、でもあたいのことはこう思ってるのね、お前はおれの家へ付いて来る、お前なら居なくなりゃしないって。

ハンス　おいらにゃ判らないな、おいら、犬が側にいるのがそりゃ好きなんだ、おいらたち二人で出歩こうと、三人だろうとね。

ミルツェル　ねえ、こないだはあたいたち四人だったわ、あんた犬を二匹連れてきたわ。(7) 一匹はあんたが飲み屋から連れてきた、も一匹は一緒について来たんだわ。

ハンス　さあ、でもあいつがこないだ行方不明になった時にはよ、お前みたいにあいつを見つけられたのは誰もいなかったな。

ミルツェル　(機嫌よく) そうよ、あたいがとても細かいことに気が届くから、そうしたのよ。

ハンス　だけどもう止めようじゃないか、おいらたち小さい餓鬼みてえにスピッツのことで言い争ったが、これこそ本当の悪戯(8)ごっこってもんだ。

ミルツェル　じゃぁもう仲直りするわ、あたいの言ったのはほんの冗談、あんたをとても愛してるわ。あんたはほんとあたいのいい人だもん。

ハンス　で、お前はおいらのいい女だ。つまり、おいらたちは最高の夫婦てもんさ。

ミルツェル　当たり前よ、あたいたち仲良し、で、あたいたち何かもっと食べるものがありゃ、なんでも良くなるのにねえ。

ハンス　心配するない、神さまが助けてくれらあ。だっておいらたち今さっき町長さんに土地税を持っていったんだからな。毎年八グルデンは笑い事じゃねえ。見ろよ、お日様はあんなに親切に光ってるじゃないか。回りを見廻してみな。(アルツィンデに眼を止めて) おい、ここに寝てる婆さんはどこの人かな？　この人は病気みたいだ、泣いてるぞ、慰めてやろう。

ミルツェル　お婆さん？　じゃぁ、慰めてあげてもいいわ。

ハンス　(アルツィンデのところへ行き) なああんた、聞きなさい！

アルツィンデ　(体を起こして、二人をみつめる、驚いて跳び起きて叫ぶ) 人間だわ！(逃げ出そうとする)

ハンス　(かの女を押し止めて) おい、あんたどこへ逃げるんだ？　まあ待った、悪いようにはしないからな。

ミルツェル　そうよ、パンを一切れ食べない？

アルツィンデ　(かれらを驚いて見つめ) あなたたちは本当に人間なの？

ハンス　はてね、あんたはおれたちのことを甲虫みたいなつもりで、見ているのかい。

アルツィンデ　人間なのだね、あなたたちは哀れんでくれるのね？

ミルツェル　ああなんてことを、どうして哀れまないなんてことが、あたいたち時々自分が哀れになってしまうわ。
アルツィンデ （同情して）それではあなた方は不幸なの？
ミルツェル まさか、あたいたちはほんとに幸せよ。
ハンス おいらたち、ただ金がないだけよ。
（グルートハーンが窓に姿を見せて、聞き耳をたてる）
アルツィンデ それがわたしには判らぬ。
ハンス （ミルツェルに）判るかい、この人は耳が聞こえないよ。（アルツィンデの耳に向かって大声で）おいらたちには金がないんだ。あんたには判らないことかも知れないがね、おいらがポッケに手を差し込んだら、何も無いてことが、手摑みでわかるんだよ。
ミルツェル ねえ、あたいたちって、ほんと、幸せな不幸せ者なの、世のなかには時々、不幸せな幸せ者がいるとおんなじようにね。
ハンス それこそ良き注釈ってもんだ。なあ、おいらたち貧しい石割り職人さ、あそこの裏の石切り場で働いてる、時にはひもじい思いもする、石だって同情したくなるほどだよ。だけど、それは冬だけ、夏にはまあまあ良くなるんだ。
ミルツェル なにをこのお婆さんに向かってしゃべってるのよ、この人に何か持って来てあげて、行かせてやりなさいよ。
ハンス いいや、この人が気に入った、この人、まだなんにもしゃべらないけど、おいらが思うには、この人はきっと面白い人だぞ。（アルツィンデに向かって）なああんた、おいらとうちの女房はお互いほんとに愛してるんだ、これがおいらたちの幸福なんだ。
アルツィンデ （ミルツェルに）それではあなたは夫を愛しているのね？
ミルツェル 心の底からね。
アルツィンデ で、もしあなたがその人を失わなければならない時は？
ミルツェル あたいが、うちの人を？
アルツィンデ あの人が永遠に奪い取られてしまったとしたら？
ミルツェル そしたら、あたいもう生きてはいないわ。
アルツィンデ ああ、わたしはまだ生きている——この女はこの貧乏男のために死ぬ、だがわたしはまだ生きている——（激しく泣く）おお、わが夫よ、わが王である方！
（かの女の涙が、ハンスがなにげなく差し出している帽子のなかにこぼれる）
ハンス さあ、なぜ泣くんですかい？ あんたはいまちょうどおいらの帽子に涙を流した、おい、ミルツェル、見ろよ、こりゃどうしたんだ、この人の涙はガラスだよ、この人が泣くと小さな宝石ばかり出てくるよ。

ミルツェル　まさかそんなことが。

ハンス　つまるところこの人は目のなかに採石場を持ってるんだ。

ミルツェル　あなたは何という涙を流すのですか？

アルツィンデ　わたしはダイヤモンドの涙を流すのです。

ハンス　こりゃたまげた[9]なぁ、おいら今までの人生で聞いたこともない、女が恋人を涙にして出すなんて、もしも女が恋人のために泣くたんびにダイヤそのものを眼から出すなら、こりゃ、恐ろしいことだわ。

アルツィンデ　言っておくれ、ダイヤモンドはここあなたたちの世界では価値があるの？

ミルツェル　そうね、そうだと思うわ。あたいたちが働いているとこのご主人は指輪を一つ持ってるわ、たったこれ一つで採石場全体よりもっと値打ちがあるんです。

アルツィンデ　それならわたしの言うことをよく聞いておくれ、おそらくわたしは自分の涙であなた方を幸福にしてあげられるでしょう。或る人に幸福を呼び起こすものが、残念にも、しばしば他の人には不幸を呼ぶのです。わたしをあなた方の家にかくまっておくれ、わたしにごくわずかな日々の糧をくだされればいい。あなた方の仲間の酷い仕打ちからわたしを守っておくれ、そしたらあなた方はわたしの涙を自分の財産として取ってください。これは豊かに流れ出てくるでしょう、なぜならわたしはわが運命をいくら嘆いても嘆ききることはないでしょうから。

グルートハーン　（窓辺で）あの女をわしは手放しゃしないぞ。心が善良なわしのことだからな、あの女を引き取ってやろう。

ハンス　だけど、誰があんたにそれを教えたんだい？　あんたはもしかして魔女かも知れないだろう？

ミルツェル　そうよ、それをあたいも聞きたかったのよ。

アルツィンデ　わたしがあなた方に打ち明けることは誠のことです。わたしの涙に砕けるこの太陽の光のように真実です。わたしはインドの或る国の王妃です。あなた方と同じく、徳に身を任せている者ですが、わたしが悪魔の神をわが国から追放してしまったので、かれは復讐の念からわたしをあなた方の土地へと追い払ったのです。わたしは国民から愛されています、国民はわたしの美しさと心映えを称賛しています、わたしは優しいわが夫からも愛されているのですよ。幸福の寛大さがわたしに与えてくれるものすべてを、あの悪魔がわたしから奪い取ってしまったのです。

（泣く）

ハンス　おいらもいま泣きたくなったな、でもおいらの涙は一文の値打ちにもならねえや。

アルツィンデ　でも若者の心をあの悪魔はわたしから奪い取

らなかった、わたしが以前喜びを感じたのと比べ、今はより激しく苦痛を感じるのです。わたしのいうことを信じてくれますか?

ミルツェル　そういうことがあるんですね、わたしも魔法にかけられたお姫様の話をよく聞いたわ。ねえ、御前様、どうかご安心くださいよ。あたいたち御前様をお守りいたしますからね。

ハンス　御前様だと、何を考えてるんだ、お前、現場監督とでも話しているのか?　王妃様をなんだと思ってるんだ。おいらたちは王妃様を匿ってあげてるんだぞ。おいらたちの持ってるものは王妃様にも差し上げるんだ。

アルツィンデ　なんて親切な方たち!　わたしの涙は感謝に溢れて流れるでしょう。

ミルツェル　ああ、毎年雪が溶ける春の頃、この方が一度だけ泣いたとしても、あたいたち一年間それで生活できるんだわ。(喜んで)王妃様はあたいたちを幸福にしてくださるんだわ。

ハンス　そうなりゃ王妃様は、この人を泣かせるもとになる苦しみなんか必要じゃなくなるぞ。おいら、この人にうんと辛いわさびをすってあげるから。そうしてさ、この人はダイヤの粒の涙を流して、おいらたちみんなを笑わせてくれるぜ。

ミルツェル　そうね、そりゃ素晴らしいわ、ハンス。あんたが帽子に入れた涙を明日すぐに町に持ってったらいいわ。いま王妃様はあたいたちの小屋にお入りになるんだから、なかで王妃様はミルクとパンを召し上がるわ。あたいたちはもう石割り場に出掛けましょう、あたいたち、道具を取りにきたのよ。晩になったら家へ帰ってきましょう。そこで　三人でゆっくりくつろぎたいわねえ。

ハンス　そうだな、大好きな優しい王妃様、なかへお入り下さい、それで王妃様、おいらのスピッツによく気をつけてくださいよ、王妃様、なかから戸をしっかり閉めてください。うちの隣の男は意地悪い奴なんです。こいつのことは王妃様、信用しちゃいけませんぜ。こいつに戸を開けちゃいけませんぜ、王妃様。

アルツィンデ　心配しないでください、わたしはもうあの男のことは知っています、あの男はわたしを戸口から突き出したのですから。

（かの女はなかへ入る。ハンスとミルツェルはハンマーを持つ。アルツィンデはなかから戸に閂をかける）

デュエット

ミルツェル

ハイサー、ユーヘー！　ハイサー、ユーヘー！
今からあたいたち石切り場へ出かけんのよ。
ハンス　万歳、ユーヘー！　万歳、ユーヘー！
おいら喜びに溢れてどしたらいいか判らねえ。
二人で　嬉し楽しの心なら、なんの憂いもありません、
王様たちにも替えられないさ。（替えられないわよ）
ハンス　もしおいらが十五億の金を持ってたとしても、
おいらはこの山以外のとこには住みたくないね。
ミルツェル　あたいは大理石の立派なおうちを建てるわよ。
ハンス　おいら、家庭をいちばん上品に飾りたてよう。
ミルツェル　あんたのスピッツ、あれが一番にいい目に逢うんだわ。
ハンス　あいつにゃ豪華な首輪をつけてやろうぜ。
ミルツェル　雌牛だって前みたいに干し草ばっかり食べなくていいわね。
ハンス　奴らは一日中、コーヒーのほかは飲まないさ。
ミルツェル　それに牛小屋を全部鏡張りにしなくちゃね。
ハンス　そうすりゃすぐさま雄牛が角で突っ込んでいくぞ。
ミルツェル　召使と牛飼いたちはみんな垂れ髪の鬘《かつら》をつけるわよ。
ハンス　脱穀農夫が麦打ちする時にゃ、お仕着せを着るんだよ。
ミルツェル　銀の縁飾り。それ以外のものなら恥をかくわ。
ハンス　そいで一人ひとりが手に手に金の殻竿《からざお》を持つんだよ。
二人で　ハイサー、ユーヘー！
（突然悲しげに、耳のうしろを掻いて）
ああ、つらい、ああ、つらい！
今からおいら（わたし）たち石切場へでかけるぞ（でかけるのよ）。
ハンス　ハイサー、ユーヘー！　ハイサー、ユーヘー！

ミルツェルよ、なあ、気にしちゃいけないぜ。

二人で（楽しく）

嬉し楽しの心なら、なんの憂いもありません、

王様たちにも替えられないさ。（替えられないわよ）

（小躍りしながら退場）

第八場

グルートハーン（忍び出てくる）地獄へ消えちまえ、貧乏人！　わしのような善人が、そもそも幸福を摑むのが当たり前じゃないか。あいつらが、あの女とダイヤモンド涙製造工場を一度にひったくりやがった。グルートハーンよ、お前の金をがっぽり取りこむチャンスだぞ。わしは善良な人間だ、だがあの女はよそには渡さねえ。あいつはわしのために袋という袋一杯泣いてくれるに違いねえ。わしはもうこの間に着々と計画を練っておいたんだ。ここから六時間のところ、あそこのアルペンマルクトには町からおいでの或る旦那がいらっしゃる。あの方はアルペンマルクトに別荘を持ってらっしゃって、ここの高原に登っておいでになると時々わしの小屋で夜をお過ごしになるんだ。そりゃ資産家の方だで、高価な宝石の取引もなさるし、そのため方々旅行なされる、わしから薪も買ってくださる。そこでわしゃあの女をそこへ連れてって、たっぷり涙を出させてやろう、すりゃ、あの方が調べてくださるわい。女が本当にダイヤの涙を出すのか、それともボヘミア石[10]か、またはただのガラクタか。で、もしそれに値打ちがあるとして、わしらはちょっと見積もりしてみようか。わしは旦那さんに、涙も込みでまるごとあの女を売ろう。そうすりゃあの哀れな女は保護されるし、旅に出られる、それでとても結構な人生を送ることになるのだ。わしは、自分を高貴な人間だと思っとるがね、これは自分じゃどうしようもないことだわ。わしはおのれがやりたいことをしていいのだ。あの女をおびき出すことができたらなあ！　あいつを干し草車に放りこんでそのまま連れていこう、あいつをうまく盗み出せればなあ。ああ、女房が来やがった。

第九場

グルートハーン。トラウテル。

トラウテル　ねえ、帰ったわよ、あんた。（ぶどう酒を机の上におく、その側に椅子が一脚ある）

グルートハーン　うん、お前もう元気か？

トラウテル　とんでもない！　ねえ、あんた、わたしゃもう

駄目よ、医者が言うにはさ、もう手のつけようが無いってさ。

グルートハーン　そんな医者は馬鹿だ。なにをお前に言う必要がある。そんなことわしはとっくに判っとるんだからな。

トラウテル　わたしゃ不幸な女よ、お願いだからさ、身体が良くなるようにわたし、今どしたらいいのさ。

グルートハーン　干し草車に馬を繋げ。それでお前は良くなる、わしはすぐ出掛けるぞ。

トラウテル　結構な慰めだわね。わたしゃできないよ、弱ってるんだから。

グルートハーン　やらなきゃいかん。トンデモネエのガンガラドンのコンコンチキ(11)だ。わしはお前に訳が判るように言い聞かせてやるからな、お前みたいな古提灯婆になな。すぐに馬を繋げ、そいから庭へ行って籠いっぱいリンゴをもいでこい。（独白）その間にわしはあの女を連れていこう。

トラウテル　あんたは人間じゃないよ、あんたは鰐だよ。

グルートハーン　行かないのか？

トラウテル　行くわよ。（泣く）あああ、いとしい神さま！

グルートハーン　あいつも泣いてやがる。まったく今日という日は完全な嘆きのキ印病院(12)だ。あっちへ行け。（トラウテルが振りかえる）なんでお前泣いてるんだ？（見る）こいつはダイヤモンド涙なんか流さねえ、たかだかわしの金を薬にジャアジャア使うだけだ。（冷淡に）おい、馬を繋げ、そしてからわしの目の前から消えろ。（トラウテル退場。荷車がいくらか舞台袖の書割から押し出される）さてあの老婆のところへ忍んでいこう。（かれは小屋の戸を叩く）お婆さんや、出てこないか、あんたにちょっと見せてやりたいものがあるんでな。

アルツィンデ　（開けて）何の用です、わたしを放り出したくせに、意地悪な人が？

グルートハーン　へえ、こりゃたまげた、わしは確かに怒っていたさ、わしはひどく怒りっぽい人間だ、それが悔やまれてならねえ。わしゃそれでもう泣けてきて、あんたに償いをしたいのじゃ。だから出てきてくだせい、ぶどう酒を一杯飲みましょうや。

アルツィンデ　あなたの言葉は信用できません。そのぐらいなら、海の鮫が保護者となり鷹が鳩に求婚し、ハイエナが人間の生命のために泣いたりするほうがましです。狼だって　小羊を殺したというわけで苦しみのあまり死んでしまいます、あなたがわたしを慰めてくださろうなどとはとても信じられません。

グルートハーン　（傍白）この女は食いつかないぞ。なにか甘い言葉を餌に誘ってやろう。（アルツィンデに）そうそう疑い深くしなさんな、あんたご自身は心根の優しいお顔じゃ。あんたは昔はそりゃとっても美人だったに違いない。まだいささかそのままの面影を残しておられる。あんたはほんに惚れ惚れするような眉毛をお持ちじゃな、まあこっちへ出ておいでなさい、お婆さん、うちの嬶《かかぁ》のとこへ、これは綺麗な頭巾を持ってますでな、これがまたあなたには素敵にお似合いじゃよ。

アルツィンデ　お節介はいりません、わたしをむりやり信頼させようとしても無駄です。

グルートハーン　（傍白）こいつはそもそも女とは言いがたいな、心を動かさないぞ、手を換えて別の方法で試してみようか。（声をあげて）なあ、あんたのほうから優しいことをしてくれるなら、あんたは善行を施したことになる、それがあんたの義務ってもんじゃないか。さもないとわしは落ちついて眠れない、わしがあんたをあんなに邪険に扱ったことが心のなかでひどく咎めだてするからだわ。（両手を合わせて）お願いだ、出てきてください、わしをそんなに責めないでくれ。わしはほんとの病人だ、もう老い先短い年寄りだよ。（泣く）

アルツィンデ　この小屋から離れなさい、あなたには騙されません。（窓を閉める）

グルートハーン　（立腹して）悪魔がこの女を金で雇ったんだ。

（トラウテルが来る）

トラウテル　馬を繋いだよ、地獄へでも行くといいさ！

グルートハーン　お前の生まれた地獄でなにをすることがある？　庭へ行ってリンゴをちぎっておけ！（トラウテルが退場）外へ出てきてもらわなきゃ。わしが家に火をつけることになったら大変だぞ。（戸を叩く）お婆さん、はやく開けてくだせえ、ハンスが知らせてよこした、仕事道具を忘れたんでな。（犬が吠える。間）あの女は開けないな。（もっと強く叩く）あんた開けるのか、開けないのか、どっちだ？　お前んとこの窓を全部ぶち壊すぞ、このげす女め。（かれは窓を打ち叩く、なかで犬が激しく啼くのが聞こえる。窓は鉄の十字格子がついている）犬め、叩き殺してやる。静かにしろ悪魔のけものめ。（かれは石を一つなかへ投げ込む）

アルツィンデ　（窓辺で）あなたは気違いなの？　なぜそんなに怒り狂うのです？

グルートハーン　（我をわすれて憎々しく）出てこい、てめえ、出ろって言ってるんだ　さもなきゃ家の四隅に火をつけるぞ。わしは怒りのあまり我を忘れてるんだ、ああ、痛え、気分が悪くなる。おれは哀れな人間だ、助けてくれ。（かれは椅子に座りこんで首に巻いた布を外す）水、水、気分が悪い、わしは死ぬ、だれもわしを哀れんでくれないから、おお、おお！

（間）

アルツィンデ　神々よ、なんという男でしょう。横になって動かなくなってしまったわ。――どうしたらいいでしょう、この人がこのまま死んでしまったらわたしの責任になるわ、なんとか救うことはできないかしら、――この人は悪い人間に違いないけど――でもやはり人間だわ、太陽はかれの上にも照っている、わたしに照るのと同じよう、そしてこの人を助けてあげるようにわたしを促しているんだわ、わたしは善徳のためにこの小さな奉仕をしましょう。（小屋の戸を開ける、お皿に水を入れて持ってくる）あなた、あなた、水を持ってきましたよ。

グルートハーン　（素早く跳び起きて）ほいさっさ、捕まえたぞ。

アルツィンデ　ああ、裏切り者！

こうなったらもう逃げられやしないぞ。

（かれはかの女を担ぐように、荷車が止まっている舞台脇に連れていく）

グルートハーン　さてと、ついにとらまえたぞ！（そうするうちに、窓の方へ出ようとするスピッツが恐ろしく格子戸を通して吠える。グルートハーンは戻ってくる）静かにしろい、こん畜生！愉快だ、さてと、市場へ出かけるぞ。お宝、お宝。（出ていく）はいどうどう！　これが人生ってもんだわ。

（車がごろごろと出ていく。犬は物凄く吠えて、外へ出ようとする。トラウテルがリンゴの入った籠を持って家から出てくる）

トラウテル　なんであの犬ったらこんなに吠えんの？　奇妙だわ、あそこにうちの人がお婆さんを乗せて走っていくわ。なんて罰当たりな人間でしょう。なんか悪いことを考えてなきゃいいんだけど。あいつが急いで駆けだすとこをみると、どうせまともなことは起こりゃしないわ。わたし、石切り場へ走ってって隣の夫婦を探そう、それから医者に言って、裁判官に訴えて、下の村じゅうの連中に急いで全部いきさつを話してやるわ。なんか起こってんのにわたしが全然知らないなんてのは、不幸せというもんだわ。（悲しげに退場）

第十場

場面転換。

雲の舞台。

舞台脇に玉座に似た雲の固まりが聳え立っている。善徳の霊たちが白い衣装で、頭に白いバラの冠を頂き、手に手に百合の枝を持って、しかるべき音楽のうちに悲しみながら登場。アーリエルはかれらの真ん中に進み出る。

アーリエル

アルツィンデを偲び、われら嘆きの声をあげましょう、
あの方は青春のただなかに
暗黒の暴力の手に拐かされて
善徳に捧げた生贄としてお倒れになりました。
（跪いて）
天よ、わたくしどもの嘆願をきこし召したまえ、
決して決して、起こりませぬように、
善徳のいと清らかな人の倫《みち》が
迫害により滅亡することなどあってはなりません。
（勢いよく立ち上がり）
だがご覧なさい、かしこに百合の花を持って、無実の罪の
救い手が、慰めを与えてくださる天使となって漂ってい
ます、
天使は全能の方の玉座へと、アルツィンデの運命を
祈りに満ちた心をもって、導いて行かれました。
ああ、天の御使いの方、おお、あなたの
銀色に輝く白鳥の翼を振って降りて来てください！
天使は近づく、近づく、翼をおさめています、
そしてわたくしどもに永遠なる方の力強き言葉を贈って
ください。

（音楽。
善徳の守護神が、頭に百合の冠を頂き、雲の玉座に昇る）

善徳の守護神

わが語ることを聴け、なんじら、善徳の霊たちよ、
いと高き師がわれに向かって語られたのだ——
「世界は戦いの場に異なることなし。
悪は、善なるものと闘争せんがために
しかして地獄の餌食とならんがため
この世に置かれているのだ。
この二つのものは、かかる不安に満ち満ちた
この世の決闘の場に赴く。
善なる徳は戦いのなかでよろめくこともあろう、
それが倒れる時あらば、それはおのれの責任であるの
だ。
誘惑に抵抗する力は
なんぴとにも備わっている、
弱者のみがこの戦いにおいて沈むが、
だが強者には　勝利の冠がかぶせられる。
かるがゆえに、この地上で確かなるは、
善なる徳はここに試練に遭わねばならぬということ。
これぞアルツィンデの運命ではある、
だがかの女への報いは無限に大きい、なんとなればかの
くだ さい。

女は
人間がこの人生において、もっとも深刻な苦悩や悲嘆を
　通って
いかにして、その目的に至りつくか、
偉大なる自己認識の贈りものである
最高の歓喜に至りつくかという、
その例証となりうるからである。
それゆえに、モイザズァの呪いが実現しようとも、
かれが貶《おとし》めた高貴な心は、かれの呪いに打ち勝つであろう。
かれはこの現世の力のうち叶えられざるものを要求した、
そこでかれはいまや結果によって教えられるであろう、
善徳は、よしそれが塵埃にまみれようとも、
いと高き雲のなかにおのれの救済者を見出すということを」。
師は語り継がれた「さて、われはこの救済者としてなんじを任命し
しかしてなんじの差配に威力を貸し与えようと思う、
そはこの大地がはぐくみ育てる、生きとし生けるもの、
大地のなかにあり、大地の上にうごめくもの、すなわち、
暗い裂け目に住む住人どももも
青い大気中の諸霊と同じく
なんじの呼び声を聞き、へりくだるであろう。
さよう、死の王自身でさえ、
なんじがわが雷鳴の挨拶を語るならば、
なんじの呼びかけに従わぬわけにはまいらぬ」と。
このように偉大なる師は語られた。
師を褒め讃えよ、なんじら善徳の霊たちよ！
（一同は跪き、頭を垂れる）
われはあの船を操りこちらへ向かわせよう、
ホアンフーの心のなかに
わが試練の鉛を探りつつ下ろして、
かれの愛が同様に深いものかどうかを知るために。
なんじらは空中に消え去れ、
花々の香りのなかに身を隠すがよい、そして
アルツィンデの心のなかにある
絶望の荒々しい痛みを、和らげてやるがよい！
（霊たちは姿を消す）

場面転換。

第十一場

インドの風景。

脇にホアンフーのテントが椰子の木々の間に掛けられている、かれはそのなかで休息している。善徳の守護神が乗った雲の玉座は高い岩に姿を変える。

善徳の守護神（岩の上で）

あれなる棕櫚の天幕のもとに
インドの高貴なる英雄が憩いたもう。
夢の神よ、なんじ天下って
アルツィンデの運命をかれに教えるがよい。

（音楽。雲が下りてくる、夜になる）

（夢の神はホアンフーの天幕に入りこみ、かれの頭の上に身を屈める。夢の神はホアンフーの額を手で撫でながら、もう一方の手で後ろの壁を指し示す、そして夢が過ぎ去るまでそのままの姿勢で止まる。雲の覆いが消え、海を望む明るく照らされた地方の、一面花で覆われた丘の上にアルツィンデが見える。かの女は手に勝利の冠を持ち、かの女の夫を喜ばしげに待ちうけている。勝利の行進曲が鳴り響く。ホアンフーに似た姿が戦士たちに伴われて船から上陸し、楽しげに陸に跳び移る。そしてアルツィンデの方へ急いで行き、手を差しのべる。突然丘が険しい岩山に変わる。その上にアルツィンデが老婆の姿で座っている、そして痩せた腕をホアンフーの方へ延ばしている。かれは肝をつぶしてあとずさりする。モイザズァの巨大な姿が、雲のなかから半身を乗り出して現れる。嘲笑するごとく、人の不幸を喜ぶごとき顔で、人々の群れを見下ろして、ニヤリと笑う。この姿は絵に描かれ、そこに照明が当てられる。インドの風景は再び沈んで行き、音楽は情熱的に終わる。夢の神は姿を消す）

（ホアンフーは驚いて床から飛び起きる。夜が明ける）

ホアンフー　去れ、呪われた夢よ、こやつはおどろおどろしい姿をなお目覚めた者にも見せつけるのだな！　お前はホアンフーを殺害するつもりなのか？　なにゆえお前はわが幻想にしがみつこうとするのか、離れよ！（怒りのあまり鞘から剣を抜き放ち、空を断ち切る）なんじ厚かましい欺瞞の姿よ！　夢をわれらに贈るのは太陽である、ゆえにわしは太陽の目配せを信ずるのだ。神々よ、わたくしに印を送りたまえ、そしてあの夢が神々のものであるかどうか、またモイザズァの毒蜘蛛がかの夢を織りなしているのかどうか、わたしに印を与えてください。だがしかし、この答えも帰ってこぬ森のなかで、わしが何を問う必要があるというのか？　わしはこれが確かなことかどうか、自ら問いかけよう。（雷鳴が起こる）はあ、雷鳴の警告が語っている、あの恐ろしい夢は真実であると。立て、なんじら戦士たちよ、天幕を引き下ろせ。眠りに誘われる従順さを捨て去るがいい！

（警笛の音。すべてのひとびとは驚きつつ武器を摑む。戦士と隊長たちが舞台に現れる）

一人の隊長　何をご命令でございますか、偉大なる王様。

ホアンフー　急ぎ、なんじの全隊を整えよ。わが王国の国境が見えるか？（舞台奥を指して）首都を目指し移動する、なんとなれば、或る夢が、わが妻に危険が迫っているとわしに告げ知らせたからである。急げ、なんじらが敵を追討したと同じく、今や時を追跡せよ。至急をもってなんじらの武器とせよ、それをもって一日を粉々に切り刻め、時間時間を一分一分に虐殺せよ、そして数秒のうちになんじらがアルツィンデの顔を見られるようにせよ。そのため朝が赤く泣きはらした睫毛をわれらに見せていた、大地は血生臭い霜に潤い、その涙はわが妻を気遣って流れたのだ。出発だ、そしてどんな伝令もわがために矢のように飛行するのを恥じるな。わが首都の門においてアルツィンデが生存しているという知らせを喜ばしくわしに伝えてくれる者には、わしは王国のもっとも麗しい場所に塔を建てさせてやろう。そしてその黄金の胸壁からかれの熱烈な眼が眺めるものを、わしはかれの所有として与えるであろう。

（全員退場。

善徳の守護神は優しく喜びつつ前に出てくる）

善徳の守護神

おお、なべての愛すべき女子たちは、この男子の
誠実を証する稀なる例を目にするがよい、
さすれば、すべての女子の胸に「ああ、わたしとてもホ
　アンフーの如き
男子と結ばれたいものを」という願いが生まれるであろ
う。

しかもこのように誠実ではなかった男子たちが
ホアンフーの心にそれへの報いを読み取るとするならば
善徳の神は、不誠実かつ軽薄な男たちの中からも、
いくたの改宗者が生まれることを喜び迎えるであろう。

（退場）

わしを引き止めるこの女の企みを潰すために！　太陽よ、こいつの両腕を焼き切ってくだされ！　わしは行かなきゃならん、わしらの王様のお妃さまが生きていらっしゃるかどうかを知らせた者に賞金が出ているんだ。

オッサ　嘘ついてさ、恥知らずな亭主め、そんなことはあたしゃ一言も聴いてないよ。

カランブーコ　おめえが眠ってたからだ。

オッサ　あたしゃ一度も眠りやしないよ。

カランブーコ　悪魔がお前を眠らせないからだ。お前みてえな女から逃れるのと比べたら大蛇から逃げるほうがまだ易しいってもんだ。わしはもうただただお願い申しあげるより手は無いよ。（跪く、かの女は衣服を放してかれを両手で支える、かれらは互いに向きあって膝をつく）なあ、オッサ、おれを放してくれ！

オッサ　駄目よ、カランブーコ。

カランブーコ　（腹をたて跳び起きる、かの女も一緒に）忌ま忌ましい女め、なにをしようっていうんだ！

オッサ　あんたがしてもらいたくないことさ、忌ま忌ましい男め！

カランブーコ　行け――

オッサ　止まれ――

カランブーコ　お前を叩き殺すぞ。

第十二場

場面転換。

舞台奥行きの浅い、シュロの森。書割から三歩は空舞台。九十センチの幅の、高い記念碑の形をした白い大理石の境界石がある。その上に「ホアンフー王国の国境」と書き記されている。

インドの戦士カランブーコが、武器は持っていないが走って来る。かれの後ろから、かれの衣服を押さえながら、その妻オッサが喘ぎながら来る、かの女は重い荷物を担いでいる。

カランブーコ　（まだ舞台袖のなかで叫ぶ）おれをほっといてくれ、この忌ま忌ましい女め！（登場）お前、一体何を欲しがってるんだ、ガミガミ女、おれは足の裏が焦げるほど走らなきゃならんのだ。

オッサ　（かれをしっかり押さえて）この場を一歩も動いちゃだめ、あんた、なんの秘密を隠してるのさ、言いなさいよ。あんたは胡散臭い男だから。あんたは軍隊から抜け出してさ、女房からも抜け出そうっていうの。なんか馬鹿な真似をしたんでしょ、（憎々しく）あたしに言いなさいよ。

カランブーコ　おお神々よだ、わしに矢を貸してくだされ、

オッサ　あんたそんなことできやしないよ、あたしが抑えているもの。
カランブーコ　これこそマンモス女だわい、こいつはおれの手をまっぷたつに折りやがるだろう。お前の義務をよく考えて見ろ。
オッサ　女の義務ていうものはさ、男にがっちり摑まっていることだよ。あたしはあんたをがっちり押さえてるよ。
カランブーコ　わしはこの女を相手にしてニッチもサッチも行かない。この女に義務を教えるよりは、針の穴に象を通すほうがまだ易しい。おお、わしの目論見はどうなるのだ。あの塔の上に登れば、なんと素晴らしい土地が眺められたことか、今わしはこの憎らしい顔よりほかに何も見えないんだ。だが待てよ、お前にわしの何たるかを判らせてやろう。勇気を出せ、カランブーコ！　とっとと行きやがれ、このマムシ女め！

（かれはかの女を力まかせに投げとばす、それでかの女は境界石を越えて飛んで行き、かれに対して脅すような姿勢で、地面に倒れる。かの女はこの姿勢で、彫刻された像のような灰色の石に変わる）

これはなんだ？　わしが石になったのか、それともわしの女房か？　今回はあいつだ、神々よ、なんという奇跡を起こされたのですか、あの女を黙らせてくれるなんて！　こりゃ何か裏があるに違いない。（喜び跳び上がって）神様たち嬉しいです、うちの女房が石になりおった、石の女房だ！はあ、今や勇気が湧いてきたぞ、今やあいつを目茶苦茶にけなしてやるぞ。ヒドラめ、ドラゴンめ、インドのミイラめ！（喜んで）あいつにはもう何も口答えさせないぞ、おお、幸せな結婚生活よだ。わしが女房持ちだったのが今になって嬉しい！　お前ができるならしゃべってみろ、できるならブッてみろ。嚙みつけ、嚙みつけ！（跳び上がり）神様たちよ、感謝申しあげます、あの女は金輪際嚙めませんからね。おお、なんじ石にされた憎悪よ、今頃はなんと従順になっていることかいな、しかし、自分のお喋り口八丁の女房に、こんなふうに石に変われ、なんて命令する力がどんな男にも備わってればいいんだがな。そうすりゃ、神々しい像があちこち生えてくるってもんだ！　だがわしはお喋りで時間を無駄にした、取り戻さなきゃ、太陽よ、わしを照らしてくれ！（かれは走り出そうと身構える）
善徳の守護神の声　この土地に立ち入るな、そはなんじを石に変えるのだ。
カランブーコ　御免ください、ここでわしはエビの後戻りと行きましょう。（後に戻る）それじゃ地面が石を造るんで？そいじゃわしは離れます。こりゃどうしたことじゃ、あはあ、今わしは判りましたぞ、わしの全財産、ため込んだものや盗んだもの、全部無くなってしもうた、女房が全部財布に入れて荷物のなかに包んでいたんだ。ぜんぶ石になった、女も財産もみんな石になってしもうた、わしはすべてを無くした、だが、わしは　どっこい、大石持ちの男だぞ。

（急速なインド風行進曲。

ホアンフーが軍団の先頭に立ち急ぎ登場する、カランブーコはかれの前に跪いて、かれを押し止める）

カランブーコ　偉大なる王様、お止まりください。

ホアンフー　そこを退け、下郎、失せろ！（かれを突きのける）

カランブーコ　（かれの脚にしがみついて）永遠の太陽に賭けて、お止まりくだされ、たったの一歩でも踏み出したら死を招きますぞ。ご覧くだされ、あれはわしの大理石になって死んだ女房です、この土地は石版画を造りますぞ、ここに足を踏み入れた者を大地が石の複製にして吐き出します。王様の全軍隊を進軍させてご覧なさい、そうすりゃ王様は戦士の一人一人に石の記念碑を建てて永遠に表彰することになりますぞ。

ホアンフー　どけ、人殺しめ、警告しながらわしを殺すとは！　この国境はアルツィンデの不運を閉じ込めている、かの女なくしてわしに幸福は無い。いかなる運命もわしは妻とともに分かち合うつもりだ。この王国の外側に出てはわしの人生は無い、それはこのなかにあり、また妻のなかにある、わしは人生を回避しない、決してそこから逃れることはしない、なぜなら人生はわが妻とともに滅びるのだから。核が失われてしまえば、皮はいらない！　アルツィンデの心臓が石に化せられたとしても、わが心は石ではない、そして彼女の墓を求めるのだ。この国はわしのものだ、そして不幸と戦う時には、王がここに居なくてはならぬ。われと思わん者は続け！

（国境を越えようとする）

（善徳の守護神がかれに向かって歩みよる）

善徳の守護神　戻れ、ホアンフー。われがこれをなんじに命ずる。

ホアンフー　あなたは誰か、光輝く姿よ。

善徳の守護神　われは善徳である、なんじの妻と、なんじの国土の守護神であるぞ。なんじの妻はなんじの国にわがための寺院を建設した。それによりモイザズァはかの女を呪詛したのだ、なんじの夢に現れたごとく。その期限は、かれが条件として設けた不可能事が満たされるまでなのだ。

ホアンフー　それは、永遠というものを別の名で呼ぶことと同じです。

善徳の守護神　神の力はすべてを変えることができる。そして神はなんじをその手段と考えておられる。なんじは今、いと高き試練をこの瞬間に乗り越えた。なんじは国と妃を救うことができる、なぜならなんじは自らの命を愛のために捧げるのだから。

（場面が転換する。雲の楽園。善徳の彫像、その前にその犠牲の祭壇。善徳の霊たちがグループを作る。背景に大きなダイヤモンドのような太陽）

善徳の守護神　ここにて誓うがよい、善徳の犠牲の祭壇において、その百合の聖なる杯にかけて！　なんじは善徳が命ずるならば、いかなる犠牲をも厭わないと。

ホアンフー　わたしは誓う。もしわたしがこの誓いを破れば、泉よ、わが渇き満たさず、枯れるがよい、樹はその果実そのものを食い尽くせ、そうなればわたしは無人の荒野の王になろう、熱砂のなかで眠りもせず身を転がしていたい、そしてわが肉体がこのような灼熱に消え去るならば、太陽は、わが魂をその国から追放するがよい。そして、モイザズァがわが魂をかれの踵で踏みつけるがいい。

（かれは跪く、守護神はかれの頭を百合の花で撫でる）

善徳の守護神
　かくの如く、われ、なんじをこの百合の力により、
そはすべての高貴なるもの、崇高なるものを作りだすが
　ゆえに、
なんじの妻を救済する者として祝福しよう、
夕べが穏やかに姿を現すうちに
なんじはふたたびわれを仰ぎ見るであろう。
これより軽雲の背に乗り
われはなんじとともに急ぎ宙を漂って行くであろう、
われらがかの土地に至りつくまで、
そは、見も知らぬ遠隔の地なるが、
悪運の星の力によりて
なんじの妻が苦悩のうちに留まっているところ。
だが、今われはなんじに先立ち急ぎ離れねばならぬ、
奈落にある虎の眼を覚まさせんがため、
かれはその鍵爪を延ばして
善徳の百合の胸を摑まんとするに相違ない。
われらがなんじの妻を、神々の喜びとともに
あらゆる禍々しきことから遠ざけ、
幸福に満ち満ちた誇らかな静安のうちに
われらが胸に抱きしめるまで。
では、さらば、ホアンフー殿！
（飛び去る）

第二幕

第一場

アルペンマルクト。宝石商ロッシーの別荘の玄関の間。管理人のヘンフリングがこの家の召使たち(せいぜい六人)と登場。

ヘンフリング
おい、お前ら、さっさと取り掛かれ!
やるべきことは判っとるだろ。
せっせとはげめ、義務を果たせ!
いいか、旦那様がおいでになるんだ。

コーラス
かしこまりました、まめまめしくすばやく
あなたの合図に従いましょう。

ヘンフリング お前らを呼び集めたのは他でもない、お前らに注意するためである。旦那様はもう間もなく都をお立ちになってこちらへ来られる。今年は三箇月この地の別荘にご滞在になるおつもりである。それゆえに、くれぐれも気を付けろ、お前らの不精怠惰は胸にしまっとけ、素早くしろ、わしが管理人としてきちんと仕切っていることが旦那様に判っていただくようにだ。旦那様がお帰りになったら、まあお前らのことは大目に見てやらないでもない。だがな旦那がここにおいでになる限り、お前らにいちいち厳しくしなけりゃならん。判っとるか?

一同 (叫ぶ)はい!

ヘンフリング そんなでかい声を出すな、さっさとお前らの仕事に食いつけ、それで旦那様が「どうだ、この家では皆の者、ヘンフリングの命令に満足しておるかな」とお尋ねになったらば、忠実な召使として本当のことを答えるんだ、そしてこう言え、これはわしが一週間前からお前ら一人ひとりに教えこんだとおりだ。すなわち「わたくしどもの管理人殿は天使でございます」と。これを肝に銘じろ、さあ行ってよろしい、そしてがっちり部署につけ。

一同 参ります、そして仕事にかかります。(去る)

ヘンフリング (ひとりで)わしにとってはこの世で、命令すること以上に楽なことは無い。誰でもがほとんど、その才能を持っておる、人間は生まれながらの司令官だ、わしは女房に命令するのが一番楽しい、わしが管理人でないとすれば、わしとしては、少なくとも一匹猟犬を飼うだろうさ、犬に命令することができるだろうからな。（扉をたたく音）入れ！

第二場

前場の人。グルートハーン、アルツィンデ

グルートハーン　（アルツィンデの手を取って扉から覗きこんで）旦那さん、お許し下さい。わたしは——（アルツィンデに）さ、お入り、婆さん、ぐずぐずするんじゃない、そういうことは何の役にもたたん。

アルツィンデ　わたしは召使の召使になったのだわ。

ヘンフリング　はて、現れ出でたるは何者かね、この下司《げす》野郎が目通り願うのか？

グルートハーン　旦那さん、そんなに無慈悲になさらねえでください、わたしはこの向うのヴィントアルムにおりますグルートハーンという年寄りでございます。このお邸《やかた》の旦那様とお話いたしたく存じまして、お顔はもう存じ上げとります、わたしは薪の納入をいたしとります、旦那様がわたしどもの牧場にお上がりになります時は、わたしの宅にお泊りになるのでございます。

ヘンフリング　（独白）これは物乞いだわい。（声をあげて）ご在宅なさらぬ。

グルートハーン　ああ、あの方が窓際にお立ちのところをお見受けしましたが。

ヘンフリング　ここにおいででないと言っただろ、お前が全部の窓際にあの方を見たとぬかしてもだ。

グルートハーン　はあ左様で。（へつらうように）お願いでございますだ、旦那さん、お殿様がここにおいでになりますようにしていただきたいんでごぜえます。

ヘンフリング　そのような身なりでは誰もお目通りは許さぬ。そこの女をどうしようというのだ、なぜだ、そんなに女の両手を締めつけおって？

アルツィンデ　（グルートハーンは左手でアルツィンデの両手を合わせたまま摑んで、かの女を押さえている）おお、見知らぬお方、わたしを助けておくれ！

グルートハーン　（そっとかの女に）このお方に下らんことを言うと、殺すぞ。

アルツィンデ　（かれから身をもぎ放してヘンフリングの足元にひれ伏し、その足を抱えこんで）わたしを助けて。（ヘンフリングに）見知らぬ方、わたしの言うことを聞いて——

ヘンフリング　（かの女を引き放して）何をするか、よごれた乞食女のくせに？

アルツィンデ　（突然誇らかに立ち上がり）お前から何も、何も望まぬ、友よ、わたしはお前を見そこなった。（椅子の一つに座り、深い溜息をつく）

グルートハーン　（いい気味だと嬉しくなって）この女はがつんと食らわしたぞ、あいつの身にこたえたぞ。（そして顔を覆う）ああ！

ヘンフリング　この女、何を望んどるのか？

グルートハーン　お邸の旦那様とお会いしたいと申しております。

ヘンフリング　それはできぬ、さっさと出てうせろ、旦那様はおいでにならん。

グルートハーン　すぐおいでになるでございましょう。あなた様はどうやら心の冷たいお人のようですな、判っておりますとも、わたしはあなた様に明日硬い薪を六束運びこませましょう。これは正真正銘まっ赤に燃えますぞ、そうすりゃ人間、身も心もとろけますぞ。旦那さん、どうやらご主人様がなかでお話しておられるようですな、とどのつまりご主人は御在宅でしょうな。

ヘンフリング　そりゃ有り得ないことだ。（扉のところへ行き、内を見る）おやまあ、旦那様がおいでになるぞ！　とんだ思い違いだったかな。じゃあんたのために取り次いでやろう。だがあんたが身分をわきまえて、それからわしに薪束を贈ってくれるといっても甘い顔はしないからな。あんたが明日、薪を持って来るというなら、地下室を教えてもらえ、そこへ運び込むがいい、わしには何も関係ないことだ、それについてわしは何ら知りたいとは思わん。（出て行きながら）これで一件落着というわけだ、これも悪くはないて。（去る）

グルートハーン　ああ、ヘンフリングの旦那は立派な方だでな、あの方は誰にもばらさないだろう、しかし上等の薪を六束か、これだけありゃあの方を相手にすらすらことが運ぶつうものだ。（アルツィンデに）さあ、どうする、わしに金を生んでくれる婆さんや？（傍白）わしがこの女を泣かせることができればいいんだがな。

アルツィンデ　なんと、お前はわたしをどうしようと言うのですか、わたしをこんなに酷く扱うとは、なんという悪い人でしょう。

グルートハーン　そんなに子供じみたことを言いなさんな、婆さん、あんたはわしの心が判ってないね、わしはあんたに良かれと思ってやってるのだ、で、あんたは結構な暮らしが送れるようになる。――しっ、旦那様だ。

第三場

前場の人々、ロッシー

ロッシー　ああ、グルートハーン老人、わたしのところへ何のご用かな？

グルートハーン　（かれの手に接吻して）お手に接吻いたします、旦那様、いくたびも。

ロッシー　お宅はどうかな、奥さんはどうしているかね？

グルートハーン　うへっへえ、いっつもあいつは病みがちでございまして。

ロッシー　そう、それならあんたは奥方のことで辛抱しなければならんな。

グルートハーン　うへっ、神様、わしの大切な者でございますよ！　旦那様もご存知でござんしょう、わたしら夫婦は子供のように暮らしとります。わたしは女房を、自分の眼玉のように大切にしとりますで、あれが必要なものは、持たせてやっております。わたしはあれのためならこの身を犠牲にしておるぐらいですわ。

ロッシー　見上げたものだ、そりゃ、あんたの奥方にはなによりのことだな。ところでこの婆さんは誰かね？

ロッシー　変わった女でございまして、旦那様、このような女はまったくこの世に生まれたことはございません。（アルツィンデに）さあ、座らせていただきなされ、婆さん！（かの女を椅子のところへ連れて行く。それから内密にロッシーに向かって）この女を旦那様に買っていただきたいと存じまして。

ロッシー　この老婆をか？　そりゃえらい買い物になるだろうな。

グルートハーン　この女は若い娘よりお買い得でございますよ。若い女が泣く時は、何か欲しい時です、この婆さんが泣くと或る物を出してくれます。この老婆はダイヤモンドの涙を流すんでございますよ。

ロッシー　ダイヤモンドだと――お前は気が狂ったのか？

グルートハーン　判りきったこと、仕上げをごろうじろでございますよ。旦那様、すぐお目にかけます。わたしが試しに泣かせてごらんに入れます、ただ今。旦那様、ご期待ください、この泣くっていうことがどう安く踏んでも、でかい値打ちがあるということでございます、毎年わたしに分け前をくださいまし、ほかの者は知る必要はございません、取引きは手打ちとなります。

アルツィンデ　（聴いていたが）言語道断だわ。

ロッシー　（傍白）この男は詐欺師だ。（声をあげて）どうしてこの女を手に入れたのか？

グルートハーン　見つけたんで、向うの森ででございますよ。

アルツィンデ　（飛び上がって）この嘘つき。この悪党はわたしをさらったのです。

ロッシー　なんという若々しい声だ、なんと態度の立派なこと!

グルートハーン　(かっとなって)黙ってろ——(突然冷静になって)お座り、婆さんや!　(ロッシーに向かって)いやはや、この女は狂っとります、自分で言っとることが判らないのでございますよ。この女が愚かなことを口にしてもそれは旦那様とは何も関わりございません。ただ涙を出してくれればいいのでございます。

ロッシー　(傍白)これは、この一件をつぶさに見てみなきゃならんな。(声をあげて)よろしい、お前の言うことを信用しよう、どういうことになるか、見てやろう。

グルートハーン　旦那様、じゃ買ってくださいますね?　いいぞ、これで万事良好!　さあ、ちゃんとしなさい、婆さん、涙を流しな、精一杯な。

ロッシー　そんなに泣きたい時に泣けるものかな?

グルートハーン　そうすると思いますな。これは婆さんにとっちゃ最良の楽しみでございます。だな、婆さんや、だろ、あんた少し涙を出してくれるだろうな?　そのあとで甘い菓子をもらえるでな、そうでござんしょう、旦那様?　甘い菓子をもらえるで。(ひそかにロッシーに)甘いものについちゃこの女は子供同然でございます。

アルツィンデ　(起きあがって)下劣な男よ、太陽もこの男を軽蔑をもって照覧されよう、この男を目にするとわたしの感情は怒りに燃える。なんとお前は、お前のような男のために涙で溢れる人の眼がこの世にあると思っているのか?　お前のために一滴の涙も流れてはならぬ、お前の棺の側においてさえ、なぜなら神々は正義なのだから。

ロッシー　この女は何という気高い言葉遣いをすることか!

グルートハーン　気違いでございますよ、旦那様、涙を出しますとも。

アルツィンデ　わたしはお前を助けようとした、それなのにわたしを無情にも縛ってここへ引きずってきたのだ。

グルートハーン　これは全部本当じゃござんせん、旦那様、わしみたいな善人はこのようなことを許すはずはござんせん。

ロッシー　(傍白)奇妙な事件だわい。

グルートハーン　さてわしはお前に最後に尋ねるがな、お前は泣くのかどうかね?　(傍白)わしがこの女の自尊心を傷つけることができればなあ!　(声をあげて)さあ旦那様、この女がここに立っている様子をご覧ください、この悲惨な姿を!　赤い鼻と何千とある皺、まるでこの女が一つ一つの罪のために顔に溝が出来たようですわい。それに眼ときたら猫のようでして、ぷうっひどい!　ははは!　わたしなら、われと我が身を恥じるでしょうな。(そっとロッシーに向かって）旦那様ちょっとお力を貸してくだされ、この女が泣くように痛めつけてやりましょう。

ロッシー　（興奮して、傍白）これはひどく悪らつな男だ、もう我慢できなくなった。

アルツィンデ　（グルートハーンの手を摑んで、威厳をもって）こちらへ来なさい、お前を間近く観察することはし甲斐があることだわ。言っておくれ、お前は本当に人類なのか、高貴な人間と同じようにお前の心が作られているのか？　おお太陽よ、あなたの閃光を送り、この岩なす胸を打開き給え、わたしの眼光がこの男の心に届くことができますように、この男の心臓が人間のそれの形になっているか知りたいもの。神々よ、わが魂を強めたまえ、わたしが神々のみ業に対して罪を犯さず、しかもこのような男を人間の言葉を語るハイエナと見做《な》すことができますように。

ロッシー　狂気がこのように語るとするなら、わしは自分の頭を取換えなきゃならんな。

グルートハーン　ひどい女でございますよ、てこずらしやがって。お前が今泣かないなら、お前を拉致して閉じこめてやる、お前の生きている限りな。わしの怒りが判らんのか？　こっちを見ろ、かっかとして来たぞ、水がほしい、水をくれ、水をくれ、ほんの二滴の涙でお前は救われるんだ、だろう？　――じゃ一緒に来い、地下の一番深い穴へお前を投げ込むぞ、太陽がお前の上に照ることはもう無いだろうよ。（かの女を引いて行こうとする）

ロッシー　（二人の間に跳びこんで、グルートハーンの胸ぐらを摑み、かれをアルツィンデから引き放す）放せ、この悪党め！　（呼び鈴の紐に飛びついて激しくそれを引く、呼び鈴の鳴る音が聞こえる。召使が二人あっという間に飛び込んでくる。ロッシーはその一人の耳に激しく何かを言う、それに応えて召使は急いで走り去る。強く）速く、わかったか、急げ！

アルツィンデ　（狂気のように、膝をついて崩れる）太陽よ、この瞬間にあなたの怒りの雷鳴をこの裏切り者の頭《こうべ》に落とそうとなさるなら、それを呼び戻し、その代わりにわたしの声に力をお与えください、あなたが玉座にあってわたしの声をお聞きになりますように。死をもって罰を与えてくださいますな、おそらくこの男は回心させられます。富によってこの男の貪欲は罰せられるがいい。かれを寂しい島へ送ってください、ただ、この人の世の外へ、それによってかれの噂はあなたのところへも人間たちのところへも届かぬように。その島でかれは宝石で葺《ふ》いた屋根の銀の家に住むがいい。かれに黄金の穂をいっぱいにつけた穀物畑を与えてください、かれの強欲がそれを食べて勢いを増すように。どのような花も、どのような木の葉もエメラルドでできている、木の実はルビー、川の流れは水晶になるがいい、さすればそれらを見る以外かれを元気づけるものは何もないはずです。そのようにして、激しい飢餓が、乾いた土地で死んでゆく魚の飢渇が、かれの五体を駆け巡るがよい。最後にかれは疲れ果て、自らのエメラルドの墓に倒れ伏し、かれの舌は一滴の露を求めて喘ぐことになりましょう、その時初めてかれの今抱く欲望が満たされる、そして慈愛の雨に代えて、ダイヤモンドの雨あられを、かれの強欲な頭に注いでください。そうすればこの男は、富に余りにも溢れ過ぎることがどんなに不幸なことかを、感じるのです。そしてかれを悪人に仕立てていた狂気から癒されるのです。（かの女は跪いて頭を垂れる）太陽よ、わが祈りを聞きたまえ！

ロッシー　恐ろしい情景だ！

（召使たちと四人の廷吏が登場）

召使　警備が参りました。

ロッシー　この両名を捕縛せよ、この百姓とこの女だ。これらを法廷へ連れて行け、その間にわしは法律顧問のところへ行こう。（急いで退場）

廷吏　（二人を逮捕しながら）とっとと行け！

アルツィンデ　（喜んで）神々は正義を示された！

グルートハーン　こうなりゃ、善良な心ってもので勝負に出るぞ。

（一同退場）

第四場

場面転換。

無常の国。前景はまったく暗い、黒い大理石の列柱のある広間。舞台右手に、無常の守護神の宮居に通じる巨大な青銅の門がある。背景に魔法じみた照明が当った暗青色の海がゆらいでいる。その岸辺の暗い岩礁の上に一人の灰色の影が立って、山と積まれている月桂冠、花冠、真珠、装飾品、金の袋、詩文集をシャベルで掬って海中へ捨てている。舞台を斜めに、背景となっている海を黒い角張った岩が区切っている。そしてこれを超えて遠くに永遠の朝焼けの光が輝き出ている。この時からかすかに守護神たちによるコーラスが響き出るのが聞こえる。守護神たちがバラの花のヴェールをかぶり、霧につつまれたように浮かび出てくるのが見える。

コーラス

永遠《とわ》なる天の光に誉れあれ、
名付けがたき霊に誉れあれ、
幸あれ、幸あれ、幸あれかし！

（善徳の守護神が百合の花をもって、コーラスが終わる間に左側から登場する）

善徳の守護神　われはアルツィンデの救済のためにかの光奪われたる国に降臨するであろう、しかしてこの測りがたき、無常と名にし負う大海の岸辺に初めて挨拶を贈る。言うがよい、精励する仲間よ、お前はそこで何を掬い取っているのか、そしてそれを海底に沈めるのは何故《なにゆえ》であるか？

影　（くぐもった声で）月桂の冠でございます、これは虚栄の宝物でございます、これを世間では不滅のものと考えておりますが。

善徳の守護神　しかしてここなる霊廟のほの暗きクロイソス(13)はどこに住まいしておるか、かの誇り高き財宝の相続者は？

影　かれはかしこ、あの大理石の大広間に座っております、時代の没落を念じながら。

（影は岩礁を越え、舞台裏へ遠ざかる）

善徳の守護神　それではかれをその破滅をもたらす夢から呼び醒ましてやろう。

（鈍い狩猟の音。灰色の霊の群が大鎌を持ち舞台を越えて進む、そしてつぎのコーラスを歌う）

コーラス

愉快に進めや、進め、陽気な兄弟、
時は一刻も休むことなければ。

善徳の守護神　語れ、お前はどこへ急ぎ行く、お前、猛々しき夜の合唱隊よ？

第一の影　（ほくそえみながら）
われらは愉快な草刈り人、
人の世めざして急ぎ行く。
せっせ、せっせと夜も昼も、われら
老若男女を刈り取るため。

善徳の守護神　それならお前たち、そのような勤めが嬉しいのか？

第一の霊　われらの主人は厳しい方だ、誰にも決してやさしい眼差しは向けられない。しかしわれらは心楽しいのだ、心から嬉しいのだ。みんな陽気に人間界へ！　ペスト万歳、戦争万歳！

（かれらは行進して去る。大烏《がらす》があとをつけて飛んで行く、ガアガア！）

善徳の守護神　行くがよい、灰色の蜜蜂の群よ、生命の蜜を持ち帰れ、われはお前の女王蜂を探し出そう。（かれは三度、百合の花で扉をたたく、その打ったびに内部から力強い音が響く、ぶら下げられた金属板を打ちつけているように）お前のうす暗き住居から出てこい、驚愕の王よ、お前は絶滅を家紋としていただいているのだな！

（大扉が轟音を発して開く。無常の守護神は歩み出る。傲慢な陰気な男、長い、黒いギリシャ風の長衣に身を包み、幅広いマントを着る、頭のまわりに青銅の蛇をいただき、ひげのない青ざめた面貌、黒い巻き毛の髪である）

無常の守護神　この扉を打ちたたく権能を、なんじに与えしは誰《た》ぞ？

善徳の守護神　われはお前に挨拶を送る、巨大天使よ、お前の前に世界は震える、お前は世界をいつか青銅の拳《こぶし》で打ち砕くのだ。

無常の守護神　なんじはここで何を望む？　何故なんじの発光する身体が暗黒のこの谷に光り輝くのか？

善徳の守護神　かしこの峨々たる岩礁の向こうが見えないのか？　お前の腐敗の国のうす暗い国境の向こうを。永遠の朝のしののめが赤らんでいる。かしここそ善徳の祖国、偉大な霊の玉座である。われはその国の市民であるぞ。

いと高き不可思議の地から
われはお前のところへ遣わされたのだ。
お前はモイザズァの呪縛から
インドの支配者たる女王を解放すべし。
ただお前の腕のなかでのみ
かの女の生涯の幸福は蘇るのだから。

無常の守護神
なんじの語るは偽りである、死から
生を呼び戻そうと望むのか？
地獄に向かって天が開かれるというのか？
死滅が花を咲かせるというのか？

善徳の守護神
われは今日、世に何ものも
及ぶもののない見せ物を見せてやろう、
そこでは死が生命を手に入れる、
この役をお前に教えてやるのだ。

無常の守護神
なんじはわれをペテン師として雇うつもりか――
わしを、この、力において並ぶものなき死神を？

善徳の守護神
われはお前をして柔和へ至らしめよう、
天の支配の掟を通して。

無常の守護神
わしが恐ろしいとは、誰が言うのだ？
おのれの人生を苦いものとするため、

人間は不安におののきつつ
わしのおどろおどろしい像を描き出すのだ。
わしが恐ろしいのは、それは悪人に対してだけ、だが、
善人に対してはわしは恐ろしくはない。
わしは真摯な本性を持つ言葉、
その言葉がかれに決定を告げるのだ。
だが、なんじはいかにして、光る者よ、
死をもって命令しようとするのか？

善徳の守護神
それなら、お前の師がお前に告げるだろう。
かしこの朝焼けに座したもうあのお方が。
（恐ろしい雷鳴）

或る声　（拡声管を通して上から響く）従え、奴隷よ、永遠が命じるのだ。

守護神たちのかすかなコーラス
幸あれ、幸あれ、幸あれかし！

無常の守護神
嵐の言葉がざわめくのが聞こえる、
わしの抗う力はどうやら奪われた、
高き者の雷鳴がとどろくのだから
わしは冠を戴いた頭《こうべ》を垂れよう。
（かれは膝を屈して、首を垂れる）

善徳の守護神　（眼差しを挙げて）
あなたの光に口づけさせて下さい、
太陽よ、この死神がわたしの足元に
子羊のごと従順に身を屈するように
計らいたまいし、太陽よ。

無常の守護神
なんじの命令を受け入れるため、
わしは、熾《し》天使よ、なんじを家に招こう。
なんじがそれを承知してくれようなら、
わしはなんじの歩みに先立って急ぎ行くぞ。
（待ち受ける姿勢で跪いたままでいる）

善徳の守護神
さあ、暗き魂の支配者よ、お前、
われを導いてお前の物凄き家に連れて行け、
かしこでお前が仕える師を否認せよ、
お前が良き弟子であるとの実を示せ。
かの悪徳に示せ、あの青春の生命を
悪辣な計り事をもって奪う者に、
気高き善徳の力が
お前の力を超え勝っていることを。
（先に立っていく。無常の守護神が従う）

第五場

場面転換。

アルペンマルクトの法廷。机が一つ運び込まれ、中央に置かれる。

町長、裁判所書記、それにロッシー登場。

町長 こいつはまったく変わった事件だな、そのグルートハーンはわしも知っとるがね、あいつはわしが今まで見た一番の海千山千の悪党だ、そこでだ、急ぎ手を打たなきゃならんて。

ロッシー 証人たちがちょうど都合よく来てくれたな、かれらが一件を早く片付けてくれるだろう。

町長 どうぞ、お座りになりませんか。

ロッシー (座って) ありがとう。

(町長が呼び鈴を鳴らす。廷吏が一人登場する)

町長 あの石工とその妻君を! (廷吏去る) 二人とも心の善良な人間だ、そして秤《はかり》の如く良心的だ、かれらの証言にわしは完全な信頼を置くことができますわ。

第六場

前場の人々。ハンスとミルツェルがおそるおそる登場する。

町長 さあこっちへ入れ、ハンス、正確にかつ詳細に調書に供述してくれ、どうやってこの事件が起こったのかをな。(書記に向かって) 君の筆を動かしてくれ。

ハンス いいですとも町長様。ご覧下さい、町長様、ここにおりますわたしの可愛い女房が朝早く起きるのを嫌がるんでございます。そこでわたし、今朝、これに言ってやりました——なあミルツェル、起きな、わしらはアルペンマルクトまで町長様に税をとどけなけりゃならねえ、と。そいで女房ははいと申しまして、もう一度寝返りをうちましたで——

町長 そうかい、君、そりゃひどく退屈な話だな。

ミルツェル 町長様お許しくださいませ、わたしがこうして調書の最中に口をはさみますことを。でも、うちの亭主がごちゃごちゃ申しますことは人間には誰一人判らないことで、町長様にはなおさらのことと存じます、失礼ながら事件はこうでございます。わたしども今朝町長様に税金をお払いしましたあと、自分らの牧場に戻って来まして、するとうちの小屋の側にあのお婆さんが倒れているのを見つけたんでございますよ。ひどく悲しそうでびくびくしてましたた、あのグルートハーンが婆さんを追っぱらったのですから。わたしどもがやっとかの女を慰めまして、あの人はすっかり話してくれました、あの人、魔法にかかった女王ですって。ねえ、あそこは何ていう場所だった？

ハンス　お前は何やかやお節介焼くのに、とどのつまり何も判ってないな。インドからと婆さんは言ったぞ、あそこじゃ、おらが思うに、かの女には夫が一人いて、国民がいるんだ。それから、婆さんはおらたちに頼んだ、おらたちの家にかくまってくれないかとな、そして食わせてくれろとさ、婆さんはその代わりおらたちのために少し涙を出してくれようとしたんだわ。うちの嬶《かかあ》がおらのことでえらくのろ気を言ったときに婆さんは自分の旦那さんのことを想い出したんだな、そいで、ダイヤモンドの涙をおらの帽子に流してくれたんだわ。

町長　その涙をお前、どこに持っとるかね？

ハンス　かくしのなかですよ、町長様。

町長　それを出してみろ。（ハンスがダイヤモンドを渡す。ロッシーに向かい）あなたにこれをとっくり見ていただきましょう。

ロッシー　喜んで。（それを調べる）これは本物のダイヤモンドだ。

町長　そんなことが、ダイヤモンドか？　すぐこれを調書にとれ。その前に数がいくつか数えなさい。

書記　十六個です。

ミルツェル　それからわたしども、あの年寄りのお母さんをわたしらの小屋に入れておいて石割りに出かけました。だけど三十分あと、グルートハーンのおかみさんがへとへとになって来たんです、そいで愚痴を言うじゃありませんか、「亭主が一人の年寄り女と車に乗ってがむしゃらに走っていった」と言うんですよ、そいでわたしどもに跡を追いかけて、グルートハーンが何をするか見張ってくれって言うんです。というのは一人の炭坑夫がかれにアルペンマルクトへ行く道で出会ったそうなんで、そう言ってかの女が嘆き悲しんでると、具合が悪くなって、わたしどもの腕に倒れこんで死んでしまいました、可哀そうな人です。

（間。ミルツェルは泣く）

書記　（書き終わって）終りだ。砂をかけよう。

ハンス　それからおらたちはかの女を村の医者のところへかつぎこんだのですよ、それで医者がかの女の脈を取りまして申しました、卒中にやられたんだって。

ミルツェル　そう、それでわたしらは道路を走ってって、アルペンマルクトで一軒の家にグルートハーンが荷車を停めているのを見つけたんですよ、そいからわたしども、馬を押えていた一人の旦那に聞いたんです、グルートハーンがすぐ来るかどうかって。それでその旦那が言うには、かれはすぐ来る、かれは拘禁されている、とね。それからわたしどもは町長様のところにやって参りました、これが一件全部でございます。

町長 その件で宣誓できるかね、お前たち？

ハンス はい町長様、毎日でも。

ミルツェル そうしなけりゃならないなら、毎時間でも。

町長 しばらく脇へどいていなさい。

（二人は脇へ寄って立っている）

町長 （廷吏に）あの百姓を！

（廷吏去る）

ロッシー さて、あなたはあのいかさま野郎に会うんですね。

町長 あの男のことはもう判ってますよ。

第七場

前場の人々、グルートハーン

グルートハーン （跪いて）お情深い町長様、わっしは無実でございます。

町長 それはやがて判る。立て、なぜお前はここにいる？

グルートハーン 無実だからで、町長様。

町長 お前がロッシー旦那に売りつけようとした女をどこから連れて来たのだ？ 嘘をつくにおいてはただではおかんぞ。

グルートハーン 天もご照覧あれ、わしはあの女を向うの森で見つけたんでございます、それでなだめすかしてここへ来ましたので。

ロッシー それは真実じゃない、わたし自身、あの老婆が言ったことの証人になる、お前はかの女を盗んで来た、そして縛ってわたしのところへ引きずって来たんだ。

グルートハーン いやはや、町長様、どちらに転んだところで女を相手にしたら誰でも引きずって行くことは当り前でございますよ、なぜなら女は男のようにちゃっちゃっと参りませんのでして。女が全部束になってかかって来ても、わたしのことで不利な証言はできないんでございます、女は阿呆の塔に入れときゃいいんで、法廷に出るもんじゃござんせん。ああ、わしゃ場数を踏んでますから、旦那、たとえわしに陪審だの正義だのが無くてもでございますよ。

町長 それでは森で老婆を見つけたのだな、何時だ？

グルートハーン 九時です、旦那様。

町長　（ハンスに向かって）前へ！　お前はいつあの老婆を家においてて出かけたのかな？
ハンス　九時でございます、町長様。
町長　（グルートハーンに）それゆえお前は嘘をついておる、廷吏、こっちへ——
グルートハーン　（恐れて）いえ、お待ち下さい、旦那様、わしは嘘をついておりません、かの女は小屋におりました、だが小屋は森の中に立っとります、それでわしがかの女を見つけたのは森の中というわけでして。
町長　待て、お前は箸にも棒にもかからん奴だな。というのはだ、お前は老婆を小屋から誘拐して車の上にくくりつけ、ここへ連れて来たのだろう？
グルートハーン　旦那様、そんなことおっしゃると心臓が破けそうになりますです。わしは婆さんを車に押し上げただけでございます、あの女がひどく弱っていたからでして、可哀そうな婆さんだ、わしゃ同情心を起こしましたです、でも縛ってはおりません、わしゃそんな人非人になるつもりはございません、もしそうなら、旦那様がわしに木でできたおさげ髪を垂らしてくださるのは当然でござんしょうがね。
ロッシー　（町長に）この男は何を言ってるのかね？
町長　絞首台のことですよ、こいつはずっと前から縛り首が相応ですからな。（呼び鈴を鳴らして）炭坑夫を中へ！

第八場

前場の人々。炭坑夫が来る。

町長　お前はこの男を森の出口のところで見たか、この男が老婆を縛って車からひきずり下ろしているのを？
炭坑夫　はいはい、おらが見たのはこの男でごぜえます。町長様、わしはこ奴に、そこで何をしているのかと呼びかけました、こいつが申すには、わしがこの男を密告するなら、打ち殺してやると申しました。これは誓って申しあげられます。
グルートハーン　でも旦那様、旦那様、中傷でございますよ。こんな炭坑夫の申すことなど真に受けないでくださいまし。わしは老婆の縄を解いてやりました、これは本当です、しかし縛ってはおりません。
町長　では誰がかの女を縛ったのか？
グルートハーン　婆さんが自分で縛ったんでございます、旦那様、落っこちないようにと。可哀そうな女で、そのためにわしはあの女に襟巻きを貸してやっただけでございますよ。

町長　それじゃお前は充分、幇助罪にあたいするということだな、婆さんひとりでそんなことできないだろうからな。お前がやはり手を下したのだ、そうだろう？

グルートハーン　おや町長様、誰かが何かしようとしていれば、それを助けてやるのが人間じゃございませんか、わしの真心でございますよ、旦那様、わしはあの女に同情したんで助けてやったんで、でも縛るなんてことはしちゃおりません、これは正直申しあげられます、旦那様、そんなことしたら罪だってことは、そりゃもうよく存じております。

町長　（ロッシーに大声で）こいつはどうやら無実らしいですな。

グルートハーン　（独白）まんまと嘘で切り抜けたぞ。

町長　お前は老婆をロッシーの旦那に売りつけようとした、しかも安くな、そうだろう、お前がはいと言うのはお前の真心とやらが許さないとでも言うのか。

グルートハーン　わしの真心はただ一つでございますよ、わしはあの女の世話をしてやろうと思ったので、旦那様、あの女をつれて来てただ手間賃をお願いしようと思ったのでございます、違いますか、旦那様。（小声で）助けてくださいよ、旦那、わしはあなた様に一番上等の畑を差しあげますよ。

ロッシー　よくもぬけぬけと、わたしと取引きしようというのか？　この悪党、お前はあの年寄りをわたしの目の前でいじめなかったかな、それでわたしにかの女の苦しみを売ろうとしたんだ、お前の眼の前にダイヤモンドがちらちらするまで、お前をずっと殴ってやらなきゃならん。

町長　お前が白状しなければ、じきにそうなるぞ。

グルートハーン　そいじゃ皆様は寄ってたかってわしをいじめようとなさるんで、ようがす、好きなようにしてくだされ、わしはもう決して否認はいたしません、わしみたいな誠実な人間は不幸を背負いこむんです。

町長　盗っ人め、悪党め、監獄に入ってつぐないをしろ、とっとと行け。

（廷吏がグルートハーンを捕える）

グルートハーン　ハンスよ、うちの女房に家をしっかり見るように言ってくれ！

ハンス　おかみさんは死んだよ。今朝早く、死んじゃったよ。

グルートハーン　こりゃ前代未聞の軽はずみだわ、死んだと、すりゃ家には誰もいない、すると奴らがわしの金残らず全部持って逃げるぞ。

町長　それは裁判所が保管してやる。とっとと行け！

グルートハーン　一ペニッヒでもかすめ取ろうと、奴らは狙

ってるんだ。わしは不運な人間だ、あんな婆さんと関わり合わなきゃよかったんだ。（去る）

町長　とんだ悪者だ、あんな奴は空前絶後ですな。（炭坑夫に）さあ、行ってよろしい。

（炭坑夫去る）

町長　（廷吏に）あの老婆をつれて来い！（廷吏去る。ロッシーに）おさしつかえありませんか？

ロッシー　いや、わたしにもこれは非常に興味がありますな。

第九場

前場の人々、アルツィンデ

ハンス　見ろよ、ミルツェル、あの女王様の婆さんだ。

ミルツェル　あの人に何も起こらなきゃいいけど、不安だわ。

町長　あなたはこの法廷に出ておられる。何というお名前かな？

アルツィンデ　アルツィンデと申します。

町長　生れはどこか？

アルツィンデ　インドがわたしの祖国です。

町長　何歳かな？

アルツィンデ　二十歳をいくらも越えていません。

町長　ははは、（ロッシーに向かって）思わず笑ってしまいますな。

書記　とてもそうは見えません、わたしなら十八歳だと思いますがね。

アルツィンデ　おお、年のことを愚弄してはいけません！名誉とともに高齢という勲章をつけた人を尊重しなさい、時は節度のある人生に高齢というご褒美《ほうび》をくださるのです。

町長　（驚いて）こりゃ最も上品な種類の気狂いだわい。

ロッシー　この人が可哀そうだ！

ミルツェル　哀れなお婆さん！

町長　お前は何を営んでおるのか？

アルツィンデ　嘆きというものが営みであれば、わたしはそれを営んでいます。

町長　結婚しておるのかな？

アルツィンデ　そうです。わが夫はホアンフー、強大な国の王です。

町長　（頭を振って）不思議なことを言う。どうしてこの山へ来たのか？

アルツィンデ　なぜあなたは、わたしの答えに何の価値も無いと思いながら、わたしに問うのを容赦しないのか？　なぜ、あなたは狂気と語り合うのですか？　わたしが或る悪魔に魔法にかけられ、わが王国から追放されて、あなたたちの間にこの哀れな姿を晒しているのですと、言ったら、あなたはわたしの言葉を信じますか？

町長　この女は自分が魔法にかけられたなどと訴えているのだ、魔女のくせに。お前はこの二人を知っているか？（ハンスとミルツェルを指して）

アルツィンデ（嬉しそうに二人に向かって）わたしに好くしてくれた人たち、この人たちを知っているかとわたしに聞くのですか？　わたしはアラビアの砂漠で二本のたわわに実った樹を見つけたような心地でした、その影がわたしを冷やし、身も心も蘇らせてくれました。あなた方は心やさしい人たち、でも、わたしがあなた方の家から連れ去られてから、わたしがどんなにつらい思いをしたか、察してください。

ミルツェル
ハンス　}（同情して）お婆さん、女王様ならそんなお嘆きはいけません！

町長　とにかく奇妙な女だ。こっちへ寄れ！（器に入れてあるダイヤモンドをかの女に見せる）さあ、この涙はお前の持物か？　これをお前は涙に出したのか？

アルツィンデ　誰がこれらの不可思議な涙をお前様に渡しましたか？　いいえ、そういうつもりではなかったのです、お前様に差し上げるものではない、可哀そうな方たち、わたしが感謝の念からお二人にあげたものを、この男が奪い取ったのですか？　ああ酷薄な人間よ、それを返しなさい、お願いします、なぜならあなたはこれの価値を誤解しています、この涙があなたに何の意味がありましょう、ああ、あなたはこのことを理解していません、返しなさい、わたしをこんなに哀れにしないでください、そしてこの眼からこの痛みに満ちた財産を奪わないでください。

町長　これは魔法の涙だわい。お前が「はい」といってくれればすむんだ、このような涙をお前は泣いて出すのだな？

アルツィンデ　いいえ、いいえ、このことをあなたは決して見ることはないでしょう、その前にわたしはこの眼を真っ赤に焼けたはがねで焼きつぶしてしまいます。涙は人の心を動かすはずのものです、そのように太陽が定められたのですから、それゆえ、たとえあなた方の心に向かって泣くことができたとしても、石が次々と出てくるだけで何の効果もありますまい。

町長　わしはお前の涙など必要ではない、わしは、お前の眼からこれが出たかどうかの明瞭にして明解な自白を望んでいるのだ。

アルツィンデ　あなたはもうダイヤを必要としています。あなたは自分の欲望が、ここで、しいたげられた女の眼からむりやり絞り取ろうとしているのを、感じないふりをしていますね。その涙の価値はその哀愁を帯びた偉大さのなかにのみあるのです、おお、あなたたちの、ダイヤモンドが降ってくるのを見たいという貪欲は何と際限のないことでしょうか！

町長　敬意を忘れるでないぞ、あんたはわしに敬意を払わなきゃならんからな。（とても怒って、しかしひどく気取って）この女は狂人ではない、サタンがこの女の口を借りてしゃべっている。これが最後だ、お前はここにある涙を眼から出したのか？　お前が何も答えなければ、お前には別の仕打ちをしてやろう。

アルツィンデ　（激昂して）別のですって、（誇りをもって）忘れるでない、奴隷め、考えなさい、わたしは女王であるぞ。（自分のそばにあった椅子に身を沈める）ああ！（気弱く）わたしは女王であった！　わたしがもはや女王でないということをお前は証明してしまった。もうこれ以上長く汚名を受けたくない。（強く）そうです、わたしがそれを涙に流しました、永遠の太陽にかけてお前に誓いましょう。

町長　そうか、お前が魔女だということの証明だな。牢獄へ、急げ、この土地《ラント》の法律はすぐにお前に判決を下すだろう、そしておそらく、お前の眼が挨拶する次の太陽がお前に照る最後の太陽にもなるのだ、わしの言うことが判るか、不敵な女よ？

アルツィンデ　はあ、この高慢ちきな孔雀を見るがよい、これは美しい羽を見せびらかしているが、何とその声は憎々しく響くことか。さようなら、そなたがわたしを裁いたなどと信じてはならぬ、裁くのは神々なのだ、そしてそなたは神々の偉大な思し召しの道具にすぎぬ、それゆえわたしはそなたを赦そう。そなたは自分の義務を果たしたに過ぎぬ、そなたはただわたしを見損なったのだから。さて、今わたしはここにいる二人に語りかけたい、許しておくれ。この二人の着物は貧しげだけれど、善徳がこの故里にふさわしく選び出した心を持っているお二人です。誠実な人、あなた方にどういってお礼をすればいいでしょう、あなた方は、あの残酷な仕打ちがわたしを戸口から突き出した時、わたしを受け入れ慰めてくれましたね。おお太陽よ、その輝きがあなた方に幸いを与え給え！（ハンスとミルツェルの間に歩み寄り二人の手を取る）太陽よ、わたしが耐えしのばなければならないことに、あなたが報いてくださるおつもりなら、ここにいるお二人に報いを与えてやってください。このお二人の心に平和が恵まれますように、そしてかれらの結婚が、わたしの結婚がそうであったように幸福でありますように。（突然打切って、苦痛を込めて）ご気嫌よう、わたしは感動してしまいました、（小声で）感動したいのです、しなければなりません、おお神々、泣くのをお許しください。（泣く、小声で）ほら、わたしの涙が流れます、そっとこれを掬い取ってください、あそこの人々に気付かれないように。（ハンスは帽子を差し出し、ミルツェルはエプロンを差し出す。前景にはこの三人が、町長に気付かれないよう立っている、しかしここでは滑稽な見せかけを与えることはすべて避けてほしい）そら、そら、これを取りなさい、隠して。そしてわたしがこの世にいなくなったら、不幸な女王アルツィンデを思い出して下さい。（廷吏に向かって誇り高く）さあ、牢獄へついて行きましょう。

（二人の廷吏とともにアルツィンデ退場）

町長　（立ち上がって書記へ言う）終ってくれ、それを机の上へ置きなさい。

（書記退場）

ロッシー　（この場面の終る間、感動していたが）あの女はどうなるのかな、町長？

町長　火あぶりでさあ、それがまっとうですわ。（ハンスとミルツェルに向かって）もう家へ帰りなさい、ここに来る不幸な人間たちを見て、その二の舞を演じないようにするのだぞ。

ハンス　あのグルートハーンは悪者です、わたしたちは前からよく知っています、町長様、でもあのお婆さんにつきましては、お許し下さい、あの人は本当に心正しい人です、わたしが生きてる限り、わたしはあの気高い心やさしい女王様を忘れることはありません。

ミルツェル　あの女《ひと》が火あぶりにされるなら、神様、昼も夜も雨を降らせて下さいまし、そうすれば、神様がお婆さんが死ぬことを望んでいないことがみんなに判るわ。ねえハンス、たとえそうならなきゃならないとしても、もしそうなったらわたしたちあの人の骨を拾いましょうね、そしてそれをわたしたちの庭に蒔きましょう、そうすれば何千という綺麗な花がそこから咲き出るでしょう。

ロッシー　誠実な人だ、君たちは。この金貨を受け取ってくれ、これを君たちにあげよう、君たちがあの年老いた女《ひと》を気の毒に思ってくれるのは、心底嬉しいよ、何故ならわたしだってそうなのだから。

ハンス　旦那様のお手に接吻いたします、いくども、それから町長様のお着物の裾にも。来いよ、ミルツェル、行こう、今日は悲しい日だ。

ミルツェル　今日はどんなご馳走をたべてもおいしくないわねえ、ハンス。

（二人は去る）

ロッシー　わたしもおいとまする、町長。

町長　わたしの家でスープでも召し上りませんか。

ロッシー　いや結構だ、町長、今日はわたしはひどく心打たれた、この事件がわたしの心を感動させたよ、緑の野原と青い空を探しに行くよ、天に尋ねて見るんだ、あの老婆の如く人間はかくも高貴でありながら、かくも罪に問われねばならぬかどうか、をね。（去る）

町長　（ひとりで）あの人はわしの飯《めし》を不味《まず》くしようとしておるのか？　わしはあの女を法に従って裁かなかったとでもいうのか？　わしが本件について本心を言うとすればだ、「お前は裁判官としても、人間としても義務にもとることは一度もなかった、人の定めがお前に与えた権限を主張しただけなのだ」と言うだろう。あの男は天に尋ねると言ったが、わしは人間すべてに尋ねたい。ここに一人の老婆が立っている、若者のように活力があるが、(14)頭は霜をいただく、眼はぎらぎら輝いている、クセノフォンのように語りながら、気違いでもある、乞食女でありながら王冠などと戯言《たわごと》を言う、ビロードの如き心情で、涙は宝石さながら硬い、太陽に誓い、地獄を告発する、そしてこのことすべては四つのえこひいきのない証人、この自分の目と自分の耳を通して確かなのだ。さて、わしが賢人ソロン(15)を裁判官の席に座らせたとしたら、かれはこう言わないだろうか――この女は魔女である、と。フィリップ、食事だ！（去る）

第十場

場面転換。

牢獄をあらわす。奥行きの浅い場面。夜。

アルツィンデは、一幕五場の登場から顔に皺を描いた化粧だが、できれば仮面をつけないでおく。先の場面が続く間に、若い女の化粧に変えておかねばならない。このことは今は舞台が暗いために観客には気付かれない。かの女は牢屋番に連れられて入ってくる、そして疲れ切って石の上に座る。

牢番　さあここに居れ、魔女め、火炎がお前を呼びに来るまでだ。（去る）

アルツィンデ　この牢獄にわたしは押し込められた、わたしの仲間にと暗闇が与えられた、わたしをよろしくね、不幸な壁たちよ、悲惨を見張ろうとして建てられたのか！　湿った床よ、犯罪者の後悔の涙で濡れているわ！　わたしをよろしくね、この暗うつな居所、お前をわたしのための大広間と名付けましょう。ここでわたしは気味悪い幻でわたしの悲嘆に乳を与えましょう、ここでわたしは地に這う虫を支配する者となり、わたしの涙でわが王冠を編み、わたしは苦悩の女王であると考えましょう。わたしはわが愛する人々からへだてられ孤独に暮らします。わたしの国民は死にました、石にされてしまいました、そしてわたしの夫、――おおわたしの夫、つねにあなたの軍隊の先頭にあった第一の方、あなたの王国の生命《いのち》を枯らす大地に足を踏み入れられたのでしょうか？ ――そう、あの方も死なれたのだわ、すべては死んだ、すべては！（跳び起きて）それが真《まこと》だわ、アルツィンデ、それが真《まこと》だわ、なぜなら魂が強く飛躍しなければならない時、生命は衰えるのがあたりまえ。おおお、純粋な心はなんとわたしを強くすることか！ 神々よ、わたしの魂をお取りください、今わたしは心の備えができました。

（短い音楽が響く。

無常の守護神が登場、灰色の長衣を着た灰色の男の扮装、少し禿げた頭で長いひげ。その表情はおだやかでその語る声は心地よく人に慰めを与える）

無常の守護神　アルツィンデ、われはここに来たりしぞ。

アルツィンデ　あなたは誰、青ざめた招かれざる客よ？ この暗黒とわたしから何を望むのか？

無常の守護神　なんじの苦しみの引受け手たる父親になってやろう。

アルツィンデ　父親？ いいえ、わたしの父は上天にいらっしゃる方です。

無常の守護神　それでは父のいます所へ帰るがいい。手をさし伸べよ、アルツィンデ。われは若者ではない、永遠の時を愛の誓言に浪費することはできぬ。見よ、われらの垂れ髪は心痛により色あせた、それゆえ、なんじの不幸を経てもなお残し置かれた貴重な信頼の余りをわれに渡すがよい。かしこを見よ！

（背後の壁の半分が牢獄の丸天井を形造っている。この壁が開く、すると薄暗い丸天井の向うに、湖に囲まれた小さな島が見える、その島の上に、青白く透明な、アルツィンデという名を掲げたインド風の記念碑が立っている、糸杉にとり囲まれ、あたりは月光により明るく照らされている。

牢獄は暗いまま）

いまだ一人の船乗りも生きて眼にしたことのない、かの島めざしてわれはなんじを導くであろう、何物もかしこではなんじの甘き安らぎを妨げることはあるまい、この世の中にあって常になんじを悲しませ悩ませるもの、迫害や恨みや忘恩はなんじから遠ざかるのだ。かしこでは名声は恥じ入って、淋しい糸杉の元に黄金の冠を脱ぐがよい。激しい怒りに燃えた憎悪とこの地上の情欲は、その炬火《きょか》を沈黙のうちに消すがよい。この世の歓喜がなんじを手招くことはあるまい、だが、おだやかな星々はなんじの輝く頭《こうべ》のまわりに照り輝くだろう。しかしてなんじの純徳の浄らかな天使がなんじの魂を、天空の雲に乗せて、永遠の至福の玉座へと導き行くがよい。
アルツィンデ　はい、あなたの言葉が判ります、あなたが誰か今判りました、権勢を誇る時間は沈み、そして一人の女王を従わせるのです。あなたは平和の天使です、人間がここに運命をかけてくりひろげる憎悪の戦《いくさ》を終らせる方です。あなたはすべての道がそこへとわたしたちを導く、その偉大な目標なのです。
無常の守護神　われはすべての生命を引き付ける強力な磁石である。いかになんじが回避しようと努めたとしても、それは徒労なのだ、何となれば、なんじが幾千もの太陽を通して世を渡ることができようとも、なんじはやがては細道に入り込み、それと気付かぬ先に我が国に到達しているのだから。
アルツィンデ　それなら、わたしを一緒にお連れください、良き父よ、永遠の歓喜が支配するかしこの地へ。わたしは夫のホアンフーにそこで出会い、またすべての忠実な愛する人々と出会いたいのです、この人々はわたしの苦い苦悩に先立ってくれたのです。さあ、お供しましょう。
（守護神はかの女を腕にかかえ、かの女を導いて行こうとする。その時、ホアンフーの声が響く、後ろの壁が閉まる。もとの牢獄に戻る）
ホアンフー　（内から）わが妻がここで見つけられると言うのか？
アルツィンデ　神々よ、あの声は？
（ホアンフー登場、かれと共に善徳の守護神登場）
ホアンフー　ほとんどわしの眼は真っ暗になりそうだ、わしが初めにあなたと共に乗ってきた黄金の雲に代わって、この奈落の深みに目を凝らすのだから。ここでアルツィンデが苦しんでいるに違いないのだな？
アルツィンデ　神々よ、ホアンフーだわ。
ホアンフー　そうだ、あれこそ妻の優しい声、姿を現せ、声が響き出る胸よ、わしはそれをわが胸に抱きしめたい。
善徳の守護神　かしこに現れた二つの影を見よ、あれがアルツィンデと死神であるぞ。
ホアンフー　では妻は死神に嫁いだのか、かの者の腕が妻をあんなにも抱いているのは。
善徳の守護神　死はかの女自ら選んだもの、なぜならかの女はお前を失ったと思い込んだのだから。かの女を死神からもぎ取るよう試みよ、急げ、時は今をおいて無い！
ホアンフー　言ってくれ、アルツィンデ、お前は誠に生きているのか、わたしはお前を見分けられないのだ、わたしの夢が見よと脅迫する迷妄の姿しかわたしには見えないのだ。

アルツィンデ　そうです、わたしです、ホアンフー！　わたしを放しておくれ、灰色の巨漢、今ようやく目の前に姿を現した者！　わたしを夫の腕に渡して！　ただひたすら夫を求めてわたしの心は高鳴る、なぜ、お前はわたしにしがみつき押さえるの、決してわたしはお前の花嫁になることはありませぬ！

無常の守護神　お前はわしと婚約を結んだのではなかったか？　お前はわしのもの、放しはせぬ。

アルツィンデ　いいえ、そのようなことは契約に反します。お前はただ救済の手段に過ぎなかった、わたしは夫をかしこの天空に探そうとした、しかしここで夫を見出したのです、ですからわたしはこの世の人間です。ああ、何と薄暗い牢獄が今は、優美に色どられていることか！　何と身の毛もよだつ蒼穹が今は黄金の柱の上に安らっていることか、今のわたしには牢獄の暗い丸屋根が橄欖石《かんらんせき》のように輝いて見える、そして、これらすべてはホアンフーのおかげなのです、かれは今、第二の太陽のようにこの世界をわたしに新たに照らし出してくれました。それなのにわたしに人生を捨てろというの、いま愛の力によって初めて生まれ変ったわたしが。薄暗い老人よ、お前の暗うつな影の国にお前と共に行けというの？　わたしを放しておくれ、嫌みな求婚者よ、決して決してアルツィンデはお前のものにならないのです。

ホアンフー　かの女を放せ、灰色の蛇よ、さもなければお前を切り裂くぞ。（剣を抜いて無常の神に迫ろうとする）

無常の守護神　哀れなり、正気を失った武者よ、死をもってなんじは死に迫ろうとする、死であるわれを通してなんじはわれを殺そうとするのか？　武器を収めろ、何となれば、軽やかに動く空気に向かってなんじが武器をふるうとも、一つの傷も与えることはできないのだ。

ホアンフー　おおこの高慢なほら吹きめ、お前はそうは言ってもわれらとは似た者同士だ、お前は生命を占領しようと遣わされた将軍、自分の旗を屍体の丘に立て、恐ろしい勝利の頭にまんねんろう(16)の冠をのせた武者だ。そのようにお前はわしに向かって振舞おうとしているのだ、お前、忘恩のまがいも無き息子よ、わが妻の生命を無きものにしようとするのか、か弱き女の生命を。しかもわしがあれほど多くの何千という強者たちをお前の犠牲に差し出したというのに？

無常の守護神　（皮肉に）ではなんじはどうしてあの戦いを始めたのかな、聞かせてくれ、勇にはやる若造よ？

ホアンフー　わがインドの戦場がお前の血塗られた犠牲のかまどと比べ、どこが違うというのだ？　お前はわれらの勝利において常に偉大なる合言葉ではなかったか、戦場に倒れた戦士たちの合唱が、お前を賛えようとしてすすり泣いて洩らしたあの言葉ではなかったのか？　血に染まる旗がお前の名誉を自慢げに告げ知らせたではないか？　われらが血煙を浴びながら敵の身体から抜きとる毒の矢はどうだ、それとて癒《いや》しがたい傷が、口を開けたままなんじの名を誉め讃えるためではないのか？　見よ、わしはお前に対してこのように振舞ってきたのだ、忘恩の幽鬼め、あの血気盛んな生命をうばいとり、この宝物をお前に送りとどけてやった。それゆえわしは妻の生命をわが真正な財産として要求しているのだ。

アルツィンデ　おお、こんなにもわたしの夫はわたしを愛しているのだわ！

無常の守護神　なんじはただおのれの正義をかばっているだけだ。そのような言いぐさはわれに向かっては何の正義でもない。なんじは生命に関して要求を持ち出そうとするが、生命を要求することはわれ一人に許されているのだ。

ホアンフー　それなら、お前と取引きしよう、苛酷な利息を取りたてる高利貸よ、わしにアルツィンデの生命を返してくれ、さすればわしはわが生命のより善き半分をそっくりお前に与えよう。

アルツィンデ　おおホアンフー、何ということをなさる？

善徳の守護霊　神々よ、かれの心を強くして下さい！

ホアンフー
見よ、わが愛はかくの如く大きい、わたしは愛のため塵に帰ることもいとわぬ。

お前はいまだかつて、このように一人の王がお前に向かって跪くという栄誉を受けたことはなかった。

わたしは武器を捨てよう、両手を挙げるのだ、

（かれは両手を挙げ嘆願する）

心優しき死よ、心をやわらげてくれ、この割りのいい売買で手を打ってくれ。

老いを前にしていつかは崩れる、この妻の生命をお前はどうしようというのだ？

わたしの強い生命の半分を取るがいい、それでもなお、わたしは昂然とこの世に向かって立つのだ。

この強固に鍛えられた筋肉を見よ、高くひいでている額を見よ。

この儲けがどのくらい大きいか、たやすく勘定できるのだ、商人よ、お前の脳に問うがいい。

お願いだ、そんなに冷酷にしてくれるな、見よ、わが眼は苦痛の涙にあふれる。

これぞわたしが初めて流す涙だ、この涙がわが心を汚すことはない。（泣く）

アルツィンデ　（喜びに我を忘れ）

神々よ、太陽よ、すべての世界よ、見てください、ホアンフーがここで泣いています。
あなた方の雲の上から見下ろしてください、かれの涙がとめどなく流れます。
夫がこのように妻を愛しているとは、どこの妻が自慢できるでしょうか、
夫が、喜びを、幸福そして生命を、すべてのものを妻のために投げ出してしまうほどに？
はあ、何とあらゆる心魂がふるえていることか、夫の姿を見ることがどんなにわたしを魅惑することか！
（気高く奔放な身振りで）
何とわたしは幸せな女、そして笑いましょう、――歓喜がわたしを陶酔させるのです！
わが眼から真珠が溢れます、しかしわたしは苦痛から泣くのではない、
喜びの涙とその名を呼びましょう、歓喜にわたしの心は張り裂けるのです。（この瞬間、ざわめくようなコーラスが入りこむ、声一杯に、しかも崇高に）

コーラス

歓喜の涙よ、歓喜の涙よ
その名こそ大いなる合い言葉！

（同時に場面が変わる。アルツィンデの王国、序幕と同じ舞台装置が現れる。民衆はすべて石と化しているのを解かれる。善徳の霊たちが喜ばしげに寺院の廻りに跪いている。無常の守護神は姿を消す。アルツィンデはその以前の姿に戻っているが、白い簡素な衣服を着る。アルツィンデとホアンフーは嬉しさのあまり互いに駆け寄って抱き合う）

ホアンフー　おお、アルツィンデ！

アルツィンデ　　　　　　　　わたしのホアンフー！
永遠に、永遠にあなたはわたしのもの！

ホアンフー　二度と死がわれらの仲を引き裂くことがありませぬよう！

アルツィンデ　わたしたちは一緒に死ぬのですからね！

善徳の守護神　（二人の間に歩み入って）
善徳に栄えあれ、この地上にあるものに
かくも気高き夫と妻を加えるがよい、
かくも恐ろしき危機に臨んでも、
崇高な心を示したこの二人を。
（ものすごき打撃音。黒い雷雲が舞台の上を通って流れ去る。そこから稲妻が鋭い音を発する）
見よ、なんじらの国から引き去っていく、

モイザズァの霊が、雷鳴をとどろかせて。
なんじらはモイザズァの呪縛から解き放たれた、
なんじらの女王をここに讃えよ！
現世はこのように克服され、
しかしてこの世のそねみねたみは跡形もなし、
後の世の誉れは高く高く鳴り響く、
後の世の誉れが善徳によって冠を戴くならば。
（アルツィンデとホアンフーは跪く、善徳の守護神は二人の真ん中に立ち天を仰ぐ、上空から守護神たちが百合の冠をつけて漂いながら下りて来て、舞台中央に宙吊りになる。善徳の寺院の犠牲の火が高く炎を上げる。司祭たち、民衆と善徳の霊たちが群をつくり、ギリシャ火[17]によって照らされる）

（幕）

訳注

（1）アリアドネはクレタ王ミノスの娘。愛人の英雄テセウスを助けて、怪物ミノタウロス退治を成功させたが、のち裏切られナクソス島に置き去りにされたという伝説に拠る。

（2）クラフターは、両腕を横に延ばして指先から指先までの長さ。日本の尋(ひろ)に当たる。約一､九メートル。

（3）墓場に入れば、空気に触れなくてすむという刺のある洒落。

（4）原文では、「わしの人生の重荷 Last」とある。トラウテルの前の台詞「楽しみ Lust」を受けた掛詞。

（5）「骨身にこたえる奴」としたのは、原文でツッカーとあり、普通はツック（Zuck）という語、同音の「砂糖（ツッカー）」に懸けて言う。グルートハーンはアルツィンデを笞で打とうと考えている。

（6）フーリエはローマ神話の復讐の女神たち。ギリシャ悲劇に現れるエリニュスに同じで、これは蝿の姿で現れるともされる。おそらく、この場面では、岩の上を跳びはねている「アルプス羚羊」の姿を描写したのであろう。

（7）この箇所の洒落は、シュピッツェルが犬のスピッツを表すのと同時に、「ほろ酔い」の意があることから、犬一匹とほろ酔い一匹を連れて来た、というのである。

（8）犬のシュピッツ＝スピッツと「餓鬼ども＝ブーベン」を合わせて、「シュピッツビューベライ＝悪戯ごっこ」とした洒落。前のミルツェルの台詞「細かいことに気が届く＝

シュピッツフィンディヒ」という語にも掛ける。

（9） ディアマンテン＝ダイヤモンドに掛けて「アマンテン＝愛人」と言った洒落。

（10） ボヘミア石はボヘミア産のガーネット、石榴石ともいう。本書上巻「精霊王のダイヤモンド」の訳注(60)を参照。

（11） 原文の読みは「ポッツヒムメルタウゼントザプラメント」。いずれも、驚きと呪いを表す言葉を重ねたもの。

（12） 「嘆きの樹＝クラークバオム」については、ツゥム・クラークバオムという、一二六七年創立の古いウィーンの施療病院の名から(この病院は一七八五年まで続いたという)起こったという説と、「嘆きを訴え、心のなかに隠した罪を告白する人の願いを聞き届ける樹」という、ウィーンの俗信に基づくとする説がある。

（13） クロイソスはリディアの最後の王で（在位、紀元前五六〇年―五四六年）小アジアを征服したが、ペルシャに破れた。伝説的な、莫大な富の所有者とされる。

（14） クセノフォンは古代ギリシャの軍人・歴史家（前四三〇年―三五四年頃）。著作に「ソクラテスの思い出」「ソクラテスの弁明」「饗宴」などソクラテスに関するものと、「ギリシァ史」などがある。

（15） ソロンは古代ギリシャのアテナイの詩人・政治家（前六四〇年頃―五六〇年頃）。市民の支持を得て、執政官兼調停者となりアテナイの市政改革を行った。

（16） まんねんろうは、ローズマリーン＝ローズマリーと呼ばれる植物の別称。シソ科の常緑小低木。香料の原料となり、貞操や記憶の象徴とされているが、ここではむしろ、死滅や腐敗の象徴となっていると思われる。

（17） 本書上巻「精霊王のダイヤモンド」の訳注の（7）「ギリシャ火薬」を参照。

ライムント年譜

大久保寛二編

下段には、ドイツ語圏における演劇（劇場、戯曲、オペラ等）および劇作家、作曲家に関する主要な事項を掲げた。

一七九〇
六月一日、ライムント（フェルディナント・ヤーコプ・ライマン）が父ヤーコプ、母カタリーナの末子として、ウィーン市外マリーアヒルフで誕生。

一七九六
一家はウィーン市内に転居。

一七九七
聖アンナ学校に通う。

一七八一
レーオポルトシュタット劇場開場。

一七九一
モーツァルト（同年死去）「魔笛」上演。
フランツ・グリルパルツァー誕生。

一八〇一

一八〇二
三月二六日、母カタリーナ死去。
一八〇四
一一月二九日、父ヤーコプ死去。
一八〇五
ユング菓子店の徒弟となり、夜はブルク劇場などで、売り子（ヌメロ）として菓子などを売る。
一八〇八
菓子店の職を離れ、俳優として立つことを決意する。
一八〇九
シュタイナーマンガーで俳優として雇用契約。
一八一〇

ヨーハン・ネストロイ誕生。
クリスティアン・グラッベ誕生。
シカネーダーが・アン・デァ・ウィーン劇場を開場。
一八〇四
ヨーハン・シュトラウス（ワルツ王の父）誕生。
一八〇五
フリードリヒ・シラー死去。
一八〇六から
『ロミオとジュリエット』、『オテロ』、『ハムレット』、『若きウェルテルの悩み』など有名戯曲のパロディーがウィーンの民衆劇場で競演される。

一八一一
三月、ライムントの名が初めて劇場広告に掲載される。
ライムントの名がラープの劇場広告に載る。
同年から翌年にかけ、ラープ、エーデンブルクで興行したクンツ劇団に所属している。

一八一四
ウィーンのヨーゼフシュタット劇場と契約。
四月、コッツェブーの作品中の役でウィーンにデビュー。その後、シラーの『群盗』や『ヴィルヘルム・テル』に出演。

一八一五
三月、グライヒ作戯曲のクラッツァル役で大当たりを取る。相手役はルイーゼ・グライヒ。
八月、レーオポルトシュタット劇場に客演。

一八一六
二月、ヨーゼフシュタット劇場で演出の役を勤める。
八月、再び、レーオポルトシュタット劇場とヒッツィング劇場に出る。

一八一七

一八一一
ハインリヒ・フォン・クライスト死去。

一八一三
フリードリヒ・ヘッベル誕生。
ゲオルク・ビューヒナー誕生。
リヒァルト・ワーグナー誕生。
オットー・ルートヴィヒ誕生。

一八一四
アウグスト・ウィルヘルム・イフラント死去。

一八一五
ボイエレ、グライヒ等による、シラーやコッツェブー作品のパロディー笑劇の上演が続く。

一八一六
グスタフ・フライターク誕生。
ヨアヒム・ペリネ死去。

一八一七

場に出る。
七月、ヨーゼフシュタット劇場を離れる。
一〇月、レーオポルトシュタット劇場の団員として登場。

一八一八
女優テレーゼ・グリューンタールと交際。
五月二〇日、ライムントはテレーゼといさかいを起こし、彼女を殴打する。このため、六月、三日間の禁固刑に服役。このあと、繰り返しバーデン劇場に客演。

一八一九
ライムントの肖像と役柄の絵が出版され、大衆的人気を得たことを証明する。
四月、トーニ・ワーグナーと知り合い、熱愛。のち求婚するが拒絶される。
七月、バーデンで客演。

一八二〇
一月、ライムントは病気になり、ルイーゼが看病する。妊娠していたかの女はライムントに結婚を迫る。
四月四日、予定の結婚式に出席せず、観客はこれを種に劇場で彼を罵倒する。
同八日、ルイーゼと結婚。
一〇月七日、ルイーゼの娘アマーリア誕生。

グリルパルツァーの『祖妣』がアン・デア・ウィーン劇場で初演。直後カール・マイスルによるパロディーが書かれる。

一八一八
グリルパルツァーの『サッフォー』、ブルク劇場で初演。

一八一九
劇作家コッツェブーが暗殺される。
オペレッタ作曲家スッペ誕生。
同作曲家オッフェンバック誕生。

一八二〇
ヴェーバーのオペラ『魔弾の射手』成立。翌年初演（ケルントナートーァ劇場）

一八二一

一月、アマーリア死す。

春、破産したレーオポルトシュタット劇場にとどまり、のち演出家となる。

八月、アン・デァ・ウィーン劇場に客演。

一八二二

一月、ライムントとルイーゼが離婚。

四月、レーオポルトシュタット劇場と長期の有利な契約を結ぶ。

一一月、『イェーガーツァイレからロッサウへの大旅行』（クーァレンダー作）に出演するが、不満な観客から罵倒される。

一八二三

一月、ライムントはプレスブルクに客演。

七月、バーデンでの客演をオーストリア皇帝夫妻が初めて観劇。

秋、マイスルの作品に不満を感じ自ら『晴雨計職人、魔法の島に行く』を執筆。

一二月一八日、『晴雨計職人』をレーオポルトシュタット劇場で初演。

彼は主人公クヴェックジルバーを演じる。

一八二四

四月—七月、グラーツ、マリアツェル旅行。

九月、プラハ等で『晴雨計職人』上演。

秋、『精霊王のダイヤモンド』を書く。

一八二一

グリルパルツァーの『金羊毛皮』三部作が二晩にわたりブルク劇場で初演。

一八二二

ネストロイは『魔笛』のザラストロ役で歌手としてデビュー（八月二四日）。

イタリアの作曲家ロッシーニがウィーンに来る。

E・T・A・ホフマン死去。

一八二三

劇作家ツァハリアス・ヴェルナー死去。

ネストロイはアムステルダムのドイツ劇場に出る。

一二月一七日、『精霊王』がレーオポルトシュタット劇場で初演、フローリアン・ヴァッシュブラウを演じる。

一八二五

三月、『晴雨計職人』をブリュン、グラーツで上演。

五月、神経症に罹り休息のため各地へ旅行。

一〇月、四ヵ月の休養を終え活動再開。

一八二六

三月、『妖精界の娘』執筆。

七月、『精霊王』がグラーツで上演され、ネストロイがロンギマーヌス役で出る。

一〇月、『縛られたファンタジー』を完成。

一一月一〇日、『妖精界の娘』のレーオポルトシュタット劇場初演。ライムントはヴルツェル役を演じる。

同月、『精霊王』がプレスブルクで上演。

一八二七

三月、『モイザズァの魔法の呪い』を執筆。

同二九日、ベートーベンの葬儀にシューベルト、グリルパルツァーと並んで松明をかかげる役を勤める。

四月、『妖精界の娘』プラハで上演。

一八二五

グリルパルツァー作『オットカール王の幸福と最後』成立。

ヨーハン・シュトラウス（ワルツ王）誕生。

カール・カールがアン・デァ・ウィーン劇場の支配人になる。

一八二六

作曲家ヴェーバーがオペラ『オーベロン』完成後、ロンドンで死去。

一八二七

三月二六日、ベートーベン死去。

一一月、レーオポルトシュタット劇場がシュタインケラーに買収される。

ボイエレによるシラーの『たくらみと恋』

五月、詩『グーテンシュタインに寄せる』を書く。

同月、『モイザズァ』の第一幕完成、その後も執筆に専念し完成。

夏、二つの新作『縛られたファンタジー』、『モイザズァ』の上演を計画、劇場と交渉。

九月二五日、アン・デァ・ウィーン劇場で『モイザズァ』の初演、カール・カールがグルートハーン役を演じる。

一一月、『モイザズァ』のペシュト（ブダペスト）での上演は不評に終わる。

一八二八

一月八日、『縛られたファンタジー』がレーオポルトシュタット劇場で初演、ライムントはナハティガル役で登場。

四月、『妖精界の娘』がウィーンで百回の上演を記録。

同月、ライムント、レーオポルトシュタット劇場の監督となる。

五月、『アルプス王と人間嫌い』の制作を開始。

一〇月一七日、『アルプス王』がレーオポルトシュタット劇場で初演、ライムントはラッペルコップフ役を演じる。音楽はヴェンツェル・ミュラーによる。

一八二九

一月、『アルプス王』グラーツで上演。

三月二八日、『アルプス王』のプレスブルクでの上演でネストロイがラッペルコップフ役で出演。

四月、『妖精界の娘』ライプツィヒで上演。


のパロディー。

この年早くもマイスル作のライムント・パロディー『モイザズァの魔女の呪い』が書かれる。

一八二八

一一月一九日、フランツ・シューベルト死去。

グリルパルツァー『主人の忠実な僕』初演。

一八二九

八月、ネストロイが初めてウィーンの舞台に自作品を掛ける。

グラッベの『ドンファンとファウスト』成立。

五月、ウィーン以外の都市で、ライムント作品の上演続く。

八月、『災いをもたらす魔法の冠』の執筆開始。これを一〇月に完成。

一二月四日、『魔法の冠』をレーオポルトシュタット劇場で初演、ライムントはツィッターナーデル役で出る。

一八三〇

二月、ウィーンで洪水の被害が出る、レーオポルトシュタット劇場は打撃を受ける。

三月、『縛られたファンタジー』プラハで不成功。

四月、『妖精界の娘』がポーランド語でワルシャワで上演。

五月、『アルプス王』がベルリンで上演。

七月、ミュンヘン旅行、帰国後レーオポルトシュタット劇場の監督職を返上。

八月、同劇場の座員として最後の登場。

一〇月、アン・デァ・ウィーン劇場に『縛られたファンタジー』のナハティガル役で出る。

一一月、ライムントは初めて『モイザズァ』のグルートハーン役で出る。

同月、『精霊王』がアン・デァ・ウィーン劇場に掛かり、ヴェンツェル・ショルツがロンギマーヌス役を勤める。

一二月、『精霊王』のベルリン上演。

一八三一

一月、『アルプス王』が英語でロンドンで上演される。

グライヒのグリルパルツァー・パロディー、マイスルのシェークスピァ・パロディーなど成立。

一八三〇
ネストロイ、歌手として最後の出演。
マイスル作、ライムントの『魔法の冠』のパロディー。
『疾風と怒濤』の作者クリンガー死去。

一八三一
グラッベの戯曲『ナポレオン』、マイスル

二月、ミュンヘン宮廷劇場に『妖精界の娘』で客演、途中病気のため中断するが五月まで続く。

九月一日、ハンブルクでの最初の客演開始。

一〇月、ライムントはコレラへの罹患を恐れてハンブルクを離れる。

一一月、ミュンヘン宮廷劇場に客演。

一二月、ライムントは遺言を作り、トーニ・ワーグナーを相続人に定める。

同月、ベルリン王立劇場監督への招聘を断る。

一八三二

二月、レーオポルトシュタット劇場に一度だけ『精霊王』で出る。

三月、ウィーンを離れ病気療養のためブレスラウへ行く。のちベルリンへ入る。

四月四日、ベルリンでの客演開始。

六月、ベルリンでの客演を終わり、ウィーンへ帰る。

九月、二度目のハンブルク客演始まる。

秋から病状悪化のため活動を停止する。

一八三三

一月、ヨーゼフシュタット劇場での三ヵ月の客演始まる。

五月、アン・デァ・ウィーン劇場のヴェンツェル・ショルツのための特別公演に出る。この時、ネストロイが初めてウィーンでのライムント作品上演に俳優として出る。

一〇月、最後の戯曲『浪費家』の執筆を始める。（この作品はネストロ

作のクライスト・パロディー『カーテイ・フォン・ホラブルン』成立。

グリルパルツァー『海の波、恋の波』初演。

一八三二

三月二二日、ゲーテ死去。

同二三日、ウィーンでネストロイの『ナデシコと手袋』上演。

ルートヴィヒ・ドヴリアン死去。彼はその一門の俳優たちとドイツで人気があった。

ブルク劇場の演出家シュライフォーゲル死去。

一八三三

四月一一日、ネストロイの『悪霊ルンパーチヴァガブンドゥス』初演され大当たりをとる。

イの『ルンパーチヴァガブンドゥス』への対抗から書かれたとされる）
一二月、『浪費家』完成。

一八三四
一月、ヨーゼフシュタット劇場での客演始まる。
二月、『妖精界の娘』プラハでチェコ語で上演。
同月二〇日、『浪費家』がヨーゼフシュタット劇場で初演、ライムントは召使役ヴァレンティーンで出演。
四月二七日、『浪費家』の上演は四二回をもって終わる。
九月、グーテンシュタイン近郊のペルニッツに別荘を購入。
一〇月、ライムントはレーオポルトシュタット劇場での客演を開始、『アルプス王』『精霊王』『縛られたファンタジー』『妖精界の娘』『浪費家』と自作を連続上演。

一八三五
春、ライムントはウィーンと田舎の別荘を往復。
五月一四日、レーオポルトシュタット劇場での客演を終わる。
八月、同劇場で『浪費家』の短期上演。
九月、ミュンヘンでの三回目の客演。同地で初めて「浪費家」を上演。
一一月、ミュンヘン客演を終わる。

一八三六
一月、『浪費家』でレーオポルトシュタット劇場に出る。これがウィーンでの最後の舞台となる。
二月―三月、プラハで自作品の連続上演。

一八三四
グリルパルツァーの『人生は夢』初演。

一八三五
グラッベ作『ハンニバル』成立。
ビューヒナー作『ダントンの死』成立。
ネストロイ作『月桂冠でもなく乞食の杖でもなく』と『一階と二階』初演。

一八三六
九月、グラッベ死去、その戯曲『ヘルマンの戦い』成立。
マイスルによるライムント・パロディーが

四月、ハンブルクへ三度目で最後の客演。『浪費家』は不評に終わる。

五月一日、ハンブルクで、生涯最後の舞台に立つ。のちウィーンに帰る。

夏は大部分を田舎の別荘で過ごす。

八月一五日（または二五日）、ライムントは自分の飼い犬に軽く指を噛まれる。

同三〇日、犬に噛まれてから狂犬病に罹ったのではないかという恐怖に駆られ、ウィーンへの帰途、ポッテンシュタインで、ピストルを口中へ発射し自殺をはかる。

九月五日、自殺未遂のあとの傷がもとで、死との格闘のすえ、死去。

九月八日、ライムントの遺骸はグーテンシュタインの墓地に埋葬される。

一八三七

一月、ヨーハン・フォークルにより、ライムントの作品が初めて、当時の検閲制度による許可を得た上演台本を元に、出版される。（彼の生前には作品は一度も印刷されていない）

出る。

一八三七

二月一九日、ビューヒナー死去。

ネストロイの『四気質の家』上演。

訳者紹介（50音順。＊は編集責任者）

新井　裕＊　中央大学教授
荒川宗晴＊　明治大学講師
今井　寛＊　立教大学名誉教授
大久保寛二　立教大学名誉教授
小島康男　立教大学教授
小松英樹＊　立教大学教授
斉藤松三郎　立教大学教授
津川良太　共立女子大学教授

ウィーン民衆劇研究会

ライムント喜劇全集（上）

2000年8月20日　初版第1刷印刷
2000年9月5日　初版第1刷発行

（検印廃止）

編　訳　ウィーン民衆劇研究会
発行者　辰　川　弘　敬

発行所　中央大学出版部
東京都八王子市東中野742番地1
郵便番号　192-0393
電話0426(74)2351　振替00180-6-8154番

© 2000　ウィーン民衆劇研究会

印刷・大森印刷／製本・法令製本
ISBN4-8057-5142-8